U0623888

杨宓 · 著

迷雾夏威夷

吉林文史出版社
JILINWENSHICHUBANSHE

图书在版编目（ＣＩＰ）数据

迷雾夏威夷 / 杨宓著 . -- 长春：吉林文史出版社，
2020.7（2022.2）

ISBN 978-7-5472-7015-8

Ⅰ . ①迷… Ⅱ . ①杨… Ⅲ . ①长篇小说－中国－当代

Ⅳ . ① I247.5

中国版本图书馆 CIP 数据核字（2020）第 113924 号

迷雾夏威夷
MIWU XIAWEIYI

著　　者：杨　宓

责任编辑：钟　杉　王　新

封面设计：四川悟阅文化传播有限公司

出版发行：吉林文史出版社有限责任公司

地　　址：长春市净月区福祉大路 5788 号　　邮编：130118

电　　话：0431-81629363（总编室）　　0431-81629372（发行科）

网　　址：www.jlws.com.cn

印　　刷：三河市嵩川印刷有限公司

经　　销：全国新华书店

开　　本：170mm×240mm　1/16

印　　张：16

字　　数：204 千字

版　　次：2020 年 7 月第 1 版　2022 年 2 月第 2 次印刷

定　　价：56.00 元

书　　号：ISBN 978-7-5472-7015-8

印装错误可与印刷厂联系退换。

故事梗概

　　夏威夷风光迷人，阳光、海水、沙滩，风情，吸引着不少世界各地人士来此度假旅游。邬凌和齐海涛是美籍华裔，20世纪90年代留美读书，后加入美国国籍，定居在夏威夷。2018年邬凌在一家大型企业任首席工业设计师，而齐海涛也开办了一家自己的水果公司，生意做到了全美还有国外。他们有个可爱的10岁儿子齐凡，在夏威夷一所小学读书。各自工作的繁忙，邬凌和齐海涛分多聚少，邬凌的内心滋长了一种失落和空虚。

　　一次世界油画展在夏威夷举办，邬凌认识了来自奥地利的青年画家鲍尔，欣赏他的艺术才华，通过著名的艺术鉴赏家艾伯特，使他的画价值倍增。鲍尔被邬凌的美貌和气质吸引，留在夏威夷开了家绘画工作室，向邬凌发起了猛烈的情感攻势，并让她丈夫的公司投资他开办的艺术品工厂。

　　邬凌没能守住底线越了雷池，后来极度后悔，但鲍尔却不肯罢手，提出如要分手就把他们之间的事告诉她丈夫，或者要她丈夫的公司追加对他工厂的投资。被逼到绝路的邬凌，这天又接到鲍尔要她去见他的威胁电话，她随身带了一把水果刀。鲍尔失踪了，她妹妹茱莉娅从奥地利来夏威夷找她哥，偶然的机会认识了邬平。邬平是邬凌的侄儿，从中国到夏威夷留学攻读经济学硕士。人生地不熟的茱莉娅，得到了邬平的热心帮助，随后两人相互爱恋，但并不平坦。

找不到她哥的茱莉娅报了警，探员马丁和女助手杰西卡着手调查，邬凌面临牢狱之灾。一场侦查与反侦查，斗智斗勇的较量随之展开。时而波澜不惊，时而惊涛骇浪；时而山穷水尽，时而柳暗花明。这是一场高智商的角逐，一波三折，惊心动魄，结局却出人意料。

▶ 第一章

一

夏威夷是美国唯一的群岛州，全年只有夏季和冬季，但夏季无酷暑，冬季无严寒，气候温和，天空一向晴朗无云，海水却永远清凉柔和。舒适的气候，美丽的自然风光 使它成为享誉世界的度假旅游胜地。每年6月至9月，是夏威夷相对气温较高的时节，在市区濒临大海的长长的细沙沙滩上，不少度假者们伸展四肢，躺在沙滩或吊床上享受日光浴，小口喝着冰镇饮料，头顶是五颜六色的遮阳伞。更活跃的人们或是在浅滩里嬉戏玩耍，或是在近海处挥臂搏击，抑或是站在冲浪板上迎着潮头而上，在空中做出漂亮的动作。

坐拥海岸线的宏伟建筑大都是酒店宾馆、设有时尚的高档商店和美味餐厅，以及配套的娱乐设施。这些使得国际新贵富豪，以及游客折服于它的魅力，纷纷来到夏威夷 享受大海和沙滩带来的无穷乐趣，品味数百种佳肴美酒带来的味觉盛宴，以及娱乐场所美女如云带来的视觉和听觉冲击。一些国际的大型活动也时常在这里举办。

除了旅游业极其发达，夏威夷还盛产甘蔗、菠萝、香蕉等水果，咖啡也挺有名气。水果成熟季节，可看到码头上一箱箱水果被装上货轮，运往世界各地，让各地的人们品尝到夏威夷的风味。

在一片祥和安逸的表象下，也涌动着诸多的不安分因素。

二

2月黄昏的夏威夷岛，沐浴在一片血色的霞光之中。太平洋上空的阵风，紧一阵慢一阵地涌上海岸线，吹过高楼林立的街道，给这座充满活力的城市，带来几分肃杀之气。夏威夷属于热带海洋性气候，因而即使是冬季，也并不显得十分寒冷。

玻璃幕墙覆盖的大楼墙体，映照着暗红色的夕阳，车辆沙沙地行驶在行人稀疏的街头。不少高楼大厦和商店已华灯初上，此刻夏威夷正从白昼转向夜晚。

一辆黄色的法拉利跑车在街头穿梭，超过几辆小车后，很快驶出了城市，沿着海岸线朝西疾驶而去。开车的是一位穿着紫色外衣，黑发披肩，清秀靓丽、气质高雅年近40岁的华裔女士邬凌。她来自中国的成都，在夏威夷一家大型企业任首席工业设计师。她凝神驾驶的目光中，透出迷离、朦胧、痛楚、隐忍的神情，与她俊俏美丽的外貌形成了巨大的反差。她斜眼看了一下放在副驾驶座位上的自己的白色女士坤包，又凝视着前方的路。

就在一个小时前，她下班开车回到自己位于半山之上的别墅。她的别墅前有个偌大的草坪，草坪上种植了不少花卉，粉红色的茶花、紫色的风信子打理得非常漂亮。紫罗兰花开得正艳，也有大朵的红花在风中摇曳。

她拎着坤包下了车，从路径上走过草坪来到别墅门前，将手指放到指纹识别锁上，开了门走了进去。

身体壮实、系着白色围裙的黑佣迪蕾，在客厅接着电话，见她回来了忙对着话筒说："女主人回来了，妈妈要去干活了，儿子生日快乐！"说罢放下电话，恭敬地对邬凌说，"太太回来了。"

邬凌点点头。

迪蕾去了厨房。

邬凌把坤包放到桌子上，拿过水杯走到自来水龙头旁接了杯水，饮了下去。

别墅内的装饰和家电、家具非常豪华。客厅的电视柜上摆放着一张全家人的照片，她和老公齐海涛以及儿子齐凡。这是一张幸福洋溢的照片，儿子身穿球衣，抱着足球站在他们中间，他们一块儿搂着儿子笑意盈盈。她看着照片，眼里涌起甜甜的笑意。

迪蕾做着晚餐，邬凌走了进来，从坤包中拿出一沓钱递给她："这是给你儿子的 1000 元钱，你寄给你儿子，让他买些生日礼物。"

"这……这可不行，太太。"迪蕾推辞。

邬凌把钱塞到她手里："跟我还客气什么。"

迪蕾感激地说："我代儿子谢谢太太！"

这时邬凌坤包里的手机响了，她拿出手机，显示屏上来电显示的是一个叫鲍尔的。她皱了皱眉头，滑动屏幕拒绝来电，然后把手机放回坤包。她刚转过身手机又响了，她不悦地重新拿出手机，出了厨房，走到客厅的一侧，这才接听电话。

话筒里传来一个男子欢欣的声音："我的爱神，你终于肯接我的电话了。"

邬凌露出明显的不快："不是说了不再联系的吗？"

"那是你的态度。"对方显得无赖。

邬凌盯了盯厨房，压低声音严厉道："我们这种关系不能再继续下去了，我爱我的丈夫。"

电话是鲍尔从他的绘画工作室打来的，此时他一边用画笔画着一幅油画，一边打着电话。油画是一幅女人半裸的画像，画中的人正是邬凌，已经画完在做最后的润色。

画中的邬凌在金灿灿的麦浪前，双手交叉抱于头顶，一件白色薄若蝉翼的轻纱系在她的身上，黑色的秀发瀑布般倾于一侧，在风中飘舞，肌肤白里透红，双乳挺拔。他的用笔细致到了人物的每一根毛发和服饰上的织物细节。

鲍尔左手持着手机："我的油画《东方女神》已经画完，你不过来欣赏我的杰作吗？"

话筒里传来邬凌的声音："答应给你做模特儿时，就说过完成后不能再见面了。"

鲍尔不满地说："是你帮我实现了人生的高度，给了我创作的灵感，没有你就没有我的艺术成果，我不会就这样放弃的。"

在别墅接电话的邬凌近乎哀求地说："你要是还念着我的好，就放过我吧！我们真的不能再继续了。一会儿我的先生就要回来了，我答应跟他一块儿吃晚饭的。"

鲍尔没有理睬邬凌的话，在电话里提高声音道："还有你丈夫的公司，给我的工艺品厂追加的投资，什么时候能下来呀，今天可是我给你的最后期限？"

邬凌压住心中的怒火："追不追加投资他们公司是要进行风险评估的。"

"别跟我说这么多，我可跟你丈夫的公司说了，不投资借款也行，总之今天我要是拿不到 300 万美元，就别怪我不念旧情了。"

"你要怎样？"电话里的邬凌有些紧张。

"我得公开我们的关系。"鲍尔近乎无赖了。

这话得从半年前说起，鲍尔突然想搞一家工艺品厂，找了几家投资公司和银行都没有愿意为他投资的。于是他希望能从邬凌丈夫齐海涛的果品公司得到 100 万美元的投资，作为启动资金。邬凌反对他搞工艺品，说这不是他擅长的，但还是把他的要求跟齐海涛说了。齐海涛也知道鲍尔是有才华的艺术家，当然还是看在邬凌的面子上，在公司的会议上，力排众议给鲍尔的厂投资了 100 万美元。可鲍尔并没有把厂子搞活起来，做出的产品并不受市场欢迎，100 万美元的投资很快没有了，于是一个月前鲍尔提出，还要齐海涛的公司追加 300 万美元的投资，齐海涛组织公司高层开了一次评估会。

那天齐海涛坐在会议桌当头，两边坐着参会人员，每个人的面前都摆放了工艺品厂追加投资的方案。

齐海涛先行发言："鲍尔创办工艺品厂的追加投资方案大家都看了，"指着桌子一侧的美国女士，"刚才坎蒂丝把情况做了介绍，大家发表意见吧！"

一位男士："我们对鲍尔投资的项目进行了调研和评估，他的长项在于艺术的构思和创造，而开设艺术品厂需要的管理和营销都是他的弱项。"

另一位华裔女士："鲍尔想利用他的名气使工艺品行销，可欣赏艺术的人和购买摆件装饰的人是不同的类型，没有必然的联系。他做出的产品都积压在仓库，加之我们是做水果生意的，与工艺品这块可以说风马牛不相及，追加投资这样的厂风险确实太大。"

其他的人也附和着点头。

齐海涛："那你们尽快形成一个评估报告附上我方的意见，交给鲍尔。"

当评估报告交到鲍尔手上时，他正在威基基海滩，闭着眼享受着日光浴和太平洋吹来的暖风。他站起身气愤地将评估报告撕碎扔到沙滩上，咆哮："你们就是势利小人！"随之颓然地坐回沙滩椅，双手捂着脸。俄顷，他又站了起来，"不，不能这样就了了。"

鲍尔狂躁地抓过衣裤穿上，奔了出去。他来到海滩外面的公路上，拦下一辆出租车，坐了上去。

鲍尔对出租车司机道："Vineyard Avenue Industrial Design Company."（葡萄园大道凯恩工业设计公司。）

司机发动出租车朝前开去。

邬凌在自己的办公室和另外几人在谈工作。办公室中可以处处寻觅到穿插、凹凸于墙面和悬空的几何空间，彩色多面体、空相框、琉璃瓶……体现着她工业设计师的特点。

邬凌将手中的一份资料掷到桌上道："对索菲利公司玻璃制品的设计，还不够新颖，他们是一家理念前卫的公司，我们拿出的设计必须跟上他们的理念。"

"可我们已经尽力了，这都是第三稿了。"一个手下道。

"不管多少稿，只要达不到要求就得组织人再设计，这样吧，设计稿我们一块儿来完成。"

那手下道："有邬设计师亲自参与，一定能行。"

人们散去后，邬凌开始着手对设计方案的修改。

办公室光线特别强烈，她不得不拉上窗帘看电脑屏幕。即便遮挡了强光，室内还是显得明晃刺眼。桌上电话蜂鸣声响起，传来助理凯丽的声音："邬设计师，一个叫鲍尔的先生找你，我拦不住，说是你的朋友。"

她拿起电话要助理凯丽无论如何不要放他进来时，办公室的门外已响起了敲门声。邬凌不快地关了电脑上的网页，起身打开办公室门。

鲍尔站在走廊里。

"你怎么来了这里？"邬凌不快。

"我知道我不应该来这里，但是我需要见你，你没有回我的信息，所以我只能来这里找你了，不然你还指望我去你家里找你吗？"

"你？"邬凌显得有些愤怒，"这里和我的家里你都绝对不能出现，这是我的底线。"

"好吧，好吧，"鲍尔举起双手，"我不会久留的，就与你说几句话。"

"办公室随时有人来，"她看了看无人的走廊，"我们去走廊那头。"

随后他们走到走廊另一端。

凯丽在远处看见他们拐过走廊，脸上露出不解。

"我们没有未来了是吗？"鲍尔道。

"一句话，没有了。"

"我应该怎样继续下去，继续发短信给你，继续来你的办公室，还是去你家里，才能让你回心转意？"

"你再纠缠我，我就报警。"

"我不想这样，但没有你，我不知道要怎样继续活下去。"

"你说这些还有意义吗？你的几句话已经说完了，从现在起我们不要再见，你也不要给我打电话、发短信什么的，更不许来找我。如果继续骚扰我，我绝对会报警。"

鲍尔做出妥协状："好吧，如果你让你丈夫的公司继续给我投资，也许我会考虑你的建议。"

"我已经做到了你提出的分手条件，你不能得寸进尺，好了，你快从这里消失。"

"看来你拒绝向我伸出援手，我这样一个在情感和事业都溺水很快被淹没的人。"

"那是你的问题，我已经仁至义尽了。"

"我没有想要怎样，只是在向你寻求帮助，而你却拒绝了。"

邬凌非常不满道："齐海涛他们的公司已经破例给你投了100万美元，可至今你公司仍未走上正轨。"

"就不能再破例一次吗？厂子没有新的资金注入就得关门。"鲍尔道。

"收手吧，专心搞你的绘画。"邬凌道。

听了邬凌的这话，鲍尔非常不快："我从绘画到现在，就卖出了那幅50万美元的《破茧》，我需要钱，需要大量的钱。"

邬凌开导道："一个画家的成功除了天赋之外，还需要时间的打磨，凡·高死后才被认可的。"

鲍尔压低声音咆哮道："我说过不做死后的凡·高，你家先生可是董事长，他有办法说服公司的董事会给我的厂追加300万美元。"

"我不会让他再给你公司投一分钱。"邬凌坚决道，"我们没有再谈下去的必要，你要再不走，我真的报警了。"

"你要不怕身败名裂，你就报吧，反正我也告诉你，拿不到你丈夫的追加投资，要分手，门儿都没有。"

"我不会为你的事再去让他违背原则的。"

"给你半个月时间，到那时我要是拿不到我需要的投资，走着瞧。"鲍尔提高嗓门儿威胁道。

鲍尔的紧逼令邬凌非常反感，使本想结束这段不正常关系的她更坚定了决心。

三

邬凌与鲍尔相识是在前年的夏天。

夏日的夏威夷，蓝天白云，椰风阵阵，海浪拍打着洁白的沙滩。位于大海之滨的夏威夷展览中心在举办世界油画展，世界各地不少优秀画家都有作品参展。

前来展厅中心参观油画展的人络绎不绝，有步行而来的，更多的是开着高级轿车而来。男士们衣冠整齐，女士们也是盛装出席。

一辆黄色的法拉利跑车在停车场停了下来，提着坤包的邬凌从跑车上下来，她穿着一件翡翠色的旗袍，抬头看了看展览中心的大门，将坤包挎在肩头，款款跨上台阶走了进去。

邬凌进了展览中心大门后来到一个很大的厅，陈设了很多油画，大厅套着左右各两个小厅，也陈列着参展的油画。邬凌从小喜欢画油画，作品还在成都市的青少年画展中展出过。后来父母怕她因学画耽误了学习，反对她继续学，但这份情结还在，对画的喜爱和打下的绘画基础，为她日后的工艺品设计打下了扎实的基础。但凡有来夏威夷举办的画展，或是出差在外地遇到画展，她都会尽量抽出时间去观看。

邬凌挨个画展看过去，在较少人去参观的右边展厅，她被一幅名叫《破茧》的画所吸引。黎明时分，一个雍容华贵穿着浅绿色睡衣，裸露半截乳胸的少女，侧着身靠在面向湖泊的门庭上，凝望着喷薄欲出的日出和辽阔的湖泊。屋外的妲台上，摆着一张白色的圆桌，桌上有盆盛开的玫瑰花。远处是椰子树和蔚蓝色清澈的湖水，有两只挂着白色风帆的渔船，在湖中游弋。

邬凌久久驻足，自言地赞誉道："画得真不错！"

一个穿着蓝色下装，上衣颜色雪白，左上方的小口袋上插着一枝栀子花，披着长发的高鼻蓝眼的英俊男子，走了过来，分外抢眼。他用英文道："我注意到女士看这幅画很久了，喜欢这幅画吗？"

邬凌看了看他，点点头。

"你认为它哪些地方好呢？"

邬凌端详着画："在画家的画笔下，一切事物都是有灵性的，把湖泊的波光，艺术家的敏锐感觉成功地融合为一体。"邬凌指着霞光布满天际的天空，对那男子道，"喷薄欲出的阳光，画家相当准确地捕捉到这稍纵即逝的光源，具有真实的质感。画中风景和人物的构图恰到好处地揭示了人物的内心世界，你看姑娘那双忧郁和期盼的目光，揭示了她压抑和渴盼冲出束缚的心理，同时也隐喻着画家予取予舍的诡谲气氛。"

男子盯着她："你看来很懂画？"

邬凌摇摇头："懂画谈不上！喜欢看画，通过画也可揣摩到画家的内心脉动。不过我有个朋友叫艾伯特，是个艺术鉴赏家。"

"艾伯特我可知道，是全美的顶级鉴赏家，怎么，你认识他？"男子两眼流露出一份惊讶，也包含一份欣喜。

邬凌点点头："我的不少见识都是从他那儿学来的。"

男子随即哀怨而忧伤地说："即或你的判断是对的，可又有什么用呢？这幅画还不是布展在这不起眼儿的地方。"

"凡·高生前的画不也不被认可吗？"邬凌道，她知道一个画家要被世人认可那是相当难的。

男子坚定道："我可不愿做死后的凡·高。"

邬凌不知他为何这样说，不解地看着他。

男子抱歉道："哦，对不起。"指了指那幅画，"我是这幅画的作者。"

邬凌看了看画上的作者名字，又盯着他："你叫什么名字？"

"鲍尔，来自奥地利。你不信？"他从口袋里掏出护照递给她。

邬凌接过看了一下，护照上面确实写的是鲍尔，上面的照片也是眼前之人没错。

邬凌把护照退还给了他，称赞道："你非常有才华，祝你成功。"她又朝前观看别的画作。

邬凌参观完后出了展览馆，走向停车场自己的车旁，摸出电子钥匙按开了车门，拉开正要上车，刚才那位叫鲍尔的男子奔了过来："这位女士！"

邬凌回头见是那位画家鲍尔，不由纳闷地看着他。

鲍尔来到她跟前，含着微笑："我还没有请问你的名字呢？"

邬凌看着他："我叫邬凌。"

"邬凌，是亚洲人吧？"

邬凌点点头："我是中国华裔。"说罢又要上车。

"我能否邀请邬凌女士喝杯咖啡，也算是感谢你对我的画的赞誉。"

见她犹豫，鲍尔道："就在前面不远拐角处有家咖啡馆，是你们中国台北人开的，环境还不错。"

邬凌想了想，答应了他："好吧！"随手关了车门。

他们朝鲍尔所说的咖啡店走去。走了不到10分钟来到了那家叫毛伊的咖啡馆。夏威夷是美国唯一一个种植咖啡的州，也是品尝和购买咖啡的天堂。

他们前后走进了毛伊咖啡店。该咖啡店布置得非常有情调，也颇具中国元素。他们走到一个临窗的卡座前，鲍尔很有绅士风度地为邬凌拉开椅子。

邬凌："谢谢！"坐了下来。

鲍尔也在邬凌对面的椅子上坐下。

一个服务生走了过来，询问道："二位需要什么？"

鲍尔绅士地指着邬凌，意思是女士优先。

邬凌对服务生道："夏威夷的柯那咖啡不错，给我来杯。"

服务生调过头，用眼光征求鲍尔的意见。

"我跟女士一样。"鲍尔道。

服务生点点头退了下去，不一会儿他用托盘将他们要的咖啡端了上来，分别摆放在他们的面前。

鲍尔喝着咖啡看着邬凌道："遇见你真的很令人开心，你是第一个鼓励我、赞我有才华的人。"

邬凌用咖啡勺搅动着咖啡："你别这样说，我年轻时也做过当画家的梦，后来放弃了开始从事工业设计，但自信对画还是看得比较准的，特别是认识艾伯特后。"

"艾伯特先生可是权威的鉴赏家，要是他能看到我的画就太好了。"鲍尔两眼流露出一份企望。

"既然这样，改天我请艾伯特来看看。"

鲍尔喜出望外："那不知怎么感谢你！"

"用不着谢，我来美国之初做过老师，对有才华的人都会倾力相助。"邬凌道。

邬凌没有食言，出于对鲍尔才华的认同，几天后她请来了艺术鉴赏家艾伯特，并陪着他在夏威夷展览中心观看鲍尔的油画。按照艾伯特的要求，事先并没有告诉鲍尔。

艾伯特颇有绅士风度，穿着一双锃亮的、用上好皮革制成的皮鞋，一套质地很好的黑西装，是用轻薄的布料制成。邬凌则穿着一件鹅黄色连衣裙，衬托出她娴娜的身材。

艾伯特仔细地端详着鲍尔的那幅《破茧》，看完后赞赏地点点头。

"怎么样？"邬凌询问道。

"就这幅画作来看，作者的立意、构图、用色都不错，是一个有才华和潜力的画家。不过要评论一幅画，得对这幅画的作者有所了解。油画作品大多传达作者对所描绘事物的感受，了解这种感受从而得知作者的目的才能对作品进行更好的评论。比如你不去读德国新表现主义代表的画家安塞姆·基弗的个人生平，你就很难读懂他的画作里面对战争的反思。"

邬凌点头赞同艾伯特的观点。

"你对这幅画的作者，叫鲍尔的了解吗？"

邬凌摇摇头："我也是上次在这画展上见过一面，认为他是有才华的，可他对自己并不自信，因此想到要帮帮他。"

"如此说来你是因珍惜他的才华，怕被掩埋了？"艾伯特看着邬凌。

邬凌点点头："我们中国人乐于助人，也以当伯乐为荣。"

"伯乐？"艾伯特露出困惑的表情。

"伯乐是中国古代的一位贤达之人，专门举荐那些有本事的人，实现他们的志向。"

艾伯特似懂非懂地点点头道："好吧，就让我见见这位鲍尔先生吧。"随后感慨道，"奥地利历来出过不少大师级的画家，像克里姆特、席勒、汉斯·扎茨卡等。"

邬凌高兴地说："我这就给他打电话。"

邬凌打通了鲍尔的手机，告诉他艾伯特要见他。鲍尔起初还有些不相信，在艺术界鼎鼎有名的鉴赏家会亲自见他，得知是真的后他非常兴奋地赴约了。

他们的见面地点还是在那家拐角处的毛伊咖啡馆。鲍尔事先并不知道艾伯特这天要见他，他在一个酒吧喝着闷酒，虽然参加了在夏威夷举办的国际画展，可他的画淹没在众多优秀画家的画作之中，并没有引起特别的关注。这天他穿着也很随意，下身牛仔裤，上身一件咖啡色薄夹克，倒显出几分画家的散漫与骨子里的野性。他来不及回酒店换衣服，就兴冲冲地赶到了毛伊咖啡馆。

邬凌给他们介绍时，鲍尔还显得有几分紧张和局促不安，他不知道眼前的这位艺术鉴赏大师，会对他的画作出怎样的评价。

邬凌先开口，她对鲍尔道："艾伯特先生想了解一下你的身世。"

鲍尔不明白艾伯特为什么会问这个，疑惑地看着艾伯特。

艾伯特的目光落在鲍尔的脸上，既和蔼可亲又庄重严肃，对他点了点头，意思是交谈可以开始了。

鲍尔虽然不明白，但还是讲了他的一些情况。他出生在奥地利的一个叫佩奈克的小镇上，父亲早逝，母亲把他和妹妹养大。他从小就酷爱绘画，但画当不了饭吃，只有很少的画能换来微薄的收入。家里的开支主要靠他母亲在别人家做用人，他妹妹在咖啡店做工取得微薄的收入来支撑他绘画。他妹妹正是《破茧》中的模特儿。

艾伯特在了解这些后，答应了为他的画作《破茧》写篇评论。这篇评论很快刊登在美国权威杂志《*Art Weekly*》（艺术周刊）上，引起了一番热议，鲍尔的身价倍增，他的画《破茧》以 50 万美元售出。

邬凌与鲍尔就这样认识了，他们关系的发展也就不以邬凌的意志为转移。在最初的喜悦、激情、惬意的时光过后，随之却陷入自责、彷徨、痛苦而不能自拔的境地，以至于到目前犹如在地狱里煎熬一般。她必须要不惜一切代价挣脱这副枷锁，也要像鲍尔那幅取名《破茧》的油画一样，破茧而出，她不知这是宿命还是冥冥之中上帝的安排。

　　所以当邬凌在电话里听到鲍尔不但不放弃对她的纠缠，而且变本加厉地要齐海涛的公司再投资 300 万美元后，她知道今天这杯自酿的苦酒，必须要有个了断。300 万美元一旦打入鲍尔的账上，只会是肉包子打狗。为了自己，也为了这个家庭，她必须去赴这个约，要鲍尔彻底放弃对她的纠缠和对齐海涛公司财富的觊觎。可他要是不答应怎么办？以她对鲍尔的了解，要他放弃很难。邬凌焦躁不安地在客厅里走来走去。她的眼光落在了茶几上一把削水果的刀上，那是去年齐海涛去德国时带回的。她奔过去拿起那把刀，迟疑了片刻，装入坤包朝外走去。

　　迪蕾从厨房出来，见她往外走，于是问道："齐太太，就快晚饭了，还要出去呀？"

　　"公司临时有急事，我先生回来让他先吃，不要等我。"邬凌随后站住脚，回头对用人迪蕾道，"让他不要担心我。"邬凌边说边走了出去。

　　很快邬凌开车离开了别墅，迪蕾从客厅的窗户望出去，邬凌以前虽然也有临时有事急忙外出的情况，可她觉得今天女主人的情绪不太好，行为有些奇怪。

▸ 　第二章

一

　　画室里的光线暗淡下来，坐在椅子上的鲍尔从案桌上拿起一盒香烟，抽出一支，弯下身躯用打火机点燃了烟。在偏暗的画室中打火机的光亮照亮了他冷峻的脸，嘴角微微上扬，严厉而轻蔑，两眼透出骄傲，并隐藏着残酷。

　　抽完烟后鲍尔看了看手表，估计邬凌就快到了。他起身到咖啡机前，为自己倒了杯咖啡，并将咖啡机旁的一包曲奇，抽出一片送入口中，然后再拿过两片，走到他为邬凌所画的画前欣赏起来。对这幅画他相当地满意，邬凌与别的模特儿不一样，不仅有漂亮的外表，而且具有内在的气质和灵性，以及东方女人的神韵。她懂得画，并且有很高的艺术审美眼光，她能读懂他的心思，理解他想要表达的意图。她所摆的姿势、面部的表情，以及眼神，给他的创作带来愉悦和灵感。因此他说这幅画是他和邬凌共同的杰作，不是无缘之说。

遇到邬凌，他认为是上帝给他的礼物，她不但帮助他提升了画作的价值，还是他理想的模特儿。成名的画家不都有几个情人吗？像毕加索、席勒，那些情人既是笔下的模特儿，也给他们带来创作的灵感和激情，而且邬凌的丈夫还为他开办的工艺品厂提供资金支持。就在他做着美梦要最大限度消费邬凌时，邬凌提出终止他们的关系，他怎能就此作罢。

外面院落响起了小车的刹车声，鲍尔知道是邬凌到了，两眼露出得意的神情。只要有眼前的画在手，用它向邬凌丈夫通报他们的关系相要挟，不怕邬凌从自己的手心距掉。

邬凌在后院停了车后，稳定了一下自己的情绪，脸上浮起一副决然的神情，这才从副驾座位上拿过坤包下了车。

凌厉的大风刮过，吹乱了她的头发，掀起了她的衣摆。邬凌用手紧了紧衣，然后上前，推开门走进了鲍尔的工作室。

约半小时后邬凌慌慌张张、惊恐地出了鲍尔的工作室，跳上后院她的法拉利跑车，打了几次火才把车的发动机启动，随后掉转车头风驰电掣般地把车开走了。

邬凌驾着车，迎面一辆黑色轿车开来，她处理不当，差点酿成车祸，急忙踩了刹车。对方是一个彪悍的美国男子，停了车摇下车窗，伸出脑袋冲她吼道："你怎么开的车？"

邬凌深深地吸了几口气，这才重新启动车子朝前开去。

邬凌开车回到别墅时，夜幕已经降临，她忍住害怕和恐惧，下车进了屋。

听见动静，迪蕾走了过来："太太，你还没吃饭吧？饭菜都凉了，我这就给你热去。"

邬凌四下看了看："我先生没回来？"

"没呢，齐先生以前都很准时的。"

邬凌："他可能公司临时有应酬，撤了吧！我不想吃。"

迪蕾不解地看着她，见她身子有些颤抖，关切地问："太太，你在发抖吗？"

邬凌点点头："可能受了些风寒。"邬凌伸出一只手揉了揉太阳穴。

"去看医生了吗？"

"用不着，吃两片药就好，我先回房休息了。"邬凌说着登上了楼梯。

迪蕾盯着邬凌上了楼，然后去到餐厅收拾餐桌上的饭菜，将它们放入一个双开门的冰箱里。

回到自己卧室的邬凌，把坤包甩到梳妆台上，两眼茫然而惊恐，战栗从她的肩膀开始，顺着手臂在颤抖，然后从两颌到下巴，她抱着双臂想减缓症状，可浑身依然颤抖着。在鲍尔工作室的那一幕，一直在她眼前挥之不去。

邬凌进到工作室走进画室，走向画旁的鲍尔。

画前站着的鲍尔回过身，看着邬凌，嘴角露出一副胜利者的微笑："看来你还是很在乎我的。"

邬凌看了一眼画，怒视着鲍尔，质问道："你说过我做了你的模特儿，你就不再纠缠，可你却出尔反尔，到底要怎样才肯放过我？"

"你先生的公司同意追加投资了吗？"鲍尔盯着她。

邬凌以不容置疑的口吻道："我不会拿我先生公司的利益和你作交换，也不会再跟你保持不正常的关系。说吧，你需要多少钱，只要不太过分我会满足你的。"

"我不要你打发我的钱，我有了自己的工厂，钱就会滚滚而来。"

"我要是不答应你呢？"邬凌愤怒地看着鲍尔，她也恨自己以前竟然会痴迷于他。

鲍尔回头看着画："你看这是多么美妙的一幅画像，充满了东方女性的美丽与柔情，可是明天人们就会发现，她却是一个背叛丈夫的荡妇！一个没有廉耻的女人！"

听到这话邬凌的脸气得铁青，唯一能阻止她浑身颤抖的是心中升起的杀气腾腾的怒火，它已经充满了她的内心。

鲍尔又看着她揶揄道："看你这模样，现在很想杀了我，对吧？"说罢大声笑起来。

邬凌被彻底激怒了："你要是再敢侮辱我，我就对你不客气！"

鲍尔不以为然，放下咖啡杯："你别想摆脱我，我让你再快活快活！"说罢将手中剩下的一片曲奇塞进嘴里，扑向邬凌。

邬凌退了几步，呵斥道："我警告你，别欺人太甚！"

鲍尔不但没有止步，反而跨到了邬凌跟前，张开双臂要抱邬凌。

邬凌退到墙角，从挎着的坤包中掏出水果刀，严厉道："你别逼我！"

鲍尔没有理会，嘴里还有曲奇没有吞下，用含混的声音蔑视道："你难道真的敢跟我动刀子不成？"一纵身扑了上去。

无路可退的邬凌，双手持刀举到胸前，以抵挡鲍尔的进攻。

扑上来的鲍尔收不住脚，刀刺进他的胸口。

鲍尔用手一摸，拿到眼前一看，手上沾满了血迹。

鲍尔惊恐地瞪着眼睛："你、你……"鲍尔一阵抽搐捂住胸口栽倒在地上，没有了生气。

邬凌吓坏了，丢下手中的水果刀，上去摇了摇他，见他没有反应，又把手放到他的鼻孔前试了试，没有感觉到他的呼吸。

邬凌恐惧道："我……我不是有意要杀你的。"

邬凌的本意是要让鲍尔知道她的决然，不想却是这样的结果。一秒钟前，她还在试图阻止他的侵犯，下一秒他就死了。她的大脑在缓慢地运转："邬凌，不是你的错，你没有真心想杀他，拿出刀也只是要阻止他的性侵，怎么能是谋杀。你是自卫，这不是你的错。不过鲍尔已死，我怎么说得清。"在经过最初的恐惧过后，她想得赶快离开这里，她慌慌张张离开了鲍尔的工作室，跳上小车驾车离去。

想到这儿，邬凌喃喃道："我该怎么办？"

她想找到一个出口，让自己的情绪稳定下来。她来到浴室，在浴缸里注满水，脱了衣服俯身进入热水中，当水漫到她的肩膀时，鲍尔之死将她吞没的恐惧和紧张感才有所缓解，她开始发出悔恨、痛苦的抽泣声，直到体内的眼泪快要流尽为止。等到她控制住自己情绪时，水已经冷得让她发抖了。她连忙起身出了浴缸，用花色的浴衣包裹住自己，而后蜷缩在床头。

晚间 9 点左右齐海涛开门回来了。

迪蕾上前："先生回来了。"略微诧异地看着他，指了指他的衣领处。

齐海涛低头看自己的领带斜了，用手正了正："我太太呢？"

迪蕾："太太说有些不舒服回屋了。"

齐海涛点点头走向卧室。

邬凌面容焦虑而憔悴，她听到楼梯上响起齐海涛的脚步声，随后门把在转动，齐海涛推门走了进来。

齐海涛见邬凌蜷缩在床头，将外衣脱下挂在衣架上，走到她对面坐了下来。

"对不起，公司临时有应酬没能回家吃饭。"齐海涛道。

邬凌抬起头，神情近乎绝望。

"海涛，我……"邬凌决定向他坦白一切，不管接下来将是怎样的后果。

齐海涛止住她的话："听迪蕾说你不舒服，一定是病了，少说话，睡一觉就好了。"

"你不想知道我究竟怎么了吗？"邬凌几乎哀求道。

齐海涛伸手摸了摸她的额头："你现在需要的是休息，最近一直睡眠都不好。"

随后在她的额头吻了一下，走了出去。

邬凌听见旁边齐海涛房间的开门声，又陷入了焦虑、恐惧的状态。

她和齐海涛因各自的生活习性不同，加之她晚间要搞设计会工作到很晚，两年前已经分室而睡。

齐海涛进到自己的房间，没有开灯，外面的路灯透过百叶窗照进屋里。他打开书桌旁的橱柜门，拿出一个玻璃酒杯和一瓶红酒，拧开红酒盖子，给玻璃酒杯倒上，然后走到窗边。百叶窗把一条条平行的暗影铺在他冷峻的脸上，他一口干了杯中的酒，然后点起一根香烟。一缕烟雾从他脸旁袅袅而上，烟头因吸烟而亮起，使他的脸更显阴冷。

邬凌在齐海涛离开后，并没有入睡，过去的一幕潜意识地进入她的脑海中。

二

夏威夷国际油画展结束这天，邬凌身穿职业装，在办公室的电脑上查看资料，身后是一个大厨柜，里面装有她设计的工业产品的代表作。她的工业设计在业界很有影响，在秉承欧美设计风格的基础上，融进了东方的元素，并且充满了禅意，成功地将东西方审美理念融为一体。

邬凌接到了鲍尔打来的电话，说晚上请她在 LA MER 餐厅吃饭。LA MER

餐厅是夏威夷欧胡岛最豪华的 Halekulani 酒店的招牌餐厅。

听了鲍尔的邀请,她拒绝道:"我下了班要去接儿子,今天是周末,我丈夫去了印度出差。"

电话那端鲍尔毫不掩饰自己的失望:"不能请个人去接吗?"

邬凌想了想,认为对于已婚的女人,单独赴一位先生的晚宴,似乎有些不妥,于是道:"要不等过两天我丈夫回来一块儿赴宴吧?"

"可我就想请你一人,"鲍尔很直接干脆地道,见她没有表态,继而道,"画展今天就结束了,明天我就回国了,也许今后我们再也见不到面了。"

听他这样说,邬凌有些犹豫。

"你帮我这么多,我就只想表达一下谢意,不然我的心这辈子都得不到安宁。"

话说到这个地步,邬凌只好道:"好吧,我给侄儿打电话,让他去接一下。"

鲍尔像小孩一样高兴起来:"下午 5 点,我在去欧胡岛的码头等你。"

邬凌放下手机,无奈地笑笑,心想这个鲍尔还蛮执着的,有时像个小孩子。随后他给侄儿邬平打了电话,邬平是她哥的儿子,去年到夏威夷大学,攻读经济学硕士学位。她跟邬平说下午要去欧胡岛见个客户,接不了儿子,请他下了课帮忙接一下。邬平爽快地答应了她的请求。

下了班,邬凌先回了趟家,去参加晚宴穿着职业装似乎不太合适。她进到自己的衣帽间,走到那个巨大无比的衣柜前,它和整堵墙面一样长。她推开镜面移门,里面整齐地挂着按不同季节挂起来的衣服。她取出粉色的西装外套和棕色的网纱裙子,换下了职业装。又从衣柜另一边的架子上,选了一双乳白色的高跟鞋。然后来到梳妆台前,补妆没有花费她太多的时间,画一点儿眼线,扫稍许腮红,再加上一抹口红。随后起身从架子上拿了一个相配的手包,这才出了衣帽间。

邬凌来到客厅，迪蕾看见她的一身打扮，问道："齐太太不在家用餐吗？"

"不了，公司有个应酬活动，可能会晚一些回来。"

"好的，太太。"迪蕾应道，"齐凡需不需要我去接？"

齐凡10岁，在Punahou School（普纳候学校）读小学三年级，平时都住在学校，周末才回家。这是一所非常有名的私立学校，从小学到高中。早年孙中山就读于此，奥巴马也曾在这所学校就读。

邬凌听女佣迪蕾问，回答道："不用，我已让侄儿邬平去接他。"

"我明白了，太太。"迪蕾道。

邬凌出了别墅，开着跑车去了欧胡岛的码头，鲍尔已在那儿等候。他穿着黑色西装和深红色马甲，看起来也是修饰了一番，显得很精神，也很帅气。他事先已买好渡轮的船票，他们会合后直接登上了渡轮。

海风吹拂着邬凌的秀发，她扶着渡轮的船舷，凝望着海景。

鲍尔在一旁专注地看着她。邬凌感觉到什么，侧过头透出询问的目光。

"凌，你真美！非常非常美！"鲍尔连声赞美。

邬凌莞尔一笑："都快成老太婆了。"

鲍尔摇摇头："一点儿都不老，正是风韵、气质最佳的时段。凌，你相信我的眼光。"

看着鲍尔很认真的模样，邬凌扑哧笑出了声，对鲍尔的赞美她还是很受用。

"你笑起来更好看。"

邬凌用手拢了拢被海风吹散的头发："好了，别说我了，如今你已非以前的鲍尔了，是画界一颗冉冉升起的星星。"

"这还不多亏了你。"鲍尔感激道。

邬凌的侄儿邬平，因在读研究生阶段，时间相对可以自行掌握，接到姑妈邬凌电话后，他从夏威夷大学打的到了齐凡的学校。因是周末，小学生们都要回家，学校大门外的停车场停了不少来接孩子的家长的车。

放学的铃声拉响，孩子们蜂拥着跑出教室，笑声、喊叫声、嬉戏声在校园响起。

邬平在校门口接到齐凡。

齐凡活泼可爱，他问邬平："邬哥，我妈妈今天怎么不来接我？"

邬平摸着齐凡的头："你妈有事，我来接你不好吗？哥带你去玩。"

齐凡高兴道："好呀，我要去坐摩天轮。"

"好，我这就带你去！"

邬平随后打了辆的士，他们坐了上去。

在车上邬平问："齐凡，在学校没淘气吧？"

齐凡得意地说："老师今天表扬我了。"

"表扬你什么了？"

"说我爱帮助同学。"

"呵呵，我们的齐凡有出息了。"邬平笑道。

的士驶入大道，汇入了车流。

Halekulani 在夏威夷语中，是"天堂般的地方"之意，而酒店的 LA MER 餐厅位于海边，他们坚持从夏威夷当地选取食材，口味独特，因而来此就餐的人士不少。

邬凌和鲍尔推着旋转门进了酒店，迎面是总服务台，右边是餐厅，餐厅通向海边。他们来到餐厅选择了室外的餐桌，面向大海。从他们所在的高度眺望，正适合尽览海滩与落日。

夕阳在一点点儿地坠入海平面。每张桌子上面都铺有桌布，还摆放有一瓶鲜花。

不一会儿，服务员把他们要的菜用托盘端了上来，一一摆在桌上。这里的每一道菜品均如艺术品，看着不舍得动口。

邬凌以前和丈夫齐海涛来过这里，印象不错。她对鲍尔道："看来你对夏威夷了解得不少，这个地方是我喜欢的。"

一个男招待拿了瓶白葡萄酒过来，对鲍尔："先生，这是你要的20年的勃艮第白葡萄酒。"

鲍尔看了一眼，点点头："打开吧！"

"酒就不喝了吧？"邬凌阻止道。

"有美女和佳肴，这酒是一定要喝的。"鲍尔坚持着，对男招待，"把酒倒上。"

男招待用开酒器开了酒瓶，给他们面前的高脚酒杯倒上酒，随后把酒瓶放到餐桌一角，退了下去。

鲍尔端起酒杯与邬凌碰了杯，看着她："夏威夷是我的福地，你有恩于我，我敬你！"说罢将自己杯中的酒一饮而尽。

邬凌则只是喝了一小口，放下酒杯盯着鲍尔问道："你对将来有什么打算？"

"我还没有想好。"鲍尔用叉将一块牛排送进嘴里，吃后赞誉道，"味道不错，唇齿留香。"

"你在绘画上是有天分的，只要坚持下去一定会取得成功。"邬凌说的是她内心的真实感受。

"谢谢你的吉言，我知道搞艺术的，绝大多数过得清贫，一生穷困潦倒的可不在少数。有天赋又能怎样？如果没有你的帮助，我还不是淹没在了……"看着不远处的沙滩，"就像那些不起眼的沙粒。"

落日终于坠入了地平线，夜幕慢慢从太平洋上浸润过来。

餐厅的服务员到每张桌前，点亮摆放的烛光，增添了一种浪漫的气氛。

突然一阵音乐声响起，有一男一女两位歌手唱着歌走了过来。他俩的后面是一群穿着染成各种颜色、用化学纤维制成的草裙的姑娘。她们伴随着歌声，极度夸张地舞动手臂，扭动身躯。一男一女唱的是颇具夏威夷风情的《美丽星期天》：

星期日早晨，和云雀在一起

我想我将在公园里散步。

嘿，嘿，嘿，这是美丽的一天

有一个人在等着我。

当我看到她的时候，我知道她会说

嘿，嘿，嘿，嘿，什么是美丽的一天？

跳草裙舞的人一起合唱：

嗨，嗨，嗨，美丽星期日

这是我的"我美丽的一天"。

当你说，你爱我

噢，我的天，我的天。

鸟在唱歌，你在我旁边唱歌。

让我们乘一辆车，乘一辆车去兜风。

嘿，嘿，嘿，这是美丽的一天

我们将开车去追赶太阳。

……

他们用完餐时，天气骤然起了变化，扯了几个闪电，响起几声闷雷。

邬凌："咳，这个季节的天气是说变就变，刚才还是晴空万里，现在眼看就快下暴雨，我们该回去了。"

鲍尔无不流露出遗憾的神情："真想就这样一直与你待下去。"

邬凌起身，拿过桌上的手包："别说傻话，我们走吧！"

当他们跑到码头时，被告知海上已起风，暴雨将至，渡轮停开。

他们只得返回 Halekulani 酒店，刚进到酒店大厅，暴雨就倾盆而下。他们开了两间房，准备第二天一早风雨停后离开。

邬平带着齐凡在摩天轮上疯玩后，去了中国人开的饭店，吃了饭然后送齐凡回到家中。这时已是电闪雷鸣，不一会儿大雨连天。邬平接到了邬凌的电话，说因为有暴风雨渡轮停开，只能明早返回了，要他就住在家里，她怕齐凡害怕。

邬平接完电话，齐凡问："我妈妈她什么时候回来？"

邬平看着他："由于天气原因，你妈困在了欧胡岛，今晚回不来了，让我陪着你。"

齐凡拉着表哥的手："邬哥，明天是星期天，你带我去菠萝园玩吧？"

邬平想了想："去可以，可你得先把作业做了，不然你妈会怪罪我的。"

"好呢，我这就去。"齐凡高兴地抓过书包，进到书房做作业去了。

迪蕾为邬平端了杯水放到他面前，而后去了自己的房间。邬平从客厅的书报架上，拿起近期的《人物》杂志信手翻着，看到艾伯特所写介绍鲍尔油画《破茧》的那篇评论文章，被油画中的那位少女所吸引，便认真阅读起来。

三

　　Halekulani 酒店客房的装饰，现代而不失风情，设施齐全而先进。地上铺着浅茶色地毯，右边是一张双人床，再往里摆着一套家具，然后是室外阳台，与阳台相隔的玻璃窗户上，挂着淡绿色条纹窗帘。床的对面摆着一张长条桌，条桌上方的墙壁挂着一台大彩电，靠门的一边通往浴室。

　　此时的邬凌，浸泡在撒有玫瑰花瓣的浴缸里，惬意地享受着一份宁静与舒适。她虽接近 40 岁，可保养得很好，肌肤白皙而细腻，润泽富有弹性。她热爱健身，每周只要不加班和其他非做不可的事，她都会去到健身房锻炼。因而她的身材匀称，没有丁点赘肉，她看起来不但年轻，而且充满活力。无论身体还是内在都透出一种韵味，她举手投足间的气质超凡，令人着迷。在外人看来，邬凌堪称完美女性的典范，完美的职业，完美的丈夫，完美的儿子，完美的房子，完美的生活，可说应有尽有，是不少人羡慕的对象。

　　浸泡在浴缸里的邬凌，想到了她的丈夫齐海涛。他们是大学同学，毕业后齐海涛考上了美国加州大学的硕博生，攻读企业管理专业。毕业后去了纽约的一家跨国公司，做到高级主管。她就是那时来美国和他完婚的。后来齐海涛离开了那家公司，在夏威夷创办了水果贸易公司，他们便定居在夏威夷。

　　齐海涛的公司业绩颇佳，吸纳了不少有实力的股东，越办越大。他也越来越忙，业务不仅在夏威夷，也遍布全美，近两年还发展到了海外，他在家的时间也越来越少。邬凌在为丈夫的事业高兴的同时，也有不少失落。她是一个好强的人，认为女人必须要具有独立的人格，而独立的人格就得有自己的事业。伴随她事业的成功，他们在一起的日子更加少了。

　　这时浴室里的电话响了，她伸手拿过电话接听，是鲍尔从他房间里打来的。

"凌，在干什么呢？"鲍尔颇有磁性的声音。

"不是怕淋雨跑了踪吗？泡在浴缸里挺舒服的。"

"时间不是还早吗？酒店有夜总会，一块儿去坐坐吧？"鲍尔发出了邀约。

邬凌蹙起眉，沉思片刻，遗憾道："那是年轻人的喜好，我就不去凑热闹了。"

电话里传来鲍尔轻声的笑声："人呢认为自己老了，就真的老了，不认为自己老，即或七八十岁，也还觉得自己年轻呢。"

邬凌还想说什么，鲍尔不容争执道："就这样说定了，我们十五分钟后楼下夜总会门口见。"说完挂了电话。

邬凌只得赶快起身穿上衣服，收拾停当去到楼下的夜总会。鲍尔已在门口等候，看见她连忙迎上，与她一道走了进去。

夜总会在迷幻灯光的照射下，显得暗淡朦胧，也极具魅力。四周是低矮的桌子，每张桌上有盏亮着柔和灯光的灯。中间是一个舞台，一队摇滚乐团在演奏着，来自世界各肤色的人在舞池里，随着乐队的伴奏陶醉地跳着，尽情地宣泄内心的情绪。侧面的吧台里琳琅满目地摆着许多世界名酒。

鲍尔拉着邬凌来到一张空桌前坐下，要了一瓶格兰威特苏格兰麦芽威士忌。

"还喝呀？"邬凌道。

"来夜总会怎么能没有酒呢，今天我俩就敞开了喝。"

"要喝你喝，我可不能再喝了。"邬凌推脱道。

"你就来一点点儿，意思意思，其余的算我的。"鲍尔往她的杯子里倒了小半杯。

对他的热情邬凌也不好强行拒绝，也就由着半杯慢慢抿着应酬。

这时，酒吧响起了摇滚音乐《Lady》，此歌原唱是美国著名乡村歌手肯尼·罗杰斯（Kenny Rogers），他嗓音略为沙哑，高音游刃有余，低音丰富回转。听他的歌，就像是在听一个经历沧桑、情感丰富的人说感人的故事。

演唱这首歌的是一个黑人歌手，倒颇有几分肯尼·罗杰斯的味道。鲍尔起身拉着邬凌走进了舞池。

黑人歌手在贝斯等乐器的伴奏下，倾情地用英文演唱着：

女士　我是你身裹光彩夺目盔甲的骑士　我爱你

你使我的生命具有意义　我永远属于你

亲爱的　有千百种方式对你说　我爱你

让我永远拥你在怀中

你离我而去　我好像傻瓜一样

深深地迷失在你的爱中

而我们本该成双成对

你难道不相信我歌中的真情

女士　多年来我一直在想　我永远都不会找到你

而今你却闯进了我的生活　使我的生命完整而绚丽多彩

永远地让我早晨一醒来就见到你　每一个早晨　天天早晨

让我听见你在我耳边轻声细语

在我的眼里只有你

没有别的爱情能够像我们这样了

是的　是的　我永远想让你需要我

我已经等了你许久许久

女士　只有你的爱是我的唯一

我要你永远伴在我身边

因为　我的爱人　我要告诉你

你就是我一生之所爱

你是我的女人

　　黑人歌手的演唱点燃了在场所有人的激情，大家跳得更加投入。邬凌也不例外，她很久没有这样放松自己了，青春的活力仿佛又回到体内。在家里她是贤妻、是孩子他妈，在公司里她是受人尊敬的首席设计师，总有一层面具包裹着自己。而此时她是彻底放松的，回归自己的本真，让身体随着音乐而扭动。

　　她的眼前出现了在中国时看到的山川、河流、草原与瀑布……以至于音乐停止后她还扭动着身躯。还是鲍尔上来扯了扯她的衣袖，她才回过神来，跟着鲍尔回到座位上。

　　"凌，你的舞跳得真好，也很投入。"

　　"好久没有这样放松过了，让你见笑了！"邬凌脸上泛起几分少女般的羞涩。

　　鲍尔死死地盯着她，露出一丝咄咄逼人的微笑。

　　"你怎么这样看着我？我的脸是花的吗？"

　　鲍尔摇摇头，蹦出三个字："你真美！"

　　"都孩子他妈了，不能再用美这个词。"邬凌自嘲道。

　　"不！美是不分年龄的，你在我心里就是最美的。"鲍尔看着她，他的赞美是发自他内心的。

　　听到这话，邬凌心里是甜美的，她怕自己老去，魅力不再，内心有了一种期待和渴盼。

　　在短暂的沉默中，邬凌意识到自己情绪的失控，立即抑制了蔓延。

　　鲍尔隐约地感到邬凌内心的激情在燃烧，于是倾身过去，想给她一个热吻。

已抑制住自己情绪的邬凌，用手隔开他的嘴，站了起来："鲍尔，你今天酒喝了不少，我也累了，得回房间休息了，你明天还要赶飞机回奥地利呢。"

"OK！"鲍尔同意了她的意见。

他们离开夜总会回到酒店的客房处，他们分别住在8楼的06、08房间。

邬凌拿出门卡开了06号自己的客房门，与鲍尔道了声晚安。

鲍尔猛地趁她不备，在她嘴唇留下一个亲吻。

邬凌连忙避开他，闪进屋开了灯，关上了房门。

鲍尔兴奋地冲着邬凌的房间，唱着《Lady》里的歌词：

女士　我是你身裹光彩夺目盔甲的骑士　我爱你
你使我的生命具有意义　我永远属于你
……

邬凌靠在门上，刚才在鲍尔的引舞下旋转起舞，她感到自己身上的活力似乎又重新回来了。他肌肉发达，四肢是那样有力，他的表白同样热情似火，特别是刚才的一个吻，让她感到窒息。偷偷的一个香吻，是这世上最撩人的事，她觉得太阳穴跳动加快，嘴唇也充满了热血，要是刚才不赶快逃离，她不敢保证不会做出冲动的事情。

她让自己身体和情绪平复一些后，才去到浴室重新冲了个澡，然后上了床。

外面雨越下越大，雨点猛烈地敲打着窗子。

床前的灯柜上摆放有书，她拿起阅读了起来。

其间她放在床头柜上的手机响了，她拿起一看是她丈夫齐海涛打来的，她迟疑片刻接了电话。

电话里齐海涛关心地询问："睡了吗？"

"嗯，刚躺下。"

"在哪儿呢？"

邬凌没有吱声，一时不知该如何对齐海涛讲，说自己和一个刚认识不久的男人在外面，这样的话她无法讲出口，齐海涛听了定会有不好的想法。

"给家里打电话，保姆说你今晚可能不回家。"齐海涛继续道。

孟买夏日的热气和嘈杂声似乎从话筒里传来，再不回答齐海涛的问话，就会显得怪怪的，夫妻之间难道还有什么需要隐瞒的吗？于是她道："是的，公司晚上在欧胡岛有个接待，正待回去时突然来了暴风雨，渡船停开，只得在这边留宿，这么晚打电话来有什么事吗？"

"这边还是下午呢，孟买的生意谈得不顺利，恐怕要多耽搁两天才能回去。"齐海涛道，"现在全球水果批发商不少，竞争激烈，不过我们夏威夷水果品质不错，还是有竞争力的。"

"是的。"邬凌道。

"他们想压价，我没有同意，明天还得艰难地谈判。"

"在外多注意身体。"邬凌没有忘记叮嘱。

"好的，就这样。"齐海涛说完挂了电话。

接了电话后的邬凌陷入了沉思，越洋电话使她感到局促和不安，两个人一个在东半球、一个在西半球，所处的甚至不在同一天，电话里的声音和情绪总是无法和谐起来。她也想到齐海涛在外辛苦奔波，她却在这岛上与他人饮酒欢颜，她为自己今晚差点就没把持住而自责。她摇摇头，口中泛起一阵苦味，像是吃了一颗坏的葡萄。她自言自语道："我这是怎么了？都过了激情的岁月，还有这样的闲情逸致。"但她也不得不承认，能像今晚这样，放下所有的顾虑、矜持和戒心来与鲍尔相处，是一件开心的事。

她仿佛又回到了 20 多岁的时光，任性、无拘无束，她很享受这样的感觉。她弄不明白自己是一时的心血来潮，还是潜意识里期待依然魅力四射被人欣赏。她与齐海涛的性爱在一年前就结束了，起因是去年春天，他们参加一个聚餐，她喝了两杯葡萄酒，回到家后，她情难自已，于是向丈夫求欢，但齐海涛却把她的手推开，喃喃道："我累了，让我一个人歇会儿吧！"说罢独自去睡了。这已经是他第三次拒绝她了，那天以后她没有再向丈夫索取过，就这样一晃一年过去了。

四

齐海涛这天是在一个印度当地人拉哈尔的陪同下，从谈判的一家孟买的果品公司出来后，来到码头查看水果的来货情况。

他是在码头给邬凌打的电话，由于时差的关系孟买正是大白天。码头被骄阳晒得像火炉，开始散发出醉人的香气，有汁液饱满的葡萄味，成熟了的波罗蜜味，还有香料味。上货下货，码头显得非常热闹。

拉哈尔对谈判不顺的齐海涛道："走，带你去老地方放松放松。"随后他举手打了一辆的士，他们坐了上去。开车的印度司机缠着白色头巾，蓄着黑胡须，把车开到孟买最好的购物中心 Phoenix High Street 附近的一家按摩会所门前停下。拉哈尔付了费，司机立即将车开走了。

齐海涛和拉哈尔进了按摩会所。年初他到过孟买一次，也随拉哈尔来过这家按摩会所，这里由印度当地人进行阿育吠陀式按摩，这是印度一种古老的按摩术。"阿育吠陀"即生命科学之意，强调身体、心理和精神境界整体的和谐与平衡。

拉哈尔告诉他，这样的按摩方式非常适合生活节奏快、压力大的人。

体态雍容的女老板见有生意上门，迎了上来。

"拉哈尔是你？"女老板跟他比较熟悉，看来他是老主顾了。

拉哈尔指着齐海涛："这位是我的朋友，找位好的按摩师。"

"好的呢。"女老板对一个男主管道，"去把……"

齐海涛阻止道："不知苏尔碧按摩师还在这里吗？"

女老板看着齐海涛："在的，怎么这位先生以前来过我们这里？"

齐海涛点点头。

"让苏尔碧为这位先生服务。"女老板吩咐。

男主管去后不久，穿着按摩师制服的苏尔碧走了过来，她只有20多岁，五官端正，轮廓分明，看着齐海涛抿嘴一笑："齐先生来了？"

齐海涛看着她："你还记得我？"

"齐先生气度不凡、说话风趣，当然记得。"

"看来你们也是有缘，你就把我的朋友服务好。"拉哈尔道。

苏尔碧点点头，然后对齐海涛说："齐先生这边请。"

苏尔碧把齐海涛领进了一间按摩室。按摩室内的墙壁挂有不少印度风情的装饰画，中间放有一张实木制作的按摩床。靠墙壁有张木桌，上面摆有用于祷告的器物。

苏尔碧先为齐海涛洗了脚，对着器物用印度语祷告一番，然后用精油开始为他全身按摩。她使的力度恰到好处，齐海涛在她的按摩下感到很是舒服。

上次来时他就得知苏尔碧来自孟买郊区的一个小镇，家庭比较困难，出来挣钱贴补家用。她会一些英语，他们便用英语进行简单交谈。她告诉他，由于她服务周到热情，按摩手法好，像他一样找她的回头客很多。

"你家里还有些什么人？"齐海涛问。

苏尔碧告诉他，除父母外还有一个弟弟和一个妹妹，他们都在上学，她挣的钱就是为了供他们读书。

按摩完后齐海涛感觉浑身十分通泰，穿戴好后，他摸出 100 美元递给苏尔碧。

苏尔碧道："按摩的钱那位拉哈尔先生会付的，他经常带人过来都是这样。"

"这是我给你的小费。"齐海涛道。

"小费的话几美元就够了，这实在太多了。"

齐海涛把钱塞在她手中："给你就拿着。"

苏尔碧给他鞠躬："谢谢齐先生的慷慨！"

苏尔碧一直把齐海涛和拉哈尔送出按摩馆，此时已是傍晚，苏尔碧温柔地与他们道别："齐先生，你们慢走！"

齐海涛挥挥手："回去吧！"

苏尔碧点点头，这才转身往回走。

拉哈尔举手涎言道："姑娘再见！"

苏尔碧进去后，拉哈尔的手还举着。

齐海涛上前把他的手拉下："你干什么？人都进去了。"

拉哈尔嬉皮道："她愈发美丽了。"

他俩走在摩肩接踵的人行道上，拉哈尔问他需不需要找位女伴，还有两天时间等待商家的消息，独自在外面难以打发时光，特别是夜晚。

齐海涛摇摇头："我来孟买是做生意的，可不是来玩女人的。"

拉哈尔笑了："我看刚才那位苏尔碧姑娘长得很靓，看你的眼神也是含情脉脉的，还亲自把你送出会所。你对她看得出来也很有感觉，怎么样？你不反对的话，我给会所女老板打电话，让那姑娘来陪陪你？"

"拉倒吧，我可不像你，看到漂亮姑娘就蠢蠢欲动。"

拉哈尔笑了："一定是出来时，你夫人把你喂饱了吧，吃不下野食。"

"去、去，说什么呢？"齐海涛道，"我一年忙到头，哪还有兴致顾及男女之事，我司夫人如今已分床睡一年了。"

拉哈尔大惊失色："你让夫人孤眠独宿竟有一年之久？"

齐海涛点点头。

"你不会是性取向有问题吧？"拉哈尔看着他道。

齐海涛不悦地推了拉哈尔一下："你才有问题呢。"

"哦，我知道了，"拉哈尔故作神秘道，"你是压力大，身体出现了状况？"他一定要弄个水落石出。

见齐海涛没有回答他的问题，拉哈尔又道："我们印度的神油可厉害了！"

"我可不信什么神油，真有你说的神力？"

"当然，不瞒你说，我就在使用，厉害着呢。明天我去买两瓶送你，保管见效。"拉哈尔极其认真道。

齐海涛没有言语。

拉哈尔看着他，提醒道："不是我说你，再这样下去，你敢保证你太太不出问题。"

齐海涛怒瞪着他："再胡说，小心我揍你！"

拉哈尔赔笑道："好、好，我不说了，你做你的圣人好了。"

他们迎着夕阳，沿着一个斜坡朝上走，这里行走的人很少，拉哈尔说带他去吃位于半山腰的印度风味食品。路过临近路边的一座寺庙的山墙外，一串串铜铃铛儿做出的菩提树叶的形状，在微风吹拂下发出叮叮当当的清音和浊音。

过了寺庙，再走出几百米就到了城堡餐厅，这里经营着印度的特色食物。拉哈尔要了油炸鱼、虾苗，以及几盘素食，又要了一扎啤酒，他们边吃边聊跟果品公司的商务谈判。

吃过晚饭后出来，齐海涛送走拉哈尔，沿着河边走回宾馆。天空下起雾来，但他知道过不了多久，月亮一出来，黄色的月光一洒向水面，水上就会泛起缕缕金光。

刚才拉哈尔的话又在他耳边响起，他对邬凌是放心的，从没有考虑过邬凌会背叛自己，但拉哈尔的话似乎也有些道理，自己忽略邬凌的感受太久了，他不由得自责起来。

五

邬凌那天在欧胡岛的 Halekulani 酒店醒来时，天已亮了。暴雨过后碧空如洗，晨光美极了，淡蓝色薄纱般虚无缥缈的云雾，从海上冉冉升起。阳光穿过云雾，竟然在天空形成了一道绚丽的彩虹。夏威夷特殊的自然条件，时常会在天空中看到彩虹。

随之阳光透过窗户泻进了屋子。邬凌穿着宾馆的睡袍起身，走到通向阳台的百叶窗门前，推门走了出去。阳台上摆放着烂漫的鲜花，空气中弥漫着花香。她从阳台看出去，一层金色的薄雾笼罩着此岛，有轮船在无边无际的大海中航行，海水蓝得澄澈，在阳光下亮得耀眼。近海处有赶潮的男女在冲浪。

她扭头看了看旁边的 08 房间的阳台，通往室内的阳台门依然紧闭。她想了想退回到屋里，穿戴收拾妥帖后，出了房间。

邬凌没有去敲鲍尔的房门，而是乘坐电梯下楼后，出了 Halekulani 酒店，走向渡轮码头。

渡轮载着她驶向对岸，她伫立船舷，看着即将靠岸的海岸线，她的心头在颤抖，昨晚发生的一切有点像偷食禁果，惊心动魄。好在自己没有构成实质上的出轨与背叛，她不敢想象跟鲍尔再发展下去会是怎样的情形，跟他的交往必须就此结束。好在他就要离开夏威夷，也许今生再不会相见，这令她心中有几分感伤，但也感到踏实许多。她一上岸，一切都会恢复到原来的样子，她依然是个好妻子、好母亲，想到这儿，她给鲍尔发了条短信：我正回家，谢谢你的盛情，一路保重！

邬凌潜意识的回想，使她进入浅表层的睡眠中，突然间在她的视野里狂风骤起，海上波浪滔天。海水中出现鲍尔的脸，狰狞而令人恐惧。

"啊——"邬凌在恐怖的尖叫声中醒来，并坐了起来。

迪蕾从外面走了进来："怎么了？女主人！"

"我，我做了个噩梦。"邬凌浑身大汗淋漓。她看了看窗外，天已经亮了一阵了。

"我家先生呢？"邬凌仍感到四肢乏力。

"齐先生上班去了，他走时说你身体不大舒服，已代你向公司请过假，今天就别去上班了。"

邬凌点点头，对迪蕾道："我知道了，你去吧。"

迪蕾走后，邬凌起了床，她下到客厅打开电视，调到当地的电视台，她想知道鲍尔的尸体是否被发现。如是被发现，那些抢新闻的记者，会在第一时间报道。

电视台在播一档当地的娱乐节目，看来鲍尔工作室还没有人去。

女佣迪蕾端了一盘水果放到茶几上，"太太，吃些水果。"并将一把木质刀柄的水果刀放在里面。

邬凌的视线停留在了那把水果刀上，她猛然想起昨天自己带去的那把水果刀还插在鲍尔的身上。那上面一定留有自己的指纹，一旦被警方所得，自己将在劫难逃。

想到这儿，邬凌再也坐不住了，她决定要赶在警方发现鲍尔尸体之前，拿回水果刀，还有自己那幅半裸画。那幅画不仅会使自己难堪，家庭不保，也会让警察顺藤摸瓜锁定自己是杀人犯。

邬凌站起身，对迪蕾道："我得去公司。"

迪蕾："齐先生不是已给你请假了吗？"

"一个设计项目正在关键时刻，我得盯着。"

迪蕾关切地说："可你不是病着吗？"

"昨晚睡了一觉已经好多了。"邬凌边说边往外走。

迪蕾对她突然要去公司还是有些不解，看着她出了别墅，驾车离去。

▸ 第三章

一

邬凌开着车来到离鲍尔的工作室还有 200 米处，将车拐到一个岔路停下，她怕直接开车去工作室目标太大。她观察工作室周边的动静，除了偶尔往来的车辆，并没有其他情况发生。她的眼前浮现出第一次来这里的情形。

那是她从欧胡岛回来后不久。鲍尔的出现令她有种说不出的愉悦，生命的活力仿佛又回到体内，特别是在欧胡岛度过的时光，让她难以忘怀。鲍尔的离去，使她内心滋生出深深的失落感，她迷失在他极具诱惑的微笑中。

一天傍晚她下班出了办公楼，走向她停车的地点。

"凌女士！"有人在叫她。

她侧头一看竟然是鲍尔，他正用那她熟悉的极具诱惑的笑脸看着自己，她竟有了片刻的眩晕。

鲍尔走了过来："怎么？欧胡岛一别不过一个月，就不认识了？"

"你……你没有回奥地利？"

"这儿没有梅雨、淡云和阴湿这些暧昧的东西，只有太阳、天空和大海，有着迷人的风光和干燥的空气，满眼的世界充满着饱和的色调，能唤起画家对色彩最原始的感觉，驱动他们的创作欲望。"

邬凌似信非信地看着他。

他狡黠地一笑："当然，主要是有美丽的邬凌女士在这里，能给我灵感。"

女人都喜欢听恭维的话，她并没有去深究他这番话的真伪，他这样说，还是令她很受用。

"走吧，我带你去一个地方。"他依旧是迷人的微笑。

"去哪里？"邬凌看着他。

"你不是想知道我怎么没走吗？"

邬凌点点头。

"上你车吧，去了就明白了。"鲍尔以不容争辩的口吻说道。

邬凌只得开了车门，他们坐了上去。

车沿着曲折蜿蜒的海岸线，行使在哈纳公路。左手边是迷人的太平洋海景，右手边是谢水瀑布、鱼塘或者热带种植园，一路上风光无限。车驶出城半小时的光景，便来到了这个离大海不远的建筑物前。按照鲍尔的指引，车驶离公路，在院子里停下。他们下了车，鲍尔带她进屋参观。

这幢建筑是一个平房，有上千平方米。

鲍尔指着偌大的空间："这里原来是一家加工厂，被我租下来进行了改造，今后就是我的工作室，怎么样？"

"你真的要留在这里不走了？"邬凌惊讶地瞪大了眼睛。

鲍尔点点头。

"为什么？"

"这里是我的福地，我成名于此，当然我刚才说了，主要是因为这里有你。"鲍尔大胆而火热地看着她。

邬凌避开他灼热的目光。

"没有你，就没有我的今天。"

"你别这样说，你的成就是你的才华和努力的结果，与我没有多大关系。"

鲍尔冷笑一声，有些激愤地说："才华，有才华但被掩埋的还少吗？努力，我以前不也很努力吗？可结果怎样？要是没有你的帮助，请艾伯特为我写文章，我还不是狗屁不是。"

鲍尔带邬凌参观了他改造的工作室，有陈列室和画室，还辟出一块作为他的生活区，客厅、厨房、寝室、卫生间一应俱全。

邬凌赞道："还不错，"随后道，"我该回去了，我丈夫今晚9点从洛杉矶出差回来。"

"现在不是还早吗？用了晚餐再走吧，我做的西餐还是不错的。"

邬凌还想推辞，鲍尔道："到了这里就像到了我家，现在已是用餐时间了，就这样定了，一会儿就好！"鲍尔边说边去了厨房。

对鲍尔的一片盛情，邬凌不好执意推辞，也就留了下来。

鲍尔做西餐蛮不错，不一会儿三明治，菲力牛排并配上蘑菇、洋葱和炸薯条，土豆牛油果沙拉端到了餐桌上。

鲍尔在CD机中放起了轻音乐，然后坐下来和邬凌一起用餐。

邬凌看着食物道："看来你还备了不少料？"

鲍尔看着她："请客嘛当然要有所准备。"说话间他开了瓶红酒。

邬凌道："一会儿还要开车回去，酒我就不喝了。"

鲍尔做了个表示遗憾的动作，只好为自己倒上。

邬凌拿起刀叉切了块牛排放进嘴里，味道鲜美，不由得赞叹道："不错，赶得上米其林厨师的手艺。"

鲍尔也切了块牛排吃了，对邬凌道："你还说对了，我叔叔就是奥地利维也纳米其林餐厅的大厨，我的烹饪手艺就是从他那里学来的。"

"你听到过这样的说法吗？住在法国、行在美国、吃在奥地利。"

邬凌摇摇头。

"这样跟你说吧，奥地利这个地方是欧洲各民族的十字交会口。菜肴混合诸国的精华，但又自成一格。"

邬凌笑道："如此说来，有机会去奥地利我得好好品尝。"

鲍尔端起酒杯喝了口酒："无须去到奥地利，你想吃什么，告诉我，我给你做。"

邬凌笑了笑："你作画那样忙，哪敢占用你的时间。"

"跟我你还用得着客气。"鲍尔放下酒杯微笑着盯着邬凌。

他专注的目光、微笑的脸使邬凌有了片刻的恍惚。

鲍尔伸出手握住邬凌的手："凌，你真美！"

邬凌将手从他的手心抽出，低头道："你别这样说！"

"我是画家，我的眼睛不会欺骗我。"鲍尔并不掩饰对她的欣赏。

邬凌的心在他炙热的目光中，一团火苗似乎要蹿起，她竭力压制内心的躁动，岔开他的话题："别谈我，我们还是用餐吧！"

这时 CD 机中飘出一阵流水般欢快流畅的钢琴声，是理查德·克莱德曼的《*Ballade Pour Adeline*》（《水边的阿狄丽娜》）。

"这首钢琴曲怎样？"鲍尔问。

邬凌听了听点点头："旋律细腻、抒情、柔美。时而激昂、时而舒缓、时而欢快、时而忧郁。我很喜欢。"

"你知道吗？这曲的得来有段非常动人的故事。"

邬凌看着他。

鲍尔绘声绘色地讲述起来："闪着银光的塞纳河，从巴黎市区缓缓流出，途经郊外的一座小镇，滋润着那里的一草一木。20世纪70年代的某个秋天的傍晚，当时23岁的克莱德曼漫步在塞纳河岸边宽阔柔软的草地上。他一边散步，一边欣赏沿河的旖旎风光。远处的埃菲尔铁塔，映照在落日的霞光之中。河对岸的法国梧桐树叶已开始变黄，秋风把梧桐树叶吹得沙沙作响。他似乎忘记了时间的流逝，陶醉在这美丽的大自然风光当中。"

邬凌专心地听他讲述。

"忽然，一个长着秀发、清新脱俗的女子映入他的眼帘。女子半蹲着，在布满霞光的河边洗着纱布。她的动作是那么优雅，姿势是那么美妙，神情是那么陶醉。她仿佛不是在洗纱布，而是在弹奏一首优美的钢琴曲。这样的场景，让克莱德曼呆住了，他惊叹人与自然的完美结合。作曲家特有的激情此刻喷薄而出，他拿出随身携带的口琴一气呵成了这首曲子。他把它命名为'水边的阿狄丽娜'。"

"阿狄丽娜我知道。"邬凌道，"是来自希腊神话故事。她是塞浦路斯国王皮格马利翁雕塑的一个美丽的少女，他每天对着她痴痴地看，最终不可避免地爱上了少女的雕像。他向众神祈祷，期盼着爱情的奇迹。他的真诚和执着感动了爱神阿佛洛狄忒，于是，爱神赐给了雕塑以生命。从此，幸运的国王就和美丽的少女阿狄丽娜生活在一起，过着幸福的生活。"

"你说得很对，没有女人就没有艺术的灵感，作曲如此，绘画也是这样。"鲍尔用大胆而期盼的目光盯着她，"做我的阿狄丽娜吧？"

鲍尔灼热的话，投映在邬凌的波心，荡起涟漪，升腾起一种不可抑制的情绪，一种内心深处的渴盼。这样的情绪和渴盼把邬凌自己都吓了一跳，为了不至于到不可收拾的地步，她决定离开。

邬凌用餐巾揩了嘴，放下刀叉，回避他的话题，站起身："我该回去了。"

她的娇羞泛红的脸庞，揭示了她内心深处的秘密，这秘密被鲍尔洞察，他走到她的身后，从后面抱住了她，在她回头看他时，又将嘴唇叠在了她的嘴唇上。她开始是拒绝的，也是抵触的，后来体内被抑制的火苗，让鲍尔的激情点燃，也热烈地回吻起来。

鲍尔似乎受到了鼓舞，一把将邬凌抱了起来，走向他的卧室……

善与恶，上帝与恶魔的斗争中，恶魔取得了胜利，羞耻心、道德观构筑的高墙，在情欲点燃的火焰面前，轰然倒塌。

就这样，邬凌越过了那道不该越过的底线。她以前觉得那道底线上有一道不可逾越的鸿沟，可既然底线已经突破，鸿沟已经跨过，只能靠自己来约束自己的感情，她这样想着想着就睡了过去。

邬凌醒来时已是两个小时后，是被她丈夫齐海涛的电话吵醒的。鲍尔躺在她身边此时也醒了，她看了来电显示后给鲍尔做了个静音的手势，这才接听。

电话是齐海涛从檀香山国际机场打来的，他略带不满道："我已降落了，你在哪儿呢？先前怎么不接电话？"

邬凌盯了鲍尔一眼，对着话筒连声道："对不起，与人谈事忘点儿了，这就赶来。"

电话里齐海涛不高兴道："那就不用过来了，直接回家吧！公司的车一会儿就到。"说完不等邬凌表态，直接挂了电话。

邬凌连忙起身，穿戴整齐。同样穿戴好的鲍尔，把邬凌送到院落中她的车旁，在她的额头上轻轻吻了一下："路上小心一些。"

邬凌打开车门坐上车，将车驶了出去，很快上了公路，消失在夜幕降临之前的公路上。

邬凌回到别墅时，齐海涛还没有到家，从檀香山国际机场到别墅路途要远一些。

邬凌先进浴室洗了澡，换了衣服回到自己的卧室。她放下百叶窗，然后静静地坐了下来。自己一时冲动背叛了齐海涛，她非常懊悔，内心也非常焦灼。但事已至此她唯有稳住自己的情绪，不要让齐海涛看出异样，从内心她是爱齐海涛的。她不敢想象齐海涛要是知道她出轨了，会有怎样的后果。

很快外面传来汽车摩擦路面的沙沙声，此时邬凌的耳朵对最细微的声音也显得非常敏感，随之在别墅大门外，响起轻微的刹车声。邬凌知道是齐海涛回来了。

她起身朝楼下走去。

迪蕾听见外面的汽车声，知道是男主人回来了，开了房门。齐海涛出现在门外的路径上，拎着一个旅行箱。迪蕾连忙迎了上去，接过旅行箱，然后跟在后面。

齐海涛进了别墅，邬凌从楼上下来："回来了。"

齐海涛点点头，仔细地看着邬凌，略带责问地道："怎么会把来接我的事给忘了？打电话开始也没有接。"

"最近公司接到一单业务，客户对设计要求挺高的，我找人在咨询，因给手机充电而人机分离。"邬凌压住怦怦乱跳的心，极力镇静道，但还是掩饰不住眼神瞬间的一丝慌乱。

齐海涛捕捉到了这微小的变化："怎么了？"

"这设计的品种是我不太熟悉的领域，压力挺大，也不知能不能完成好。"

"是这样，你要有信心，你可是你们公司的首席设计师。"

"正因为如此压力才特别大，对了，你还没吃饭吧，我去给你做。"邬凌道。

齐海涛走到沙发前坐下："在飞机上对付了一下，不饿！"

邬凌也在他的旁边坐下："洛杉矶之行情况怎样？"

"还不错，老主顾了，多少要给些面子。"

"上次去的印度那边如何？"

"终于谈下来了，不过在价格上做了些让步。"齐海涛松了松领带，使得自己舒服一些。

"现在各国的水果都大量上市，跨国间的竞争很厉害，只要能有利润就不错了。"

齐海涛看着邬凌："夫人倒很体谅哈！"

"我是你的妻子，当然对水果市场得了解一些，你认为我只关心设计呀！"

齐海涛拢过邬凌的头，在额头上亲吻了一下。随后站起身："坐了几个小时的飞机，我得去泡个澡。"

邬凌也站了起来："那你去拿换的衣服，我去给你放水。"邬凌朝浴室走去。她有个幸福安稳的家庭，自己一定不能失去这个家，但又感到与傍晚不同的心痛。傍晚因背叛丈夫而痛苦，此时因想起了鲍尔而难过。

二

第二天，邬凌迈着轻快的步子来到公司，走向自己的办公室。

"早上好，邬设计师，你今天好有活力。"走廊上助理凯丽拿着一个文件夹走过来。

"是吗？我每天都是这样的。"邬凌打开了自己的办公室。

凯丽同邬凌进到办公室，把手中的文件放到她的办公桌上："这是总裁刚刚签发的。"

"好的，你去吧。"

凯丽走后，邬凌从挎包中摸出一面小镜子，对着镜子看了起来，镜子中是一张朝气蓬勃的脸。她满意地笑了。

在那以后邬凌不想与鲍尔再有往来，但鲍尔却不撒手，一直约她，她无法坚决抵御他的诱惑，这天他们又在一家酒吧见了面。这家叫迷你的酒吧，远离邬凌的公司和家，她不需要担心遇见熟人。

邬凌去到迷你酒吧时，鲍尔已在一处鸡尾酒桌前向她招手，她走了过去。他用充满男性魅力非常性感的眼睛看着她。

邬凌感到一阵紧张，身体有些发热，在他对面坐了下来。

鲍尔面前已经放了一杯威士忌，他打了个手势，一个离他们不远的女招待走了过来。

鲍尔指着邬凌："给这位女士来点什么！"

女招待走近邬凌弯腰听她点单。

"来杯龙舌兰。"

女招待点点头去了。

鲍尔向邬凌靠近，胳膊肘占据了他们之间大半个鸡尾酒桌，他用眼直视着她。

邬凌头脑有些眩晕，感觉放置在桌上的灯光像是在跳动。

"你没有什么吧？"鲍尔道。

邬凌摇摇头。

"我约你几次你都不肯出来，怎么，我就那么令你讨厌吗？"

　　"不是这样的，最近事情多一些，不过我还是认为我们不再见面为好。"

　　"这可不是好主意，"鲍尔道，"你知道的，我是为你才留在夏威夷的。"

　　邬凌想说什么，鲍尔握住她的手，看着她脸上的表情："我们在一起吧？"

　　"你疯了！"邬凌低声叫了起来。

　　这时女招待端着托盘，把邬凌要的酒送了过来。

　　鲍尔这才放开了握她的手，身体向后倾。

　　女招待把龙舌兰放在邬凌面前然后离去。

　　鲍尔重新将身体倾向前："我们真的可以为我的提议做些努力。"

　　"鲍尔，"邬凌直视着他，"我很喜欢我的家庭，我不需要改变什么。"

　　"我不是给你压力，我知道你有丈夫，不过我有耐心。目前只需要我们能保持一种亲密的关系。"

　　"我不会答应你的。"邬凌端起酒杯喝了一小口。

　　"你为什么要害怕对我承诺？"鲍尔交叉双臂看着她。

　　"不是我害怕，是我根本就不能承诺什么！"

　　"好吧，我不会要你承诺什么。"他知道此时再说什么也无济于事，他端起酒杯要跟邬凌碰杯。邬凌没有跟他碰杯，而是自己猛喝了一大口，因为过猛而呛了两口。

　　鲍尔伸出手握住她的手："慢慢喝，别喝急了。"

　　邬凌想挣开他的手，可他却死死握着。

　　邬凌怕引起周围人的注意，也不好动作太大，只好由他握着。

　　鲍尔抚摸着她的手背，邬凌装作什么事情都没有发生，身体里却像有一团火在燃烧，顺着她的血管在蔓延。

　　他看着她的表情，把她高冷的伪装全部击碎。他走到 DJ 台上放了一首邬凌最喜欢的歌，然后走了回来对她说："这是送给你的歌。"

邬凌装作不在乎，但情愫在爆炸。

他伸出右手环着她的脖子，把她的头拉向自己，使她的脸贴在自己的肩膀上，在她耳边悄悄道："我喜欢你，不仅仅是性。"

邬凌笑了笑，有几分感动，她怕再一次被他融化，站起身："我得去趟洗手间。"

邬凌去完了洗手间朝回走，路过一间储藏室，门突然开了，伸出一只手拉住她的手。她吓了一跳，刚要叫喊，那人道："是我。"

原来不知什么时候鲍尔躲进了储藏室，在邬凌还没有反应过来时，就把她拽了进去。

屋里光线虽然暗，但仍能看清彼此。

鲍尔把门重新关上，然后一只手抱着邬凌，一只手抵着门，紧紧地贴着她，拼命地吻她。

邬凌的手穿过他的头发，身体被点燃一般，呼吸急促起来。

他停止吻她，捏住她的下巴说："看着我。"

邬凌凝视着他，感到自己就快被融化。

"你是我的女神！"说完这话他又开始吻她。

他的嘴很温暖，最终她再一次被融化……

迷迷糊糊中，他们出了酒吧，走在街头。当他们分手时，鲍尔在她耳旁道："下次别拒绝我。"然后离去，走进了暮色。

邬凌渴望下次的到来，但想到齐海涛，内心挣扎着："不，不能再有下次了。"

就在这样的矛盾中，她拦下一辆的士坐了上去。

"嘀嘀！"有行驶路过的卡车的喇叭声，把邬凌从往事的回忆中拉回到现实。离出事已经过去 10 多个小时了，她感觉自己依然是麻木的，迷失了方向，很难集中精力做任何事。她平复了一下自己的心情，在一辆车驶过她身边开远后，她过了公路朝鲍尔的工作室走去。

她快步进到了位于公路旁的鲍尔工作室后院。她看了看眼前的工作室，不知自己将面临什么样的境地，也许警察就守候在里面，但她没有退路，必须拿回自己的那柄水果刀和那幅鲍尔给她画的半裸写生画。

她上前推了推工作室的门，门吱嘎一声开了，她轻脚轻手走了进去，她能听见此刻自己怦怦的心跳声。屋里跟她昨天离去时没有两样，她用手揪住自己的前襟，胆怯而紧张地走向画室，她想很可能人们还没有发现鲍尔的尸体，这也是她冒险而来的原因。画室的门依然虚掩着，她轻轻推开了门，她的双腿有些打战，但还是坚强地迈了进去。

她移动脚步走过两排画架，再迈一步就来到昨天鲍尔躺着的地方。邬凌恐惧、痛苦的表情写在脸上，她有些害怕和迟疑，闭上眼睛迈出了最后一步，然后壮着胆子慢慢睁开眼睛。她的眼睛由恐惧变成了惊愕，由惊愕变成了疑惑。鲍尔的尸体不见了，她又朝画板看去，就连那幅自己的半裸画也不翼而飞。

邬凌倒吸了口冷气，又在工作室内查找了一遍，都没有发现鲍尔的尸体和她的那幅半裸体油画，整个工作室就像什么事都没有发生过一样。

她不解地看着眼前的一切，想弄明白到底怎么回事，发生了什么。如果是有人报案，警察出了现场，早就会上报纸和电视台。难道是警察封锁了消息？她又想这样的可能性极小，警察为什么要封锁消息呢？再者如是警察介入一定会查封隔离工作室，可并没有这样做，既然拿走了画她的那幅油画，也应该传唤自己了，至少找自己了解情况了。如果不是警察所为，那又会是谁呢？她百思不得其解。不管怎样，她不敢在此久留，慌慌张张地离开了。

随后她去到了自己的公司，在办公室为自己冲了杯咖啡压惊。她不知道接下来会发生什么，自己又该如何应对。

办公桌上的电话响了，把陷入沉思纠结中的邬凌吓了一跳。她稳住情绪伸手接听，电话是马丁总裁打来的，问她给比利水晶器皿公司设计的高档酒具系列产品情况怎样。

邬凌告诉总裁自己会尽全力的。

放下电话，邬凌打开电脑调出设计草图，尽量想集中心思修改完善。可她根本无法让自己安静下来，像以前那样专心致志，毕竟是一条人命在她手中消失了。她无奈地起身在屋里烦躁地走动。

三

齐海涛在自己的办公室处理着事务，男助理走了进来："齐董，给鲍尔的工艺品公司追加投资的事，我一直联系不上他。"

齐海涛淡然道："他不会是主动放弃了吧？"

男助理："应该不会吧，先前一再来电催问。"

"那你就再联系一下，有了消息告诉我。"

男助理："好的。"退了出去。

齐海涛起身走到落地窗前，看着楼下车水马龙的大街，凝想着什么。

随后他走回办公桌前拿起电话拨了一串号："艾伯特先生在哪儿呢？凯帝会所！好的我过去找你。"

凯帝会所是夏威夷城郊的一家高级会所，齐海涛和艾伯特坐在一块草坪上，一顶黄白条儿相间的太阳伞遮住了阳光。不远处蜿蜒曲折的海湾，吹过了一丝温柔的和风。他们一边品着红酒，一边聊天。

艾伯特："你来找我是想我们两家一块儿去旧金山的太浩湖滑雪？"

"是的，我知道你很忙，不过我们中国人有句话叫劳逸结合。"

"这是一个不错的主意，我想我的太太卡米拉也会乐于参加。"

"那就这样说定了，我安排好后就通知你。"

艾伯特点点头："对了，听说你公司给鲍尔的艺术品公司投资了？"

齐海涛看着艾伯特："怎么，你对此事也感兴趣？"

"邬凌去年请我给鲍尔的一幅油画《破茧》写过一篇鉴赏文章。"

"这我知道。"齐海涛喝了一口红酒。

"他公司情况怎样？"

"不怎么样！开办公司哪这样容易，我公司给他的 100 万美元，我看也用得差不多了，可产品在市场并没有打开销路。"

艾伯特沉思道："作为画家，他有才华，可开发工艺产品却是他的短项，你为什么要同意投资给他，风险可是极高的。"

齐海涛似有难言之隐，把手中的酒杯放下，道："投资嘛，当然会有风险，当初想他也算有些名气了，情况或许不像担心的那样糟。"

"普通人喜欢的工艺品图案和纯粹的艺术品可不一样。"

"是的，也不知他哪根筋搭错了，非要办厂，而且野心不小。"

"我看都是钱给闹的，别看他在艺术上有些才华，可太想一夜成名，急功近利，这样可不利于他今后的发展。"艾伯特道。

"我看他心思就不在艺术上，而在如何暴富上，自食其果也算是报应。"

"你说什么？"艾伯特不明白他说这话的意思。

"哦，"齐海涛解释道，"我是说他如今举步维艰。"

"他的企业要是垮了，你的投资不就打水漂儿了？"

齐海涛愤愤地说："他还想要我追加 300 万美元的投资呢，说是借支也行？"

艾伯特瞪大眼睛："你给了？"

"我倒是想给，就怕他无福享用。"

艾伯特疑惑地看着齐海涛。

齐海涛意味深长地笑了笑："300 万美元可不是小数。"

"是呀，他要是背上这 300 万美元的借款，会压垮他的。"

"我们不说他了，还是说说我们度假的事吧。"齐海涛道。

齐海涛回到家时，已是晚上 11 点，他进到邬凌的房间。邬凌已睡着了，齐海涛看了看她，怕惊醒她，刚准备退出房间。

邬凌睡得并不踏实，她醒了过来。

"回来了？"邬凌道。

齐海涛："我与艾伯特约好，我们两家去旧金山的太浩湖滑雪。"

"什么时候？"邬凌坐起身看着齐海涛。

"过两天就去。"

"怎么突然想起去度假了？"

"我们工作都太累，需要放松一下，刚才回来时听迪蕾讲，今天你去上班了？"

"是的，因设计方案还需要调整，所以我不能去太浩湖。"

"工作的目的不就是为了享受生活吗？不能本末倒置了。"

"总裁在催设计方案，走了怎么行？"

"我看你很疲惫，这样下去身体会累垮的，也不会有好结果。你休假是为了放松，更好地使你的设计产生灵感不是吗？"

邬凌想了想："你说的有些道理，那我跟公司说说？"

"就这样说定了。"齐海涛说罢要往外走。

"海涛，我有事要跟你谈。"邬凌道，她想跟齐海涛坦承一切，愿意接受一切后果。

齐海涛回过身："改天吧，时间已不早，今天我有些累了。"

"很重要的，也许没有改天了。"邬凌近乎恳求道。

齐海涛俯下身，帮助她重新睡下："现在什么都别说，什么都别想，好好睡一觉，明天太阳照常升起。"

第二天吃过早饭，齐海涛对邬凌道："我上班去了，你记得跟公司请假哦。"

邬凌点点头。

齐海涛拿过公文包，出了别墅，不一会儿传来汽车发动机的声音，他将车开了出去。邬凌打开电视机想从新闻中看到些什么，新闻里播报的是一则体育新闻，随后是娱乐新闻，再后来是天气播报，直至新闻播完，依然没有看到她担心害怕的事发生。

邬凌起身走到屋外，阳光透过云层洒在别墅外的草坪上，泛起点点光斑。两边的花丛红的、黄的、粉的、白色的花瓣竞相斗艳，有暗香扑鼻而来。她想到了昨晚齐海涛告诉她的，明天的太阳照常升起的话。

邬凌贪婪地呼吸着，她爱这自由呼吸的空气，爱她和齐海涛共同构建起的家，她以前觉得沉闷不堪的家。可这自由呼吸的日子，她不知道什么时候说断就断了，等待她的将是怎样的结局，她不敢去想，也不愿去想。目前的她只是想多呼吸一天这样的空气，就像一个濒临死亡的人，每一分钟都值得珍惜。

邬凌来到公司后，向总裁提出来希望下周休假一礼拜的事。总裁开始不同意，说设计正进入关键时期。她说在休假期间她也会思考设计的问题，总裁看见她疲惫的神情，于是同意了，但是要她休假回来后，必须拿出设计好的样稿。

▸ 第四章

一

　　齐海涛和邬凌与艾伯特夫妇前往太浩湖滑雪的日子到了，走的头一天邬凌交代来到家里的侄儿邬平，帮着照看儿子齐凡。邬平要他们放心去，自己会在周末与齐凡在一起，并督促他的学习。

　　当晚邬平就住在邬凌家，第二天下午，他开着邬凌的车送他们去夏威夷檀香山国际机场。邬平帮助拎着行李进到机场大厅，为他们换了登机牌，托运了行李，邬平看着他们过了安检，这才离开。

　　在登机口处的候机大厅，齐海涛夫妇和艾伯特夫妇会合了。他们两个家庭过从很密，时常相互走动，艾伯特夫妇去齐海涛家喝茶，也在自己家里接待他们。有时间两家也会相互邀约去外地旅行。

　　在世人的眼里，齐海涛和邬凌是一对完美的夫妻，邬凌也尽力去维护，尽管近来她认为自己要的婚姻也许并不是这样的，特别在她和鲍尔发生过关系后。但她装得很好，是理想的情侣，家庭幸福的灯塔。

邬凌向艾伯特夫妇问好，艾伯特夫人保养得很好，虽然有 50 多岁了，肤色依然白里透红。她是网球运动员出身，高大、健壮，穿着一套浅绿色的、质地很好、非常合体的衣裙。栗色的头发在后脖颈上卷起，她脸部轮廓分明，五官长得很好，虽然额头开始出现细纹，却仍然不失风度。她热情地拉着邬凌的手，说好久没有看见她了，这次能一块儿外出度假真是太好了。

邬凌也表达了能一块儿出去的快乐心情。

"哎呀，齐太太，你的眼袋怎么有些发乌，是没有休息好吗？"艾伯特夫人盯着她的眼睛道。

齐海涛搂过邬凌的肩膀，接过话："她呀这段时间为完成一个设计任务，是辛苦一些。"

"啧啧，齐太太，看你家海涛对你多好，知道你辛苦了，找到我家艾伯特安排一块儿出去度假。"艾伯特夫人道。

邬凌脸上露出幸福的表情，侧过头对齐海涛莞尔一笑。

机场广播他们所乘坐的飞往旧金山的航班开始登机，他们和其他乘客依次排队登上了飞机，开始了他们的滑雪旅行。

檀香山国际机场也是非常忙碌，大部分夏威夷游客都从这里进出夏威夷，人流量很大。邬平刚出机场大厅来到外面，被一个一边拉着行李，一边低头看着地图的白种人姑娘撞了一个满怀。

姑娘抬起头抱歉道："Sorry。"

姑娘 20 多岁，身材颀长，穿着一件浅黄色套裙。一头金色的长发披在脑后，面容美丽动人而光洁滑润，似乎没有任何涂抹，相当地漂亮。她棕色的眼睛明亮且含着盈盈的歉意。

邬平看她的举止，知道是外地来的，于是用英语道："第一次来夏威夷吧？"

姑娘笑笑点点头。

"是来旅游的？"

姑娘点点头又摇摇头。

邬平不明白地看着她。

"我来找我哥，当然也看看夏威夷，听我哥说这是一个挺美的地方。"

"你是要进城吗？我开车，可以顺道带上你。"邬平不知道自己怎么会突然说出这样的话，也许是遇到漂亮姑娘的缘故。

姑娘略显诧异，用审视的眼光看着他。

"我……我可不是坏人，就想与你行个方便而已。"邬平竭力申辩道。

"我不是那个意思，我是认为我怎么有这么好的福气，遇到如此绅士的人。"姑娘开朗地笑了。

姑娘随后道："我叫茱莉娅。"她快人快语。

邬平也笑了，指着左前方："茱莉娅小姐，我的车停在那边。"

他领着茱莉娅来到停车处，帮助她把行李放进了后备厢，随后他们坐上了车，邬平把车开了出云。很快出了机场停车场，上了前往市区的公路。

道路两旁的旖旎风光令茱莉娅很是兴奋，她左顾右盼，赞叹道："夏威夷的风光的确很美，我说我哥怎么来了就不愿回去呢。"

邬平瞟了她一眼，由衷地赞叹："茱莉娅，你很美！"

茱莉娅莞尔地笑了笑，笑得非常迷人。

"我看你有些面熟，好像在哪儿见过？"

茱莉娅看着他："你不会想泡我吧？这么老套的话都说得出来？我可是第一次到美国。"

邬平闹了个大红脸，竭力申辩："我说的是真实的感觉。"

茱莉娅哈哈笑了起来："看给你急的，开个玩笑而已，不过你的赞美我照单全收。"

邬平这才松了口气。

茱莉娅看着他："你还没有告诉我你是哪个国家的人，日本人、印度人，还是中国人？"

"我叫邬平，来自中国，在夏威夷大学读硕士学位。"

"中国是一个美丽的国度，令人向往。"茱莉娅颇为神往地说。

黄昏时分，车开进了夏威夷城。

邬平问："茱莉娅小姐，这进城了，我送你去哪儿？"

"天色已晚了，找我哥只得明天去，就在附近找个合适的宾馆把我放下吧。"

"你怎么不给你哥打电话，让他来接你？"

"电话一个星期前就打过了，一直打不通，这不担心他才来这夏威夷找他的。"

"是这样呀？"邬平道，"前面拐角处有家 Agoda 全球连锁酒店，性价比还不错，就住那里吧？"

茱莉娅点点头："好的！"

邬平把车开到那家连锁酒店门口，他们下了车，邬平从后备厢把她的行李箱提了下来。

茱莉娅接过行李箱，冲他感激地一笑："谢谢！"然后朝酒店走去。

"茱莉娅小姐！"邬平不由得叫了声。

茱莉娅回过头，疑惑地看着他："你有事吗？"

邬平只是觉得美丽的姑娘就这样走掉太可惜，想留下她的电话，但向一个陌生的姑娘要电话号码，似乎也不合适。

邬平尴尬地笑了笑："没什么，再见！"

姑娘露出迷人的微笑，笑容可掬地向他挥动手掌："平先生，再见！"然后优雅地转过身去，走进了连锁酒店。

邬平感到几分失意，重新上了车，将车开了出去。

第二天周末，邬平接了表弟齐凡回到别墅，齐凡在书房做作业。邬平在客厅的沙发上坐着，随手拿出放在书架上的几本杂志翻着，无意间他又翻到了去年的《人物》属刊，介绍鲍尔的那篇文章，油画《破茧》再次映入他的眼帘。他瞪大了眼睛盯着那幅画上的少女，这不是昨天他搭载的那个叫茱莉娅的吗？他是说好面熟，在什么地方见过，原来是在这本杂志上。

邬平兴奋地拿起杂志进到书房对齐凡道："你好好做作业，我出去一下。"

齐凡："做好了作业，你下午可得带我去玩。"

"好的。"邬平答应着走了出去。

邬平驾车来到昨天送茱莉娅去的那家连锁酒店的停车场，抓过放在副驾位的那本《人物》杂志，下了车匆匆朝酒店的大堂奔去。

他来到酒店大厅的总台，对里面的一位男服务生道："请问从奥地利来的茱莉娅小姐，住在哪个房间？"

"你是她的什么人？"男服务生询问道。

"朋友？"

男服务生不相信地看着他。

邬平翻开手中的那本杂志，指着她的画："看，这就是她！"

男服务生看了看画，对他道："哦，我明白了，她是明星，你是小报记者？"

邬平有些生气："你说什么呢？我真的认识她，昨天还是我送她来的这里登记住宿的呢。"

男服务生耸耸肩："对不起，我刚来接班。"

邬平："好吧，你告诉我她在哪个房间，我不上去，"指了指总台的电话，"只在这里给她打个电话总可以吧？"

那服务生想了想点点头，查看电脑后，歉意地对他道："对不起，她一小时前就退房了。"

"退房了，知道她去哪里了吗？"邬平提高了嗓门儿。

男服务生摇摇头："这是客户的隐私，我们无权打听。"

"对不起！"邬平意识到自己的失礼，道歉后失望地走出了连锁酒店。

他不知道怎么能找到她，告诉她自己真的见过她，没有骗她。他苦笑，这就是一个美丽的邂逅，当太平洋的风吹来，一切都烟消云散，成了一个值得回味的梦幻。

而此时的茱莉娅正提着行李箱，从一辆公交车上下来，而后车开走了。她看看眼前的鲍尔的那幢工作室，拿出夏威夷地图又看了看，确定无误后这才来到后院，推门走了进去。

茱莉娅进到工作室，看到了那些她哥的画，确信自己没有走错。

她放下行李，走到各个室里去找人："哥！哥！"她大声喊着。可没有任何回应声，于是不满地说，"我哥也是，跑哪儿去了？"

她想了想自语道："不会去了海边吧？"于是走出去寻找。

离工作室不远有一条通往海边的土路，她在那条土路上走了十来分钟，来到海湾。有块猴头形状的礁石，延伸到海里50来米处，当地人称之为猴头岩，下面的海浪哗哗拍打着礁石，有海鸥在礁石上空飞翔。

她举目四望，海湾空无一人，"我哥会去了哪里？看屋里的情形也不像是出了远门。"她自语道。可没有答案，只得失意纳闷地回到工作室等待。她想也许他哥进城办事或去了附近某个地方作画，天黑了总要回来。

二

太浩湖是一个两座山脉间断层移动陷落所造成的大湖,有多座山头围绕湖边。与夏威夷没有严寒的气候不同,这里冬天降雪期长达 8 个月,浩湖山区有多处滑雪场,提供了适合各级滑雪能力的滑雪坡和各异的美丽山景。太浩湖(Lake Tahoe)是印第安语中的大湖之意。马克·吐温曾说:"如果想呼吸天使的空气,那么去太浩湖吧!"

太浩湖滑雪场孕育了美国最棒的滑雪文化,每年冬季都会有不少爱好者来这里滑雪。来到滑雪场的齐海涛夫妇和艾伯特夫妇,在其中最大的叫 Squaw Valley 的滑雪场滑雪。

艾伯特夫妇滑得很尽兴,齐海涛也比较投入,只有邬凌显得心事重重,滑雪时出现两次技术失误而摔到雪地上,好在并没有伤到筋骨。

第二次摔倒时齐海涛关切地滑到她的面前:"你今天不在状态,先休息一下吧?"

邬凌点点头,滑到中途休息站后,将护目镜置于头顶,买了杯热咖啡,然后坐下来。她看着一片冰天雪地中,穿着红色、黄色等外套的滑雪爱好者,脚踏长长的滑雪板,手拿滑雪杖,身子一屈一伸,飘逸潇洒自如,充满着活力和美感。

邬凌的思绪又飘到了滑雪之外,鲍尔事件发生以来,她特别是想到儿子可能受到的心灵创伤,她就像掉进了黑暗的深渊。那里没有光,也找不到出口。婚外情的滋味如蜜般甜美,只要尝过一次,就无法轻易放手,以致最终酿成苦果。

一个穿着黄绿相间滑雪服,从半山滑道上急速而下,矫健的身影,做着大迂回,由远及近飞一样地滑到她的面前的人,在她愣神的当口,那人又从她眼前掠过。

看着他急速地远去，邬凌的思绪回到了去年年底的一天。

他们公司休假，几个要好的同事相约到这太浩湖滑雪，助理凯丽到她办公室征求她的意见，问她一块儿去不，滑雪运动是她喜爱的，她同意了跟大伙儿一起去。随后她接到了丈夫齐海涛打来的电话，说晚上有应酬不回家吃饭了。下了班她开车回家，走到半途她想了想，决定把要外出的消息告诉鲍尔，于是掉转车头朝郊外的鲍尔工作室开去。

邬凌进到鲍尔工作室，走近画室门。门上挂着深红色天鹅绒门帘，她掀开门帘，把门打开走了进去。

鲍尔坐在一把藤椅上，嘴里叼着一支香烟，在画着他的油画，有两个女子穿着薄纱在为他当模特。看到邬凌走了进来，他用烟朝那两个女模特儿指了指："好了，今天就到这里。"

两个女子抱了衣服去到换衣间。

鲍尔朝邬凌迎了过来，高兴道："想不到你今天会来，快坐下。"

随后鲍尔走到咖啡机前为邬凌倒了杯咖啡，递给她："室外有些冷吧，喝点咖啡会好一些。"

邬凌接过喝了两口，浑身感到舒服了不少，对鲍尔的体贴点头表示赞赏。

两个模特儿换了衣服出来，跟鲍尔打过招呼，也对邬凌点点头后，离开了工作室。

邬凌这才道："我明天要离开夏威夷十来天，算是跟你告个别吧。"

"上帝，你要去那么长时间，没有你的日子我可受不了。"鲍尔做着痛苦状。

"没有那么夸张吧，你这里的美女可不少。"邬凌嘴里揶揄道。

"那是出钱请来的模特，与你可不一样！对了你要去哪里？"

"同事们约好，去旧金山的太浩湖滑雪度假。"

"哇，太棒了，滑雪是我的最爱。"

"你的最爱是绘画，什么时候变为滑雪了？"邬凌不由得笑了起来。

"凌，你喜欢的就是我喜欢的。"

邬凌看着他："你还学会了油腔滑调。"

"不是油腔滑调，按你们中国人的说法是爱屋及乌。"

"这你也会？"邬凌开心地笑了。

"不过这里依然是阳光明媚，你们要去的那个是什么湖？"

"太浩湖。"

"对，太浩湖，还有雪吗？"

"太浩湖一年有 8 个月都是下雪的，你认为都像这夏威夷呀，没有冬天。"邬凌道。

"走，我们云海边。"鲍尔道。

"去海边干吗？"邬凌看着他。

"我们去海边用餐，你去屋里把冰箱里的肉和蔬菜食品带上，我拿上烤肉的工具。"

不一会儿他们便把食材拿到离工作室不远的海边，从礁石旁边的一条小径，下到海滩上。

鲍尔支好烤箱，烤起了肉和蔬菜。

看着他麻利的样子，邬凌道："你不但是画家，还是不错的厨师。"

"我叔叔的手艺，我学了不少，你天天过来的话我天天做给你吃。"

"那我可不敢，你不画画了。"邬凌笑道。

鲍尔做好了食物，邬凌在沙滩上铺了油纸，把食物放在上面，她还拿来了红葡萄酒。面对着夕阳下的大海，他们坐下来用餐。

鲍尔举起酒杯："这杯酒是我给你的饯行酒。"

邬凌端起酒杯："我开车来的，就意思一下。"和鲍尔碰了后，喝了一小口。

鲍尔则一口干了，又给自己倒上，看着邬凌："你这明天一走，可把我的心给带走了，我就这样被你弃在这岛上。"

邬凌抬头看着鲍尔："太夸张了吧，再说我也只是去十来天。"

"别说十来天，我一天都不想离开你。"鲍尔直视着她。

月亮升上了海平面，天色逐渐朦胧起来。他们吃好了，鲍尔走到她面前，抱着她狂热地亲吻起来。

邬凌推开他："不行，我得走了，海涛一会儿就会到家。"

鲍尔非常不舍地看着她离开海滩。

第二天，邬凌和同事飞去了旧金山，来到太浩湖，开始了他们的假期滑雪之行。也就在她到太浩湖的第三天，她从滑道下来同样坐在这半道休息处歇息。

一个人从高处急速而下，他穿着黄绿相间的滑雪服，潇洒自如地滑到休息处，然后在她面前一个急停。在她纳闷、诧异的当口那人掀开防雪墨镜，竟然是鲍尔。

邬凌惊讶道："怎么是你？"

鲍尔："你走的这几天我哪能专心作画，要是再见不到你我都要疯掉了。"

邬凌笑道："你们搞艺术的就会夸张，我可没有那么大的魅力。我的同事就在这里，我可不想让他们看见我们在一起。"

"跟我来。"鲍尔拉着她的手。

"去哪里？"邬凌疑惑道。

鲍尔不由分说拉起她就走，邬凌只得跟着他滑着雪离开滑道。

鲍尔带着邬凌来到了斯泰因·埃里克森酒店，他们卸下滑雪板走进酒店大堂。大堂里装饰着挪威式雪橇、溜冰鞋和洋娃娃之类的淘气精灵。鲍尔领着邬凌进了电梯，来到他所住宿的楼层，在电梯外鲍尔就吻了她，接着是走廊、客房门前，鲍尔一次次对她献上深长的吻。房门一打开，他们就开始疯狂地撕扯对方的衣服，激情地碰撞在墙上。

随后鲍尔关上房门，把她抱起放到床上，扑了上去。

邬凌推开他："我得先去洗个热水澡。"

邬凌进了浴室，鲍尔在沙发上坐了下来。

不一会儿浴室里传来哗哗的放水声，鲍尔想了想站起身，脱掉身上的滑雪衣裤，穿着裤衩进到了浴室。不一会儿浴室里传来了他们的亲吻声。邬凌本把那晚的一夜情当作一时意乱情迷的结果，并想就此打住。但既然知道了底线那一边的迷情，还能控制不再跨越吗？一旦跨出了那一步，要想控制住自己，显然是自欺欺人。此时的邬凌已无力自拔，她享受这样的美好。他们彼此疯狂地吻着对方，很快他们的欲火被彼此点燃。

邬凌放在浴室外客厅的手机响了，没有接听，过了一会儿又再次响起，邬凌这才穿着浴袍出来接听。电话是一同来的助理凯丽打的，问她在哪里，说他们回宾馆也没看到她。

邬凌说自己遇到一个熟人，聊一会儿天，让他们不要担心。邬凌挂了电话。

凯丽那边的一些同事聚集在他们所住宾馆的大厅，对邬凌的突然离开也有些不解。有女同事问凯丽："邬设计师怎么说？"

"她说不用管她，遇见熟人了。"凯丽道。

一位男同事耸耸肩："想不到邬设计师，在这里也能遇见熟人？"

"这有什么稀罕的，尔没听说过这句话吗？天地很大，有时也很小。"

凯丽道。

那男同事："你们发现没有，邬设计师最近变化很大。"

"有什么变化？"那女同事问。

男同事："容光焕发。"

有人点头表示赞同。

凯丽不满道："你们也别背后嚼舌根了，我的肚子饿了，走，吃饭去。"

宾馆的邬凌放下电话，鲍尔穿着浴袍从浴室出来，在她后面将她拥住，他们又热烈地拥吻起来。在那次和鲍尔做爱之前，邬凌已经和齐海涛有一年时间没有做爱了，她甚至认为自己就像快枯萎的花朵，对性事似乎已经漠然。不想自己还有如此的激情和活力，让她相当吃惊，也感到欣喜。体内压抑的岩浆一旦喷发，能量是惊人的，也是不顾后果的。

此时的邬凌就这样愣神地想着，她听人说，只做一次是出轨，多次就是婚外情了。婚外情是地狱，是甘美的地狱。一旦陷入地狱，再想从这地狱中逃出，也还是会输给栖息在心中的恶魔。当初只顾一时的快乐，让自己步步陷入了绝境，自己亲手建立起来的幸福家庭就这样危在旦夕。

就在她天马行空地想着的时候，齐海涛从休息站的售货窗口，端着密封的纸杯滑到了她跟前："在想什么呢？"

邬凌："我们都离开了，也不知齐凡怎样？"

齐海涛把纸杯递给她："这里气温低，喝杯热茶暖和身子。"

邬凌感激地接过，用吸管啜了两口。

齐海涛："齐凡不是平时都住校吗？家里有迪蕾，再说不是还有你侄儿邬平吗？"随后在她的身边坐了下来，看着远处的那些滑雪人，"来这里滑雪就要放松，家里的事、工作的事，其他烦心事，都要统统丢到太平洋里去。"

邬凌点点头。她拿定主意，事情既已如此，而且案情没有爆发，就走一步算一步，做到神不知鬼不觉。

三

到了晚上茱莉娅也没有等到她哥回来，她非常纳闷。从房间的摆设和画室调色板位置来看，她哥似乎未出远门。她用手摸了摸调色板上的颜料，从干湿程度看似乎有好几天时间了。

"鲍尔会去了哪里？"她百思不解。夜间茱莉娅在沙发上坐着等她哥，竟睡着了。

当她醒来时已经过了午夜，一轮圆月高挂天中，夜间空气干爽，有些许凉意。茱莉娅从自己的行李箱中取出披巾，披在身上，走到窗前。月光如蓝色的轻纱，笼罩着外面的原野，万籁俱寂，只有远处一只不知名的鸟，发出几声鸣叫，给夜色增添了几分阴冷、寥落。

她一直等到天明，她哥也没有出现。她推门走到后院，晨曦初现，浓雾在散去，远处山峦和原野逐渐现出清晰的面目。有海风呼呼地吹来，在院里打着旋儿。

茱莉娅决定去公路对面的山地寻找，她穿过一片潮湿的灌木丛，松软的泥土在她脚底陷下去，贴在鞋底上，头顶上低而松散的云缓缓东移。她艰难地走着，好不容易出了灌木丛，眼前出现偌大的草坡。草坡上绿浪铺陈一望无垠，也不见她哥的踪影。

远处的山峰在薄雾中依稀可见，风起处身后的一片树林，发出一声声低哑的、忧郁的呜呜。

她知道她哥开办了一家艺术品工厂，好在在夏威夷开艺术品厂的不多，她打听到了工厂地址，打的前往。

　　她来到她哥开办的工厂，只见车间的大门紧闭。她上前推开大门走了进去。大门里是一个院子，厂房就在院子的后面，倒有几分气势。一、二楼是车间，三楼为办公区。工厂应该是很有人气的地方，可她看不到一个人，车间的门上都挂着大锁。她上到三楼的办公区，办公室也都关着。

　　茱莉娅很纳闷，回到院落她大喊道："有人吗？"

　　听见喊声从一个过道处转出一位身材矮小肥胖的老人。

　　"小姐，是你在叫人吗？"他的头发灰白，银色小胡子剪得很短，蓝色的眼睛透出几分慈祥的目光。

　　"是的，大叔。"她指了指车间，"怎么都上着锁，也没有看见工人干活，工厂是放假了吗？可现在也不是什么节假日呀！"

　　老人疑惑地看着她："这位小姐，你是来做什么的？"

　　茱莉娅抱歉地说："大叔，我是鲍尔的妹妹，从奥地利来。"

　　老人："找你哥得去他的住处。"

　　"我就是从那里来，没有见着他，才找到这里来的。"

　　老人一声叹息："你哥已有一段时间没有到厂里来了。"

　　"为什么会这样？"

　　"厂里因生产的产品卖不出去，又没有资金生产新的产品，已经停工了。"老人看了看车间，"你都看见了，如今这里就留我一个看门的。"

　　听闻此言，茱莉娅又给她哥的手机拨了电话，语音提示依然是关机，一种不祥的预感袭上心头。

　　茱莉娅感到一种孤独无助，她不知接下来该如何办。这里没有她认识的朋友，她突然想到了邬平，那个热心的中国小伙儿，她决定去向他求助。

四

夏威夷大学的主校区位于孟诺雅山谷，校园环境非常漂亮，拥有最大规模和最先进的教学设施，是一所具备国际水平的研究性公立大学。而且学费便宜，大学每年对学生还有补贴费，可谓"超值学府"，来此读书的世界各地留学生不少。

这天上午邬平在宿舍看书，一轮金色的薄雾拥抱着校园。窗外的枫叶红得像火焰，山茶花竞相绽放，一片姹紫嫣红。红色、黄色、杏色的花木以及海棠装点宿舍的窗台。

研究生的课程并不很紧，课余时间比较多，不少同学出去泡吧、泡妞，而邬平一直埋头苦学。

男同学戴维斯进屋来叫他："邬平，外面有个美女找你。"

邬平心想自己哪来的美女找，没有理他。

戴维斯走到他跟前："我的话你没听见吗？那可是一个相当漂亮的美女。"

邬平移开关注在书本上的目光，抬起头："我可不认识什么美女，还相当漂亮呢，你这话我能信吗？"

这时茱莉娅出现在门口，她穿着黑色抹胸，外面套着一件绿色外套。

邬平不禁有些紧张，惊讶地站了起来："茱莉娅。"

戴维斯诡异地笑道："我没骗你吧？"

邬平走到门口："你怎么来了？快进来说话。"把她让进了屋里坐下，为她倒了杯水。

茱莉娅看来确实口渴了，接过水杯咕噜咕噜喝了下去，然后感激道："谢谢！"

戴维斯耸耸肩："你们聊。"然后冲邬平诡异地笑笑，走了出去。

邬平看着茱莉娅，从抹胸边沿能窥觑她丰满的乳房和深陷的乳沟。

邬平移开视线："我昨天还去宾馆找你呢，总台的人告诉我你一早就退房走了。"

"你去找我？"茱莉娅瞪着疑惑的眼睛。

"哦，对了，"邬平从书桌上的书堆中取出那本《人物》杂志，翻到介绍鲍尔作品的那页，"这是你哥的画，画中的人物是你吧？"

茱莉娅好奇地接过看了看，然后点点头。

"我没骗你吧，是说你很面熟。"

"你昨天找我就为告诉我这个？"茱莉娅盯着邬平。

"对呀，我可不想被你认为，说与你似曾在哪里见过，是为给漂亮姑娘搭讪而编造的谎言。"

茱莉娅释然地笑了笑："看来我得跟你正式道歉。"

"别别，对了，你来找我又是为了什么？你哥见到了吗？"

茱莉娅摇摇头，急切地说："我就是为我哥的事来的。"

"哦？"邬平在她对面坐下。

"在这里我人生地不熟，与你算有一面之交，而且我感觉你是一个值得信赖的人。"茱莉娅用求助的眼光看着他。

邬平："茱莉娅，你别急，慢慢说。"

"我哥他不见了！"

"啊！"邬平想了一下，"会不会是到哪儿作画去了？"

"从屋里的摆设来看，我哥像是突然离开的，调色板也没有清洗，如果是外出作画不会那样的。他的工厂我也去了，别人说厂里不景气，这段时间都没有看到他。"

"电话还是打不通吗？"

茱莉娅点点头。

"附近的地方找过吗？"

茱莉娅："找过了，山坡和海滩都去了。"

"那附近的住户问过吗？"

"那是在郊区离海边不远独立的房子，几百米内没有其他住户。"

邬平想了想："这样吧，要不我先跟你去看看，有什么情况再想办法。"

茱莉娅点点头。

邬平整理了一下桌上散乱的书，然后对茱莉娅道："我们走吧！"

邬平和茱莉娅来到宿舍外，邬平对茱莉娅道："你在这儿等着，我去开车。"

茱莉娅点点头。

不一会儿邬平从停车处把红色法拉利开了过来，倾腰伸手打开了副驾驶位的车门，招呼茱莉娅："上车吧！"

茱莉娅上了车。

那位带茱莉娅找邬平的戴维斯，和一人在不远处聊天，这时回头看见他们，走过来招呼道："怎么，这位漂亮小姐刚来就要走？"

邬平："她有难事找到我，我得去。"

"难事，什么难事，你小子可别干坏事。"他不怀好意地道。

邬平："你以为我像你一样呀，一年换掉几个女朋友。"

"谈恋爱嘛，当然得多几个！"戴维斯不以为然。

"我们中国可有句话，不以结婚为目的的恋爱，就是耍流氓。"说罢将车开了出去。

车沿着海岸线朝鲍尔的工作室开去，大海时隐时现，一路的风光不错，可茱莉娅因联系不上她哥，而无心欣赏，显得心情非常沉重。

邬平侧眼看了她一眼，宽慰道："你不要过于担心，你哥也许突然有事离开了，要不了两天就回来了。"

"算来我哥已失联十来天了，在他的绘画工作室和开办的工厂都不见，我有种很不好的预感。"着急害怕的茱莉娅流下了眼泪。

"事情也许不像你想象的那样，你既然信任我，找我帮忙，我会尽力的。"

茱莉娅感激地点点头。

40多分钟后，邬平把车开到了鲍尔的工作室后院里。他随茱莉娅下了车，进到房间查看。他仔细检查了每个地方，在画室画板旁边他发现地上有一盒香烟，于是弯腰捡了起来，那是抽了一半的烟盒。

邬平看着烟盒问茱莉娅："你哥他有烟瘾吗？"

"嗯，烟瘾还不小。"

邬平知道一个烟瘾大的人出门再急，什么都可以忘，唯独烟是忘不了的。他又看了看调色板上的颜料，还未清洗，这些都说明茱莉娅的哥是由于突发原因而离开的，可会是什么原因呢？

邬平也想不明白，他于是对茱莉娅道："我们出外再找找。"

他们又在附近的山头和海边寻找，还是不见鲍尔的踪迹。

他们站在浪花拍打的礁石上，茱莉娅道："我哥会不会出了什么意外？"

邬平想了想："要不我们去报警，寻求警察的帮助？"

茱莉娅点点头："我们这就去。"

邬平开车和茱莉娅来到夏威夷警察局。接待他们的是探员马丁和他的助手杰西卡。马丁块头很大，肤色黝黑，年龄看上去50岁左右。杰西卡只有30岁左右，显得非常干练。马丁询问了报案情况，杰西卡在一旁做了详细笔录。随后马丁又带上杰西卡，跟他们一块儿去了鲍尔的工作室，用仪器踏勘了各个地方，特别对画室的地面也进行了仔细的查看，最后将那盒剩半包的烟盒，和那个调色板带走了。

茱莉娅和邬平送马丁和杰西卡来到警车旁。

茱莉娅问道："马丁先生，有什么发现吗？"

马丁看了她一眼："从现场的痕迹来看，来过这里的人不少。"

"会是些什么人呢？"邬平道。

马丁："这个很难说，他不是画家吗？也许是模特儿，也许是他的崇拜者，也许是来交流的同行，当然如果他遇有什么不测的话，也不排除有凶手。"

"马丁先生，什么时候能找到我哥，或给我一个他的消息？"茱莉娅道。

"这个很难说，你不是说他还办有工厂吗，我们也得去了解。"

茱莉娅点点头。

"我们会尽快将寻找结果告诉你。"马丁说完和杰西卡上了警车，然后启动引擎将车开走了。

茱莉娅看着远去的警车，依旧满脸充满愁容。

邬平安慰茱莉娅："警察介入了，你也不要太着急，他们会有办法找到你哥的。"

茱莉娅感激地点了点头，看着邬平："幸好有你的帮助，我才没有那样无助。"

"忙了大半天了，还没有吃午餐呢！走，我请你去吃中国餐。"

"还是我请吧，麻烦你了。"茱莉娅道。

"先别说谁请，解决肚子问题要紧。"邬平很绅士地走到车旁，为茱莉娅拉开了车门。待茱莉娅上车后，为其关了门，这才上车将车开走。

他们进到城里，采到一家叫家乡小馆的中餐厅。这家餐厅不大，但布置得相当温馨，装饰有不少中国元素。经营有北方菜、粤菜和川菜。邬平点了几道不太辣的四川菜。狮子头、宫保鸡丁，还要了两个素菜，一个肉片汤。

"你喝点儿什么酒？中国酒太辣，你喝不了，威士忌怎样？"

茱莉娅："我不会喝威士忌。"

"那？"邬平看着她。

看他如此热情，茱莉娅也不好拂了他的好意，于是道："我酒量不行，要不就喝点红葡萄酒吧？"

邬平点头："OK。"去到前台要了一杯法国的红葡萄酒，为自己要了一杯果汁。

邬平端起果汁跟茱莉娅碰杯："我开车，就以水代酒了。"说罢喝了一口。

茱莉娅把酒杯凑到嘴唇边，一只手轻轻地捋了捋金色的头发，那动作优雅极了。她绿色外套下的黑色抹胸衣，很好地衬托出她的胸部线条。她五官轮廓分明，粉红的耳郭，一半让金黄色的鬓角遮盖了，长长的睫毛荫蔽着她棕色的眼睛。

她不会使用筷子，于是就用勺来吃，就这样她也辣得张着嘴，用手直扇风。不过她对菜品赞不绝口。

邬平笑道："你以后有机会到了中国，我的家乡四川，吃地道的川菜，那才辣呢！"

"中国是个神奇的地方，我很想去的。"

"我从夏威夷大学硕士毕业后，要是回到家乡，你来了我带你玩遍四川。"

茱莉娅笑了，两天来她都忧心忡忡。她看着邬平："平，你是善良的人。"

邬平："我们中国人讲助人为乐。"

"助人为乐？"茉莉娅不明白是什么意思。

邬平解释道："就像是你寻求我的帮助，我呢就在帮助你的过程中得到了快乐。"

茉莉娅："我还以为你会烦我呢，你却得到了快乐？"

邬平点点头："是这样的。"

茉莉娅盯着邬平："那我就让你天天快乐！"说完自己轻声地笑了起来。

"好呀！"邬平也被她的幽默逗笑了。

酒精起了作用，茉莉娅脸上泛起了红晕，在柔和的光亮下，显得妩媚而大方。

茉莉娅双手摸摸脸颊："不行，我一喝酒就脸红。"

"喝酒美颜。"邬平道。

茉莉娅笑了："我可第一次听到这样的说法。"她笑得很开心。

邬平喜欢她的纯真和朴实。

茉莉娅随后脸又阴霾下来："我可不想有那么多的烦心事来麻烦你呢！"

用完餐茉莉娅去吧台结账，总台收银员指着她后面的邬平："账这位先生已结了。"

茉莉娅不悦地对邬平道："我说我请的！"

"我们中国人与女士吃饭，没有要女士结账的道理。"

"那AA制，多少钱？我给你。"她掏出钱要给他。

邬平按住她的手："已没有AA制一说，好了，我送你回去。"

他们出了餐厅，走向停靠的小车，邬平激活了车的遥控装置开了车锁，邬平绕到副驾驶位，为茉莉娅拉开车门，茉莉娅坐了进去。一个正遛狗的中年男子路过，朝他们看过来。邬平尽管不认识，还是微笑着向他问好。

那人友善地挥手作为回应。

邬平关了茱莉娅这边的车门，又转过去上了驾驶室，把车开了出去。

茱莉娅对开着车的邬平道："你们中国的姑娘一定很幸福！"

邬平不明白地瞟了她一眼。

"与男士一起吃饭免单，有事求助便伸出援手的人很快乐。"

邬平被她逗乐了。

五

邬平把茱莉娅送回鲍尔工作室。这时天空乌云密布，快要下暴雨了。

茱莉娅下车后，转身对邬平道："你能留下来吗？"

邬平不知她用意，答应的话与一个认识不久的姑娘夜间相处似乎有些不妥，不答应的话有违姑娘意愿也不合适，一时不知该如何回答。他有些紧张和为难地嗫嚅着："我、我……"

茱莉娅看见他有些误会，指了指天："就要下暴雨了，这么大的房间又在郊区，晚上一个人住挺吓人的。"

听她这样说邬平于是下了车："好吧，我就给你做临时保镖。"

茱莉娅宽慰地笑了，那棕色的眼眸闪着愉悦的光芒。

他们进到屋里，茱莉娅去到厨房，她从橱柜里取出半磅咖啡豆，在烘焙炉上炒干，碾磨成粉，然后进行冲煮，不一会儿便磨制了两杯咖啡出来。他们坐在一张小圆桌前享用。

一股浓郁的咖啡香味溢出来，邬平用鼻子嗅了嗅，称赞道："好香的味道。"用勺搅了搅，端起喝了一口，啧啧道，"这咖啡豆好，你这磨豆煮咖啡的手艺也不赖。"

茱莉娅得意道："我们奈佩克小镇上的咖啡店你知道吗？"

邬平摇摇头。

"茜茜公主你一定知道吧？"茱莉娅看着他。

"我看过以她的原型改编的电影《茜茜公主》，她在中国可是家喻户晓的人物。"

茱莉娅讲道："奈佩克小镇，位于地势浅平的山谷里，有果树、有鲜花、有清爽的空气，还有蜿蜒流淌的小河，流着凉凉的、干干净净的水。当时的奥匈帝国在镇后山坡之上有座夏宫，不少个夏天茜茜公主都是在那里度过的。她喜欢的去处之一就是我们现在的那个咖啡店，我们的店至今保持了原样和制作工艺。这样说罢，你喝的这杯咖啡，就是与当年茜茜公主同样品质和味道的咖啡。"

"是说这咖啡味道好极了，如此说来你得到了那家咖啡店的真传？"邬平笑道。

"我在那店工作了3年，当过服务员，也当过咖啡师，我磨出的咖啡豆大家都喜欢喝的。"

邬平对她肃然起敬："想不到在这夏威夷，喝到了如此好的咖啡，还认识了来自茜茜公主家乡的茱莉娅小姐。"

"要不是来这里寻我哥，我们是无缘认识的。"

"我们中国有句老话，有缘千里来相会。"

茱莉娅点点头。

"还有一句话叫百年修得同船渡，千年修得共枕眠。"

对这句话茱莉娅不明白地看着邬平。

邬平跟她解释道："就是说两个人的认识，是前世修来的福分；而两人要是能结婚的话，就是几个前世修来的福分了。"

茱莉娅想了想道："就像我们今天同住在这里，是一百年前就有的约定？如果要成为夫妻就得有一千年的约定。"

"你的悟性太高了，就是这个意思吧！"邬平赞叹道。

"上帝，这太不可思议了，看来我们千年前是没有关系的。"她不胜惋惜地噘起了嘴唇，并且用孩童般天真的语气道。

"是呀，所以我们是成不了夫妻的。"邬平笑了起来。

这时邬平的手机响了，他掏出一看是他姑妈邬凌打来的。

"姑妈，有什么事吗？齐凡呀，他挺好的，你就放心吧！"

"好的，就麻烦你了。"邬凌在电话那端说道。

"姑妈，就先这样。"邬平挂了电话。

"是谁的电话？"茱莉娅问道。

"我姑妈，对了，我就是从她那里看到那本《人物》杂志上你的画像的。"

茱莉娅思索道："你说你姑妈会认识我哥吗？"

"你不会是想说，凡手上有这本杂志的人，都认识你哥吧？"

茱莉娅自嘲地笑笑："这也是。"

在太浩湖豪华宾馆里的邬凌，是在客房的写字台前给邬平打的电话。写字台上她的笔记本电脑打开着，她在进行设计的修改。

穿着睡衣的齐海涛走了过来："给邬平打电话？"

邬凌点点头："他说齐凡挺好的。"

"邬平是个负责任的人，我们的儿子也是懂事的孩子，虽然淘气一点儿，但谁家的孩子不淘气，既然出来散心就别操家里的心，你看还带着工作出来呢。"

邬凌叹了口气："这也许就是母亲和父亲的区别吧，没在孩子身边总感觉不踏实，至于工作是答应总裁，说回去就给他修改稿的。"邬凌无奈道。

"那你的设计修改得怎样？"

"比以前好一些，可还是不满意，觉得还是缺少灵性的东西。"

"也不要给自己太大的压力，能做到什么程度就什么程度，再出名的设计师也不是每件作品都能让人满意的。"

"我认为自己应该能做好的，可就是差那么一点点。"

"时间不早了，身体要紧，睡吧！灵感不是你强迫就能有的，要在一种情绪放松的状态下才能产生。"

邬凌像是认同了齐海涛的观点，一声叹息。她内心在想看来齐海涛说得对，自己不能设计出满意的效果，是近期思想的浮躁、不安、惊恐，特别是发生了鲍尔事件，哪能真正地静下心来搞设计，她感到自己的设计灵感在一天天枯萎。上帝在为你关上一扇门的同时，会为你打开一扇窗，那么命运之神难道就不会在为你打开一扇窗的同时，为你关上一扇门？自己酿的苦果总有一天是要还的，只是她不想来得这样快。

在鲍尔工作室，邬平看着茱莉娅："茱莉娅小姐，问你个私人问题可以吗？"

茱莉娅看着他。

"你结婚了吗？"

茱莉娅摇摇头："没呢。"

"有男朋友吗？"

茱莉娅微微皱了皱眉，邬平有些慌乱，"啊，我，我没有打听你隐私的意思，只是随口一问，你要是不想回答没有关系，对不起啊。"

她转过头来，看着他的紧张样扑哧一声笑了出来，歪着头紧紧地注视着他的眼睛，似乎想从他的眼神中寻找什么："你是想我有呢，还是没有？"

"我……我不知道。"邬平脸红了。

茱莉娅随后道："也没有。"

"这就好。"邬平轻快地说出来。

"你这是什么意思？想我嫁不出去吗？"

"这样你就可以找个中国小伙儿呀！"

"你不会是想泡我吧？前天你让我搭车时我就说对了。"茱莉娅瞪大眼睛看着他。

邬平急忙分辩："我不是这个意思。"

"怎么，我不够漂亮吗？"茱莉娅带有几分俏皮地盯着他的眼睛。

"你够漂亮的，不过……"邬平一时不知该如何回答她的诘问。

"不过什么？"茱莉娅没有放过他。

"这样跟你说吧，不是漂亮就能做女朋友的，刚才不是说了吗，这得要有缘分。"

茱莉娅似乎理解了他的话，点点头，移开目光，沉默了一会儿，然后放松了双唇道："追求者倒有两个，不过我对他们没有感觉。"

邬平内心一阵喜悦，冥冥之中就像在期盼着什么。

茱莉娅的手环上邬平的肩，很自然地给了他一个拥抱和香吻，对他道："你真可爱。"

几声炸雷从天边滚过，随后暴雨伴着狂风，急促地敲打着门窗，天色随之暗淡下来。

喝完咖啡邬平对茱莉娅道："你疲惫了，回屋睡吧！"

"你睡哪里？"茱莉娅道。

邬平看着一旁的沙发："我就在那里将就一宿。"

"这怎么行？你是我给留下的，要么你去屋里睡，我睡沙发。"

"你别说了，就这么定了。"邬平不由她再申辩。

茱莉娅只得按邬平的意见，随后去了浴室。因浴室是改建的，空间不大，她把脱掉的外衣和长裤放在浴室门外的椅子上。她解开发辫，瀑布般的金色头发滑过肩膀，她开始了洗浴。

浴室响起了哗哗水声，邬平朝浴室看了一眼，他发现茱莉娅的衣服没有放好，竟然从椅子上掉到了地上。他想了想走过去，把衣服从地上捡了起来，重新在椅子上放好。

外面电闪雷鸣，一只四脚蛇从浴室的窗缝中爬了进来，在天花板上蠕动着。洗着淋浴的茱莉娅无意间看到了那在头顶的四脚蛇，惊恐地尖叫起来。

外面的邬平听到浴室传来的叫声，不知发生了什么事，来不及思考，冲进了浴室。当他看到惊吓中的茱莉娅赤裸着身体时，一时愣在了那里。

茱莉娅也意识到什么，抓过一旁的浴巾裹在自己的身上。当她再抬头看那只四脚蛇时，那只四脚蛇也许被她的尖叫吓着了，从窗缝中又快速爬了出去。

邬平注意到了那只四脚蛇，但面对当下的情形他连忙道歉："对不起。"转身奔了出去。

邬平为稳定自己的情绪，从橱柜里拿出一瓶矿泉水回到客厅。拧开盖子，咕噜咕噜喝了几口。

茱莉娅从浴室里出来了，穿着一件乳白色睡衣。

茱莉娅走到他身边，看到他喝水的模样道："怎么，口很渴吗？"

"不……不渴，我也不知道。"邬平说话有些语无伦次。

茱莉娅捋了捋还湿漉漉的头发，在他旁边的沙发上坐下，她刚洗完澡，散发着体内的余香。她用吹风开始吹干自己的头发。

邬平脑子闪出刚才看到的她的胴体画面，胸口有种莫名的热气在膨胀，更准确地说，是一种激动的感觉，有种想把她搂入怀中的冲动，他连忙站起身道："我也去洗洗睡了。"他怕控制不住自己，做出荒唐的举动。

　　夜已深，窗外的雨似乎停了。穿着睡衣的茱莉娅屈腿坐在卧室的床头，双手抱于胸前。想到自己刚才裸体呈现在邬平的眼前，她的两腮出现了红晕，继而体内也滋生出一种渴望。心脏被猛烈撞击，有种嗡嗡的感觉荡漾开来，席卷了她的胸、她的腹……竟让她有些意乱情迷。她听了听外面的客厅，没有听见邬平的动静。她下了床开门走到外面，她发现邬平倒在沙发上和衣睡着了。她一声叹息，带有几分失意回到了卧室。

▸ 第五章

一

第二天一大早，雨过天晴，周围树上的鸟鸣声吵醒了邬平。他摸出手机看到时间是 5 点多钟，扭头看茱莉娅卧室的房门，依然紧闭。他知道对茱莉娅来讲时间还为时尚早。可他怎么也无法入睡，怕弄醒了茱莉娅，他轻手轻脚地起了身，去到外面，走向通往海边的道路。

海面上的浓雾正慢慢退去，海水拍打着岸边的礁石，海鸥鸣叫着翱翔在大海之上。

来到海边的邬平，看到那个巨大的橙色星球在他面前冉冉升起，在澄澈天空的映衬下，更显庞大和有力。他以前从未见过如此磅礴的日出，他清楚地看到了蔓延过大海的明媚阳光。

这美景堪称恢宏壮丽。他在想太阳每天都会升起，但很少人体会到，晨曦是为自己而来。

　　茱莉娅起床已是早上8点多钟，她打开面向山体的窗户，天空云彩缤纷，山头的晨雾升起，屋外被昨夜雨水打湿的树叶格外地新鲜。

　　茱莉娅出到外面客厅，邬平已经离开了，桌上留了张便条，她拿起一看，上面用英文写着："不打扰你睡觉，我回学校了。"

　　茱莉娅放下便条，走到邬平昨晚躺着的沙发前坐下，拍了拍身下的沙发，她感到沙发上仍残留着邬平的气息，无缘无故伤感起来。

　　昨天探员马丁和助手杰西卡去了鲍尔的工厂，也没有得到有价值的东西，今天他们开着警车来到鲍尔的房东家。房东是一位老者，原是当地的一个搞干果加工的老板，工作室原来是他的车间，后来岁数大了不做了就一直空着，直到鲍尔找到他，租下它做工作室。

　　在老者的家里，探员马丁问老者："鲍尔租了多长时间？"

　　"五年，预交了一年的房租，还有一万美元的押金。"

　　"也就是说他不会突然离开是吗？"马丁道。

　　"我想是的，他要是离开夏威夷我一定会知道。"老者道。

　　马丁点点头，起身递过一张名片："这是我的名片，要是有他的消息，请第一时间通知我。"

　　"好的。"老者起身接过名片。

　　马丁和杰西卡走到屋外开着警车离开。

　　杰西卡纳闷道："昨天我去海关查了，并没有鲍尔的出境记录，也就是说他应该还在夏威夷这座岛上。"

　　马丁思量片刻："我有种不好的预感。"

　　"哦？"杰西卡看着他。

　　"鲍尔也许遇到了麻烦或者不测。"

"会是什么呢？"杰西卡思考起来，可是不得要领。

"我们去各个医院看看，也许病了，也许出了车祸。"

接下来的两天他们跑遍了夏威夷所有的医院，都没有收治过叫鲍尔的奥地利人。

这天马丁和杰西卡回到警局，一个警员递给马丁一本书："这是你要的。"

马丁接过进了自己的办公室，杰西卡也去到自己的办公地点。马丁坐到桌前，翻看手中的书，正是那本登载有鲍尔的《人物》杂志。

马丁翻到那篇艾伯特写的文章仔细阅读起来，看完后他沉思片刻，然后拿起了桌上的电话，按照杂志上所印杂志社的号码拨通了电话："我这里是夏威夷警察局，我是探员马丁，请帮我查一下去年你们杂志的第七期，刊登介绍鲍尔绘画文章的那位叫艾伯特先生的电话，需要咨询他一件事。好的，查到后请告诉我……对，就打这个电话。"马丁放下了电话。

夏威夷大学的校园里随处可见不同肤色的学生，洋溢着一派活泼生机。教学楼气势宏伟，楼前的凤梨开着红色、黄色的花。

邬平和戴维斯从教学楼里出来。

戴维斯道："看你这几天高兴的，交到女朋友了吧？"

邬平未置可否，嘴角带着笑意。

戴维斯指着他嬉皮道："我没有说错吧，是那天找你的那个姑娘？"

"她还不是我的女朋友，她是来这里找她哥的，人生地不熟要我帮忙而已。"

"那姑娘很漂亮，叫什么？"

"茱莉娅，来自奥地利。"

"茱莉娅，一个很好听的名字，你可不要错过了这么好的姑娘。"

邬平笑了笑："这是哪儿跟哪儿。"

戴维斯站了下来："后天下午我有个生日派对，在家里举行，你和那个茱莉娅一块儿来吧？"戴维斯就是夏威夷的人，父亲是位州议员，在当地很有名望。

"这不好吧，再说了也不知她肯不肯来？"

"你喜欢她，就要向她发起爱情攻势。"

"行，那我就试试。"邬平下了决心。

戴维斯笑道："这就对了，还有别开车来，少不了要喝酒的。"

邬平点点头。

二

邬平跟茱莉娅说了同学戴维斯的邀请，她同意了。邬平在同学生日派对这天下午打的接上她，来到戴维斯在海边的别墅。

因是参加生日派对，茱莉娅精心打扮了一番，穿着米色筒裙，上身是白色短袖 T 恤，领口左侧系着黑底白花的蝴蝶结，戴了一对水晶的大耳环。给人清新大方、楚楚动人的感觉。

"你这样一打扮就更加美丽了。"邬平在看到她时由衷地赞美道。

茱莉娅嫣然一笑："参加你同学的生日派对，我不能给你丢脸不是吗？"

邬平欣然道："有你在我身边呀，一定会把所有人羡慕死的。"

别墅坐落在一个海湾，金碧辉煌、富丽堂皇。别墅的大门口，摆放了上百盆百合花，花香扑鼻。参加生日派对的男士西装革履，女士是香气四溢，礼服泛着珠宝般的色泽。邬平对外面负责接待的人员递过请柬，然后同茱莉娅走了进去。

在极尽奢华的大厅，戴维斯看到他们高兴地道："你们来了。"并看着茱莉娅道，"茱莉娅小姐的到来，让这里蓬荜生辉呢。"

"戴维斯，谢谢你的赞美。"茱莉娅笑得很开心。

"你别只顾发感慨了，我知道你今天特别忙，我们先去后面的海边玩玩。"邬平道。

"行，你们随意。"戴维斯道。

邬平带着茱莉娅穿过大厅，来到后面的海边。这片海域风光优美，属于私人领地，是不对外开放的。

沙滩上的几张条形大桌上，摆放有龙虾、海鳌虾、扇贝、牡蛎、三文鱼、面包、糕点等各种美食和酒类饮品。已有几十个前来参加生日派对的男女，他们有的坐在沙滩椅上看海，有的在随意喝着威士忌、香槟、果汁等聊天。几个穿着制服的侍者端着一盘又一盘的美食穿梭于宾客之间，为大家添酒取食。

从天亮开始，就有五位厨师不知疲倦地忙了一天。主厨是从城里西餐厅请来的大厨，按照他的吩咐，所有食物都装饰得像甜点那么漂亮，不是在顶部放一颗樱桃，就是点缀一些鱼子酱，或加上一小块番茄，使之看来赏心悦目，增强人们的食欲。

邬平和茱莉娅在摆满食品的条形桌前用盘子取了食物，走到海边望着大海，边吃边观赏落日。

有小提琴声响起，一位浅金色短发，有着桃色皮肤的姑娘，在一个临时搭建的台子上拉着小提琴，大家都回过身看着她。她拉完一曲后给大家一鞠躬，露出深深的乳沟。

戴维斯领着一个男子，走到邬平和茱莉娅的身边，给他们作介绍。那男子是他的表哥，在一家律师事务所当律师，已是相当有名气的大律师了。

表哥跟他们握手，表哥对邬平道："经常听到戴维斯提到你，你们是同室好友。"

"幸会。"邬平道。

哈里斯看着邬平旁边的茱莉娅，对邬平道："这是你的女朋友吧，这样漂亮。"

邬平不知该如何回答。

茱莉娅将头靠在邬平的肩头，露出甜蜜的微笑。

哈里斯举起酒杯："祝福你们！"

他们碰了杯，喝下杯中酒。

参加完生日派对，时间尚早，邬平和茱莉娅来到城里。

华灯初上，街灯的玻璃罩子，咯咯地在风中响着。邬平执着茱莉娅的手，走在热闹的夏威夷街头。茱莉娅的美丽引来不少男士回头。

在与茱莉娅的短暂交往中，邬平几乎挑不出她的一点儿毛病，近乎完美的脸蛋，婀娜的身材，举手投足都衬托出良好的教养，走到哪里都会受人关注，构成一道流动的风景。

三

时间一天天过去，茱莉娅还没有得到她哥的消息，心情沉闷。

又一个周末到了，为让茱莉娅开心，邬平约上茱莉娅，并在小学接了齐凡，一同到海滨浴场游泳。

茱莉娅穿着一件极致的黄色丝绸长裙，头上系着红色丝带，光彩照人，魅力四射。

一望无际的天空，虽然不是夏天，但依然有令人炫目的阳光，这一切使得人们急于融入大海的怀抱。

海滨浴场。碧绿的海水轻轻地拍打着沙滩，来此游泳或冲浪的人不少。也有人躺在沙滩上，享受着日光浴。

邬平在浅海处教齐凡游泳，他曾在成都市体校游泳队集训过，有相当的基础。茱莉娅金黄色的头发上插着一朵红色的鲜花，换着比基尼泳装，坐在沙滩上的一个遮阳伞下，看着在海水中嬉戏的人们。因他哥至今还没有消息，心情愉悦不起来。

齐凡在水里折腾了一个多小时，说累了，于是他们上了岸，走到茱莉娅身边。

齐凡一屁股坐到沙滩上："累死我了。"

邬平拿起一旁小凳上的瓶装水喝了几口，看着茱莉娅："你怎么不下水。"

"看着你们游也不错。"

"去吧，都来了，是不会游吗？"

"谁说我不会游。"茱莉娅站了起来，摘下头上的插花，朝海水走去。

她一头金发，容貌漂亮，身体颀长，从裸露的肌肤看肌肉匀称而结实。邬平欣赏地看着她迈向海水。

茱莉娅下到齐大腿的海水处，回头看了邬平一眼。

邬平连忙躲开视线，背后偷看像是做贼被抓一样。

茱莉娅回过身扑了出去，挥动手臂朝外游去。她的游姿优美，邬平的视线始终落在她的身上。

"邬哥，她是你的女朋友吗？"齐凡望着邬平问。

邬平收回视线："不是。"

"她真漂亮，你要是有本事就把她追到手。"

邬平在他头上敲了一下："一个小屁孩儿，懂什么？"

"我爸妈什么时候回来？"齐凡道。

"还有两天就回来了，怎么？想他们了吧？"

齐凡点点头："我肚子饿了。"

邬平四下看了一下，发现远处有一小卖部，于是道："你等着，我去那边给你买点吃的。"

齐凡点点头。

邬平拿起桌上放着的一个小包，来到那家小卖部，从小包中拿出钱买了三个面包。

这时天色突然暗淡下来，小卖部的老板是个中年人，他自语道："这天看来要下暴雨了。"

邬平抱着面包往回疾走。这时浴场的喇叭响了，在喊："海里游泳的人赶快上岸，暴风雨就要来了！"

海水中的人连忙往回游，纷纷上岸奔向能避雨的地方。

邬平回到齐凡处："茱莉娅还没上岸吗？"

齐凡摇摇头。

邬平把目光投向海边，海里的人大都上了岸或接近岸边。他把面包和小包往齐凡手中一塞："你快去更衣室躲雨。"

"你呢？"齐凡道。

"我在这里等一下，你先过去。"齐凡只得先朝更衣室跑去。

邬平奔到海边，焦急地看着上岸的人，可没有看到茱莉娅。此时暴雨已从天而降，他朝海面看去，他看到200米远处有一个人在拼命往回游。有浪打来将那人埋进了海水中，过了好一会儿又才冒出来，但看得出来游得非常吃力。

邬平凭直觉认为那人是茱莉娅，叫声："不好！"从跑过身边一人的手中夺过冲浪板，冲向海水里。

被夺冲浪板的人不明真相，叫喊起来："你干什么？"

这时邬平已顾不得解释扑进了海里，站在冲浪板上，朝那人冲了过去。

茱莉娅因她哥的事心情不好，下到海水后朝外游出很远，广播里预警的喊声她并没有听到，当她发现天气变化往回游时，已起了风浪，增加了回游的难度，渐渐体力有所不支。暴雨下来了，一个浪子打来把她埋入水中，她挣扎着重新冒出了水面，可此时离岸边还有100多米的距离。她想自己是回不到岸边了，内心非常恐惧。她又坚持游了20多米，实在没有力气了。就在她绝望的当口，邬平踏着冲浪板来到了她的身边，对她大声喊道："快抱住冲浪板！"

茱莉娅使出最后的力气抱住冲浪板的尾部，邬平驾着冲浪板在暴风雨中朝岸边冲去。快到岸边时有两个救生员前来接应，把茱莉娅扶上了岸。

救上茱莉娅后，他们换好衣服，开车朝城里返回。

雨还下着，但似乎小了许多。茱莉娅茫然地看着窗外，似乎有些后怕。

待稳定情绪后，她收回目光看着邬平："谢谢你救了我！"

"你怎么游出了那么远，没听见广播？"

茱莉娅忧郁道："想着哥的事，不知不觉就游了出去。"

"邬平哥，进城后我们吃什么？"齐凡道。

"你不是才吃了面包吗？"

"那抵什么事呀！游泳很饿人的。"

"好、好，我们这就去吃，"邬平看着茱莉娅，"你想吃什么？给你压压惊！"

"什么叫压惊？"茱莉娅看着邬平。

"就是你今天差点出事，心里害怕了不是，吃点饭喝点酒就把恐惧赶跑了。"

茱莉娅心情宽慰了些："好，听你的。那天我们去的那个中餐馆我看不错。"

"好啊，就去那里。"邬平道。

车朝前继续开去，此时的雨已经停了下来。

四

旧金山机场，赶飞机的人熙熙攘攘。

齐海涛夫妇和艾伯特夫妇办理了行李托运，过了安检后朝登机口走去。

艾伯特的手机响了，他接听后很吃惊的样子："夏威夷警局的马丁探员，找我有什么事吗？"

走在他后面的邬凌警觉起来，不由得紧走两步，更靠近艾伯特一些，看似目光注意到他处，实则专注听着。

艾伯特对着手机："你是说那篇写鲍尔的文章，对，是我写的，啊！怎么会这样？具体情况呀……"

这时他们来到登机口，飞往夏威夷的航班已开始登机。

艾伯特："这样吧，我现在正在登机回夏威夷，好好，另抽个时间，就这样。"他合上了手机。

他们过了登机口，在通往飞机的通道上，邬凌追上艾伯特并排走着。

邬凌："什么事呀？这登机了还来电话？"

艾伯特看着邬凌说："那个鲍尔失踪了，警察找我了解些情况。"

"啊，这——"邬凌表现出吃惊的样子，"不过他失踪了怎么会找你了解？"

"我也不知道，你不是让我给他的油画写评论吗？这还跟警局扯上了。"

"是呀，挺闹心的。不过你去了警局也别说是我让你写的，就说看到那画不错就写了，别让我也跟着闹心。"

"放心吧，我知道怎么说，这种事能少牵扯人就少牵扯，警察局那帮人就喜欢没事找事。"

邬凌："就是。"

说着话他们上了飞机，在各自的座位上坐下。

邬凌因艾伯特接的电话，心情又沉重起来。

齐海涛发现了她的情绪："怎么了？这两天看你恢复得不错。"

邬凌不知该怎么回答齐海涛的问话。

"刚才看到你跟艾伯特在说话，他说什么了使你这样？"

邬凌想，鲍尔的事艾伯特都要被询问，给他投资办厂的齐海涛也会被询问的，于是道："是夏威夷警局给他的电话，说是鲍尔失踪了，想找他了解些情况。"

"找艾伯特了解什么情况？他不过写了一篇艺术鉴赏而已，能知道什么？"齐海涛边说边系好自己的安全带。

"你对他的失踪并不惊讶？"邬凌看着他。

齐海涛为她拉过安全带系上道："来旧金山的前几天，我们公司的法务找他，没联系上，原来这小子失踪了。"看着邬凌，"他为什么失踪？"

邬凌脑子一片空白："我……"随之摇摇头。

"我看事情并不简单。"齐海涛道。

听齐海涛这样一说，邬凌感到自己就快要窒息了："你早知道他失踪？"

"当时只以为他是外出一时失联，既然警察这样说当然就是失踪了。"齐海涛继续道，"我看这小子不地道，准是跑路了！"

邬凌看着他："你认为他跑路了？"

齐海涛点点头："他的厂子不是找不到新的投资，支撑不下去了吗？"

"跑路了！"邬凌思索地重复道，然后看着齐海涛道，"他们也许也会来问你的。"

"那帮警察我看是病急乱投医，凡跟他有过接触的都要了解。不过他们不来找我，我都会去找他们，我可是投给了他 100 万美元呀！"

"这都怪我！"邬凌自责道。

齐海涛握住她的手："这怎么能怪你？投资嘛总是有风险的，好在后面的 300 万美元没有投进去。"

邬凌点点头，决然地说："我不会让你投进去的。"

齐海涛笑了笑，拍了拍她的手："好了，别多想。"

邬凌充满感激地看着齐海涛，但既然警察出面了，怎么度过接下来的危局，她无法做到什么都不想。

经过 5 个多小时的飞行，当地时间下午 3 时许，邬凌他们在夏威夷檀香山国际机场下了飞机。邬平在机场外接到他们，高兴道："姑父、姑妈。"并从齐海涛手中接过推着的行李箱。艾伯特夫妇的儿子也来接父母，他们在机场分了手，齐海涛夫妇坐上了邬平开的车。

"齐凡好吧？"邬凌在车上问道。

邬平道："挺好的，作业做得也不错。"

"我们外出时，谢谢你照顾齐凡。"齐海涛道。

邬平不好意思道："姑父，看你说的，这是我应该的。"

邬平把他姑妈和姑父送回家后，帮着把行李搬进别墅，安顿好后，邬平把车钥匙交给他姑妈邬凌。

邬凌接过车钥匙："你怎么回大学？"

"我打车回去。"

"这里车不好打，我送你吧。"

"姑妈，你这刚回来需要休息的。"

"没事，走吧！"邬凌先行出了门，邬平只好跟上。

邬凌开着车，朝夏威夷大学驶去。

邬凌侧头看了一眼邬平："邬平，有什么好事吧？"

邬平："姑妈，为什么这样说？"

"看你眉头上扬，俗话说喜上眉梢，不是有好事是什么？"

"看来什么事都瞒不过姑妈，我最近认识了个姑娘。"

"有女朋友了，这可是好事！"

"也算不上女朋友，就是彼此有好感吧。"

"交朋友都是从好感开始的，是你大学同学？"

邬平摇摇头："她来自奥地利。"

"一定很漂亮吧？"邬凌笑道。

"她是从画中走下来的。"

"画中？"邬凌又瞟了邬平一眼，"你可别跟姑妈打马虎眼，你父母没在身边，我得替他们把关。"

"我可没骗你，我在尔家看到《人物》杂志里，有介绍那个画家鲍尔的……"

听到邬平提到鲍尔，邬凌脸上阴沉下来。

邬平没有注意邬凌的神情变化，继续道："他画的那幅油画《破茧》，里面不是有一个姑娘吗？"

"那又怎样？"邬凌保持平静。

"那是他妹，叫茱莉娅，十天前我送姑妈和姑父去机场，很巧遇到她来找她哥。"

"你是说她到夏威夷来了？"

"是呀，可她哥失踪了，我还同她一起去警局报了案。"

"喳——"邬凌一脚刹车，把车停了下来，看着邬平，"你是说是你们报的警？"

邬平对邬凌过度的反应有些诧异："怎么了姑妈？"

邬凌意识到自己的反常，稳住自己的情绪道："你们才认识多少天就彼此有好感了？还介入别人的家庭事务？"

"她来这里人生地不熟的，哥不见了帮她找找很正常的，你不也常说要乐于助人吗？"

邬凌重新启动车子，她不好再说什么，她想不到邬平竟然会认识鲍尔的妹妹，还帮她报了警。

邬平见姑妈不说话，于是道："姑妈你生我气了吗？"

邬凌摇摇头："姑妈只是不想你在处女朋友方面过于随便。警察怎么说？"

邬平不确定她所问的意图："姑妈，你是说……"

"你们不是报警了吗？"

"一个叫马丁的探员负责这个案子，他踏勘了鲍尔的工作室，也没有说什么，怕还没有找到头绪吧。"

"是这样。"邬凌搬动方向盘转过右弯，顺着大道朝邬平所在的夏威夷大学开去。

五

回来后的邬凌第二天上班，就把设计的样稿交了上去。虽然她不十分满意，但已尽了自己最大的努力。邬凌在收拾办公桌，她的手机响了，是艾伯特打来的，他告诉她那个叫马丁的探员给他来了电话，约下午 2 点到

Hawaiian Aroma Coffee 见面，说在轻松的环境下易于交谈。那是夏威夷最文艺的咖啡店，邬凌去过两次。

"好呀，比去警局好，不过记得昨天我对你说的话，我可不想跟警局的人打交道。"邬凌叮嘱道。

"放心吧，闹心的事我不会牵扯更多人的。"艾伯特在电话里说道。

邬凌放下电话，助理凯丽走了进来："邬设计师，总裁召开各部门的联系会，请您参加。"

邬凌："好的，我这就去。"邬凌起身朝外走去。

总裁召开的会议是针对她的设计稿。大家纷纷对设计稿提出看法，认为设计稿缺乏一种灵性，还需要有较大的提升，这样才符合对方要求，才能在接下来的招标中占得先机。

随后总裁宣布道："设计方案修改的问题还是由邬凌设计师负责。"并把头掉向邬凌，"邬设计师，有什么问题吗？"

邬凌的心思还被艾伯特打来的电话纷扰着，一时没有回答。旁边工程部的詹姆斯小声提醒她，她才回过神来道："对大家提出的修改意见，我们设计部一定全力以赴。"

"好，给你们半个月时间，拿出客户满意的设计图。"总裁对工程部的詹姆斯，"你们工程部积极配合，根据设计要求，搞好样品的生产。"

詹姆斯："总裁放心，跟邬凌设计师我们是多次合作了。"

总裁："很好，公关部门保持和客户的联系和沟通，掌握其他投标方的动态。"

公关部长点点头："好的。"

会议结束后总裁把邬凌留了下来。

总裁道："邬凌，你们设计部的这次设计有失水准，让我非常失望。"

"我们会弥补的。"邬凌的回答有些不自信。

"近段时间我怎么感觉你不在状态？"

"也许是身体出现状况的原因。"

"那就去看看医生吧，如果不能胜任这次主设计工作，我找别人代替。"

"我会想法完成的。"

"这就好，不过我丑话可说到前面，半个月后要是因设计方案问题，而使公司中不了标的话，我看你的首席设计师别干了。"

邬凌心情郁闷地出了会议室，回到自己的办公室。她关上房门，把手中的资料重重地甩到桌上，随后开始撕扯资料，先是一页一页撕掉，后来是多页使劲撕扯。满脸是愤怒的表情，当然更多的是怒其不争，最后颓然地坐在椅子上。她感到支撑她生活的两根弦，工作和理智都已经断裂了。

一阵轻轻的敲门声从门口传来，并伴着凯丽的喊声："邬设计师！"

邬平停顿了一下，将桌上撕烂的资料抓起来丢进废纸篓，然后冲门外道："进来。"

凯丽推门进来："邬设计师，听说大家对我们的设计方案不满意？"

邬凌铁青着脸："你去叫所有设计人员到我办公室开会。"

助理点点头，立即召集人去了。

午后夏威夷的天空下起了一阵小雨。Hawaiian Aroma Caffe 坐落在威基基的 Kaiulani 大街上，并不引人注目，外面一个花园，盛开着鲜花。

一辆豪车开来停在花园旁，西装革履的艾伯特下了车，他抬头望了望花园后的咖啡厅，然后走了过去。

咖啡厅二楼临窗的座位上坐着探员马丁，他穿着米色外套，外套没有系扣子，里面是茶色西服，领带也是茶色的。透过窗户他看到了下车后，正朝咖啡厅走来的艾伯特。他看了看手表，刚好午后两点，他断定来人就是他要约谈的艺术鉴赏大师艾伯特。

这时咖啡厅的顾客不多，稀松地坐着些人。窗边绿色蕨类植物，热带多肉小盆栽，柜子上的新鲜菠萝，印有纪念图案的马克杯。这些都告诉人们这是一处不一样的咖啡厅。

艾伯特走进了一楼大厅，出现在眼帘的是偌大的一幅手绘墙，是一笔一画精心的风景画作品，瞬间把人带入了夏威夷的迷人风光中。他沿着楼梯上去，两边是绿色小盆栽。上了二楼，他四下张望，看见一个站在临窗位对自己招手的男人，知道那就是探员马丁了，他走了过去。

"是艾伯特先生吧？"马丁问。

艾伯特看着他："你就是那位约我到这里来的马丁探员？"

马丁点点头，把证件从衣服内袋里掏出，打开在他面前晃了一下，揣回上衣兜里："请坐！"做了个手势。

艾伯特和马丁都坐了下来，有服务生过来问艾伯特要什么，艾伯特点了杯拿铁咖啡，服务生去了。

艾伯特开门见山："你找我来就是想问电话里说的，有关鲍尔的事！"

"是的，他失踪了，我们正找他。"

"你想从我这里了解些什么？"艾伯特看着马丁探员。

"有关他的我都很感兴趣，比如你怎么认识他的，采访了几次，后来又见过面没有，知道他还接触过什么人？"

"你不会认为他的失踪跟我有关吧？"艾伯特似乎有些不满。

"我只是一般性的了解，并没有怀疑对象，就是想尽快找到他。"

"我知道他是奥地利人，会不会已回国了？"

马丁摇摇头："我们查询了海关，没有他的离境记录，而且是他家里人找来报的警。"

艾伯特沉默片刻："他是画家，需要在各地寻找创作灵感，会不会去了别处，比如加州、佛罗里达州什么的，都是绘画的天堂。"

　　"要离开夏威夷得乘坐飞机或者轮船，都了解过，没有持鲍尔护照的人离开夏威夷。"

　　艾伯特想说什么，这时服务生把他要的拿铁咖啡端了上来，他忍住了话。

　　服务生把咖啡放在艾伯特的面前，然后离开。

　　艾伯特这才看着马丁接着道："你是说他还在这岛上？"

　　马丁点点头："人一定是在岛上，只是以什么形式存在。"

　　"你这是什么意思？"艾伯特盯着马丁。

　　"我们设想过他出了车祸或生了病，查了这里所有的医院都没有此人。又怀疑他是否遭绑架什么的，可至今并没有绑匪向家属索要赎金。"

　　"那你认为最大的可能是什么？"

　　"种种迹象表明，他遇害的可能性很大。"

　　"啊——"艾伯特手里拿着的咖啡勺掉到了咖啡杯里，咖啡四溅。

　　马丁抽过一旁的餐巾纸替艾伯特擦了桌上溅出的咖啡。

　　艾伯特看着马丁："你怀疑是我干的？"

　　"你不会，没有动机，所以只是想从你这里了解些情况，希望你能配合。"

　　艾伯特想了想："我可能会让你失望，你知道我是一个鉴赏艺术的，对感兴趣的绘画作品我都会评论，在去年夏威夷的国际油画展览中，我看到了鲍尔的《破茧》，认为不错，就写了评论文章。"

　　"就这？"马丁道。

　　"是的。"

　　"我想问问你写这篇评论文章时，跟他见过面吗？"

　　艾伯特犹豫了一下："见过的。"

　　"你是怎么跟他联系上的，是通过主办方还是其他渠道？"

"这重要吗？"艾伯特道。

"我需要了解每个细节。"

马丁端起咖啡喝了一口："是我在看画时，他恰好也在，就这样认识的，写了那篇文章后也没有再联系。"

"就这些吗？"马丁看着他。

"我想问一下，如果鲍尔真遇害的话，是什么人要害他呢？"

"这也是我想知道的。"马丁道。

"我知道他来夏威夷时间也不长，会跟什么人结仇呢？如果说图财害命，他目前的知名度以及所聚集的财富不足以让那些人铤而走险。"

马丁仔细听着。

艾伯特歉意道："马丁先生，也许我的回答没给你提供什么有价值的东西。"

"已经很好了。"马丁道。

艾伯特将杯中的咖啡又喝了一口，站起来："谢谢你的咖啡，我还有事得先走了。"

马丁点点头："让您辛苦了！"

艾伯特出了咖啡厅走到了街头，他的车开过来停下，他坐了上去，车很快一溜烟开走了。

马丁从窗户中看到艾伯特离去，这才向服务生招了招手，放了两杯咖啡的钱在桌上，然后离开。

在马丁座椅背面坐着的一位女士，放下手中的报纸，摘下墨镜却是邬凌，她的脸严肃而冷峻。艾伯特和马丁的谈话，她都听见了。她之所以前来，也是想听听到底警方掌握有什么情况，以便及时应对。她已决定不能让警方知道是自己害的鲍尔，否则不但自己名誉扫地，有牢狱之灾，也会连累家庭，她不敢想象，要是儿子知道了自己的母亲是个杀人犯，会怎样崩溃。

第二天，艾伯特约邬凌见面，他们走在一条山间的路上，道路两旁山花烂漫。

艾伯特："你有鲍尔的消息吗？"

邬凌摇摇头："不是说他失踪了吗？我怎么会有他的消息？"

"昨天警局的马丁探员，要我说出给鲍尔写评论的来龙去脉。"

"我知道你不会说出我的？"

"当然没有，就说我自己发现他有才华，应该让大家了解到他。"

"谢谢，你让我避免了被询问的尴尬，我不喜欢跟警察打交道。"

"听那位马丁探员说，他好像不仅是失踪，很可能出了事，我为他写评论后你还见过他吗？"

邬凌点点头："他说要感谢我找人替他写评论文章，请我在餐厅吃过饭，后来也时不时给我电话，聊聊天什么的，在这里他不认识什么人。"

"于是你怕跟警察解释不清？"艾伯特看着邬凌。

邬凌点点头："我也想不明白，他怎么就会突然失踪了？"

艾伯特感叹："是呀，还真想不到，也不知我的那篇评论对他是好事，还是坏事。"

"命运多舛，世事难料。"邬凌感慨地望向远天。

▸ **第六章**

一

　　季风期间，夏威夷多雨，公司庭院的树木和花草寂静无声，天、地、庭院都被雨雾包围起来了。终日雨雾蒙蒙，头顶上笼罩的沉郁空气，给邬凌本就灰色的心境又添上了几分郁闷。但云层底下透出的微光，似乎在催促她尽快拿出修改后的设计方案，总裁已来几次电话催促了。

　　她打开办公桌上的电脑，光线柔和正合适，她努力使自己集中注意力进行设计的修改工作。她敏捷的才思，设计上所呈现的天赋，被出现的鲍尔事件搅乱了，蒙上了一层尘埃，灵光不在，修改了几次仍都不能令人满意，她很是沮丧。她的思绪不由自主地被鲍尔事件牵动着，说不去管它，尽人事听天由命只能麻醉一时。那天听了探员马丁对艾伯特的询问后，她想马丁一定会找齐海涛问话，也不知齐海涛会怎样回答。如果他按实情说，是自己要求他给鲍尔的公司投资的，马丁一定会很快找到自己这里来。鼓动丈夫给一个并不看好的项目投资，是出于什么原因？如果当初找鉴赏家艾伯特为其画写文章，是出于惜才的话，投资似乎就说不过去了，很难自圆其说。

就在邬凌想着这些的时候，齐海涛正在马丁的警局办公室向他和杰西卡报案，说找不到鲍尔了。马丁就投资问题向齐海涛提了出来，并说他不来警局，他们也会去找他的。

齐海涛看着马丁和杰西卡："你们问我为什么向鲍尔的公司投资100万美元？"

马丁点点头："是呀，齐先生是做水果生意的，怎么会想到投资工艺产品？以你在商界的精明，难道看不出鲍尔做工艺产品的风险吗？"

齐海涛苦笑一下："你们这是事后诸葛亮。"

马丁和杰西卡面面相觑，疑惑地看着齐海涛。

杰西卡："齐先生，什么是事后诸葛亮？"

"诸葛亮是我们古代一位智者，我说这话的意思就是说，事情发生后人人都变成了智者，都知道事前该如何。可我们都不是先知先觉，不去做又怎么知道不行呢？"

齐海涛看出他的话似乎不能让他们信服，于是道："这样跟你们说吧，我所做的水果生意目前市场竞争非常大，利润非常薄，我早有开发新领域的打算。去年在一期《人物》杂志上看到有关于对鲍尔油画的介绍，因而有了印象，得知他是一个非常有才华的画家。去年年底见他在《夏威夷商报》上登载寻求开办工艺品厂的合作者，我想以他的艺术水准一定错不了，哪想他就是一个外强中干只会夸夸其谈的人，工厂在他的经营下出现了入不敷出的情况，不仅如此连他的人也失踪了。我知道他在外还欠了不少钱，不会是跑路了吧？"

马丁："你说鲍尔他会是因欠钱还不了人跑了，因此你来报案？"

"是的。"齐海涛道。

"可是齐先生，我们了解到你还执意要给他的公司追加300万美元的投资。"在一旁作记录的杰西卡插话道。

"是的，杰西卡小姐，"齐海涛道，"总不能眼看着工艺品厂因资金链的问题垮掉吧，如果那样先期投的100万就真的打水漂儿，扔进了太平洋。我同意追加投资的事他并不知道，不然等我的款打过去了他再跑路，我的损失可就惨了。"

"这样跟你说吧齐先生，从我们现场勘查来看，事发突然不像是有准备的跑路，他极有可能遇到了不测。"

"啊，他会怎样？"

"齐先生，目前我也只能告诉你这么多，一有鲍尔的消息我们会即刻通知你。"马丁道。

齐海涛站了起来："谢谢你们。"

茱莉娅在厨房里做三明治，将夹好蔬菜、肉类的三明治放入烤箱里。随后走到前面临公路的窗前，越过窗外的灌木，看到远处低矮的绿色山脊层叠延绵，向上抬起。山峦的颜色逐渐变浅，直到最后融入蓝天之中，山形颇似她家乡的山。她想起了家乡熟悉的绿色山野，生长着水晶兰的潮湿的小河岸；延伸到山头的绿色参天大树，还有满坡青青的草地。小时候每到夏天，她会和哥哥，还有一些小伙伴，躺在草地上聆听风的簌簌声，以及虫鸟的唧啾。尽情享受着高地凉爽的空气，悠闲地消磨着时光。有时她一个人也去山野，沿途采摘鲜花，飞蓬、白芷、金鸡菊、万灵草，只要觉得好看就摘，不管是什么花。

过了草坡有一条通往夏宫的路径，穿过一片栎树和白杨构成的开阔次生林，快到顶部的时侯，转为云杉和铁杉。出了开阔次生林，茜茜公主时期的夏宫便出现在眼前。当年茜茜公主和国王约瑟夫一世大多数夏天都会来此度假。茜茜公主原名伊丽莎白·亚美莉·欧根妮，1837年出生于慕尼黑，是巴伐利亚的女公爵和公主，茜茜是她的家人和朋友对她的昵称。

那里确实是个怡人的地方，站在夏宫位置的山前，东西两侧视野都异常地开阔，脚下是优良的高山牧场，山下的河水和小镇，皆尽收眼底。南边几千米处是一片茂密的树林。树林里有鹿子、野兔等动物，是夏宫的主人们狩猎的好去处。

在家乡峭壁的山崖上还生长着一种火绒花，人们叫它雪绒花。在奥地利，雪绒花因顽强且独立的品质，象征着勇敢。许多年轻人冒着生命危险，攀上陡峭的山崖，只为摘下一朵雪绒花献给自己的心上人，表达为爱牺牲一切的决心。让茜茜公主引以为豪的是一头一米多长的丰美秀发上，经常点缀着些许雪绒花。雪绒花后来不仅是奥地利的国花，更是奥地利民族的魂！

茱莉娅因思念家乡，不由得小声唱起了那首脍炙人口的歌曲《雪绒花》：

雪绒花，雪绒花，
每天清晨迎接我。
小而白，纯又美，
总很高兴遇见我。
雪似的花朵深情开放，
愿永远鲜艳芬芳。
雪绒花，雪绒花，
为我祖国祝福吧。
……

就在她唱着的时刻，传来了敲门声。

她走过去开门一看，是探员马丁和助手杰西卡。

马丁："茱莉娅小姐。"和杰西卡走了进来。

"你来是告诉我哥的事吧？"

"你哥还没有消息，我们需要再看看你哥生前所画的画。"马丁道。

"请跟我来。"茱莉娅把马丁和杰西卡带到了画室。

马丁对成列的画一一看过去，他看到有几张半裸和全裸的女性人物油画，侧头对茱莉娅道："这都是你哥画的？"

茱莉娅点点头："他的绘画风格我知道。"

马丁："你是说这些人会是他的模特儿？"

"我想是的。"

马丁示意杰西卡，杰西卡从挎包中拿出照相机，把那些画一一拍了下来。

马丁和杰西卡回到警局，走在走廊里，马丁对杰西卡道："你对照拍下的模特儿的人体油画，去把她们一一找出来，告诉我她们的电话和地址。"

"好的。"杰西卡道。

马丁回到办公室关上旁门，思考着案情。这是一个无头案，要找到线索似乎很难，就像大海里劳针。他的潜意识告诉他，这不是一般的案子。他只有下大力气，一一排查，希望从中找出线索。

快下班时，杰西卡走了进来，递给他一个名单："马丁探员，这是你要的模特儿名单和她们的联络方式。"

马丁接过看完名单："你辛苦了！"

杰西卡："她们分布至美国各地，你决定要一一找到她们了解吗？"

马丁："有些时候办法虽然很笨，但往往很管用。"

二

一架美联航的飞机把马丁送到了洛杉矶。他第一个要见的是一个叫贝拉的女孩儿，长得清新可爱，是一个银行家的女儿。贝拉告诉他，她是去年夏天去夏威夷旅游时，在海滨浴场认识鲍尔的，他说自己是画家，说她清纯美丽，于是请她做人体模特儿。

"他有给过你钱吗？"马丁问。

女孩儿不明白他的用意："我们没有谈钱的事。"

"你是说你们没有经济上的纠纷？"

"是的，我觉得好玩而已，我并不缺钱。"

"这个月你没有再去夏威夷吗？"

"大学毕业论文即将答辩，我在积极准备呢，哪还有时间去玩。"

马丁相信她的话，也做了了解，贝拉确实最近都在洛杉矶没出过远门，跟此案没有牵扯。

他第二站去了拉斯维加斯见阿米莉亚。出现在他眼前的阿米莉亚头发盘在脑后，额角微微突出，穿着一身露胸的连衣裙，长长的一串珍珠项链挂在脖子上。她说自己是全职太太，年初她随出差的丈夫去的夏威夷，起初是鲍尔在街头作画，独自闲逛的她出于好奇，于是请他画了幅人体肖像。她对他的画赞不绝口，鲍尔于是邀请她去他的画室看画，后来要她做他的裸体模特儿，她一时觉得新鲜就答应了，她的老公并不知道。她害怕老公知道了会责骂她，甚至跟她提出离婚。

"他最近没有来找过你吧？"马丁问。

阿米莉亚不解："找我，他找我干什么？"

"这样跟你说吧，"马丁看着她，"鲍尔失踪了，我在寻找他的下落。"

"啊——"阿米莉亚吃了一惊，看着马丁，"你不会认为他的失踪跟我有关吧？"

"我不是在排查吗？希望你今天跟我说的都是实话。"

"我没有撒谎，不就当个人体模特儿吗？这你们是掌握的，我有必要撒谎吗？"阿米莉亚辩解道。

"你要是知道他的其他情况及时告诉我。"

"我会的，"阿米莉亚恳求道，"我当人体模特儿的事，你可千万不要告诉我丈夫，他心眼儿很小的。"

马丁道："放心吧，我只关心案情，个人隐私我会保守秘密的。"

送马丁出公司时，阿米莉亚一再表示感谢。

马丁随后又去费城和华盛顿见了几个人，最后来到纽约找凯特琳。

凯特琳是一个时装秀模特儿，马丁去时她正在一家法拉夜总会台上走秀，于是马丁就在台下找了个位置坐下等着。

凯特琳身材高挑，性感而丰满的嘴巴"像一朵玫瑰花"半启半闭，深色的眉毛，下面有着一对又大又圆的眼睛。在她碧蓝眸子的眼光下，隐藏着诱人的情欲。她在T台上举手投足很有范儿，不时搏来阵阵掌声。

凯特琳走完秀回到后台，领队走过来告诉她，台下有位先生找她。她顺着领队手指的方向看过去，借着微弱的光线她看到用手指敲着桌面的马丁，对领队说："我并不认识他。"

领队道："他说是从夏威夷来的警察局探员，有事找你了解情况。"

凯特琳听说是夏威夷警局来的有些紧张，问领队："他找我了解什么？"领队摇摇头，表示不明白，对她说道："你过去不就知道了吗？"

凯特琳于是硬着头皮走到马丁身边道："听说你找我？"

马丁抬起头看着她，又往不远处领队那里看了一眼，领队冲他颔颔首，示意来到他身边的女人就是他要找的凯特琳。

马丁收回视线盯着她："你是凯特琳小姐吧？"

凯特琳点点头。

马丁从座位上站了起来："我们去外面谈吧，这里太吵。"

凯特琳随马丁来到外面的休息室，在一张圆桌前坐了下来。

马丁要了两杯饮料，递了一杯给凯特琳。

凯特琳用吸管吸了一口，对马丁道："你大老远来不会就为了请我喝杯水吧？说吧，找我什么事？"这时她平复了下自己的情绪。

"鲍尔，你认识吧？"

"鲍尔！"凯特琳听到他提起鲍尔，刚稳定的心又提了起来，很是紧张。

马丁拿出手机，打开储存的照片，滑动了一下，找到她做模特儿的那张油画，递给凯特琳："他是个画家，这是他给你画的吧？"

凯特琳接过一看，心又放平静了一些，不是她所担心的事，于是道："怎么，你就为这事飞几千千米来找我？"

马丁盯着她："他失踪了。"

"失踪了？怎么回事？"凯特琳睁大了眼睛。

"他的家人与他失去了联系，报了警。"

"都是成年人了，不会走丢的，说不定跟人私奔了，过几天就会出现的，哪值得大惊小怪。"凯特琳不以为然。

"你是说他很风流是嘛？"

"画家嘛，有几个不风流的。"

"你们是怎么认识的？"

"去年夏威夷搞国际油画展，邀请了我们时装模特儿队去表演，事后他找到我说想请我给他当人体模特儿。"

"你就答应了？"

凯特琳看着他："时装模特儿、人体模特儿，都是模特儿不是吗？"

"你跟其他人不一样，是职业模特儿，他一定给你不少钱吧？"

"他很有才华，听说一幅画就卖了50万美元，不过他没有钱给我，给我的是一幅画，再说他也是美男子不是，不要说男人好色，我也好色的哦！"看了看马丁，"不过你不是我的菜。"

"你是说他给了你画，而且你们还上床了？"

凯特琳不满地看着他："你是探员还是狗仔？"

"在挖真相方面探员有时跟狗仔没有区别，不过探员为了破案，而狗仔为了传播，目的不一样。"

凯特琳没有正面回答而是噘着嘴唇，用那涂了指甲油的长指甲卷着她那金发的发圈儿，似乎在帮助自己思索怎么回答。

"如此说来，你承认你们上床了？"

凯特琳未置可否："他给我的是一幅风景油画，说目前值5万美元，还说以他将来的知名度，会看涨，如果有一天他不在了，也许会值100万……"

"等等，"马丁盯着她，"他说有一天不在了，那画会值100万？"

凯特琳点点头。

"你不会为了这100万，让马丁人间蒸发吧？"

"你说什么呢？"凯特琳尖声起来，"你怀疑我？"

周边有人朝他们的方向望过来。

马丁与他们做了抱歉的手势，压低声音道："你有作案的动机不是吗？"

"你是说我为了那虚无的100万会去杀人？"

"你说到了杀人，如像他所说实现了就不是虚无的，很多人犯罪都是为了一个虚无的目标。"

凯特琳苦涩地笑了笑："为了钱我每天在 T 台上走，有多辛苦你知道吗？吃的是青春饭。看着那些富人轻松地就能挣到大把大把的钞票，我有时也真动了杀人的念头，可我没有杀他！"凯特琳又提高了嗓门儿。

"你告诉我，半个月前你在哪里？"

"在夏威夷。"

"去找鲍尔了？"马丁死死盯着她。

凯特琳点点头："我承认他是很有魅力的男子。"

"不会是想多要他几幅画吧？"

"他很抠门儿的，只想上床，不想给画，也不想给钱。"

"于是你就杀了他？"

"我说过我没有杀他。"

"可你有动机，有作案时间，我查了航班，你离开夏威夷时正是他失踪的时间。"

"我最后一次去他的工作室，也没见着他，以为他有意躲着我，领队来电话要我赶回来参加演出，否则就解雇我，我这不就回来了。我还一路诅咒他该死，看来是灵验了，可他的失踪真的跟我无关，你得相信我。"说到最后她近乎哀求。

这时有人出来叫凯特琳，说又该她登台了。

马丁递给她一张自己的名片："你去吧，不过你得自证清白，想起什么有价值的，就来电告诉我。"

凯特琳接过名片，点点头，又去登台了。

凯特琳在接下来的 T 台走秀中，接连失误，被观众报以嘘声。下 T 台后被领队训斥："你这是怎么了？"

　　"对不起！"凯特琳说完往外走去。

　　"一句对不起就完事了吗？你今天中邪了？"领队在她后面嚷嚷道。

　　凯特琳打的士回到自己的公寓，与她在一起的是一个叫加文的男子，他们是同居关系。见她满脸的忧愁和失落的样子，加文关切地上前："你怎么了，今天回来得这么早？"并试图拥抱她。

　　凯特琳推开他："我累了。"径直进到了卧室。

　　加文耸耸肩，表示不解和无奈。

　　凯特琳关上卧室门，倒在床头，她想不明白，鲍尔怎么会失踪了呢？她坐起抬头看着正面墙头挂着的那幅鲍尔的风景油画，起身走了过去，端详着油画自语："你真能值百万吗？"她又想起什么，跳下床从床下拖出一个大皮箱，打开拿出一幅用报纸包着的画框，撕开报纸呈现出的一幅画，正是鲍尔画的邬凌的半裸油画。

　　凯特琳看着内心道："要是那幅风景画值百万的话，这幅可是他的遗作，将是价值连城。"想到这儿她露出了笑容。她先前在夜总会听说马丁是夏威夷警局的，又听他提起鲍尔，以为是鲍尔发现这幅油画不见了，报了案，警察寻来了。原来是鲍尔失踪了，她暗自窃喜，要真是鲍尔出事不在了，她岂不是发横财了。

　　加文推门走了进来："你在弄什么？发生了什么不愉快的事？"他看见了那幅画，"哇，东方美女，太漂亮了！谁画的？"

　　凯特琳没有理他，用报纸重新包住画。

　　加文指了指墙上挂着的那幅风景画："跟这幅画是同一个画家吧，是那个叫什么鲍尔的？"

　　凯特琳点点头，随后厉声道："我没叫你怎么进来了？"

　　"今天房东来了，让交下半年的房租。"

　　凯特琳直起身，埋怨道："我看你得找份工作，成天无事就知道找我要钱。"

加文不以为然："如今可是经济萧条时期，不少地方都在裁员，工作哪好找？"说罢过来抱住凯特琳亲吻她。

凯特琳推开他："我说过我累了！"

加文不满地看着她："你今天怎么了？昨天还如狼似虎，一副饥渴的样子，怎么，又到其他地方找食了吧？"

"滚，你给我滚，滚得远远的！"凯特琳指着门外。

加文气呼呼地离开了卧室，又将外面的房门"砰"的一声关上，外出喝酒去了。

凯特琳重新将画包好，放入皮箱，推到床下。随后来到外面的客厅坐在沙发上，发着愣，继续做她发财的美梦。

三

今年年初与鲍尔相识的一幕浮现在凯特琳的眼前。蓝天白云，夏威夷的沙滩彩旗飘扬，高空有热气球挂着，全美的赛艇比赛在这里举行开幕式。

凯特琳和同伴穿着泳装，在沙滩上赤脚走秀，外面围了很多人在观看，鲍尔便在其中。凯特琳是个极具魅力的女人，高高的个子，有一双饱含风情的眼睛，目光犀利，称得上一副令人敬畏的诱惑工具，举手投足之间对异性充满吸引和挑逗。

凯特琳她们走完秀，在更衣室换了装出来，穿着一身紫色的丝绸连衣裙，胸前和手腕戴着铂金项链和手镯。项链上还镶着一块蓝宝石，在阳光的折射下熠熠发光。

鲍尔走了上来热情搭讪："你是凯特琳小姐吧？"

凯特琳看着他："我可不认识你。"

有其他模特儿换装出来，其中一人与凯特琳打招呼："我们先过去了。"

凯特琳："好的，我就来。"

"我是听你们领队说的，才知道你叫凯特琳。"鲍尔继续道。

"找我有事吗？"凯特琳疑惑地看着他。

"你非常美丽，很有型，具有不一般的气质。"

"你跟漂亮女士都是这样搭讪的吧？"凯特琳嘴角露出一丝不以为然。

"我是画家，我相信我的职业眼光。"

"你是画家？"凯特琳看着他，想知道真伪。

"我的工作室离这儿不远，凯特琳小姐肯赏光的话去坐坐，喝杯热咖啡再走。"

"喝杯咖啡，这提议倒不错，可我们得回市区了，我的同伴还在等着我呢。"

"这里离市区不远，交通也方便，我可是有来自奥地利奈佩克小镇最正宗的咖啡，是当年茜茜公主的最爱。"

"你是奥地利人？"

鲍尔点点头："几个月前来这里参加夏威夷国际油画作品展，喜欢上了夏威夷，就留下来搞创作。"

"那个画展我知道，能参展的都是有名的或新锐画家。"

"看来凯特琳小姐还知道不少。"

"那个画展的开幕式本也邀请我走台的，因我病了没能参加。"

"是这样，也就是说上次我们就该有缘认识，结果很遗憾的，这次可不能再错过了。"

凯特琳笑了起来："既然有缘我要是不去坐坐，就有违上帝的安排了。"

鲍尔露出他憨厚而灿烂的笑容，这样带有几分性感的笑容，对女性很有杀伤力，邬凌就是被他这笑容迷惑住的。

鲍尔恳切道："是这样的。"

"那好，我去跟同伴说，让她们先回去。"

鲍尔笑着点点头："我等你！"

凯特琳走到伙伴那边跟她的姐妹们说了些什么，然后朝他这边指了指。

鲍尔冲那边点点头。

不一会儿凯特琳走了回来，对他道："走吧。"

鲍尔高兴地带着她朝自己的工作室走去。

来到工作室，鲍尔让凯特琳坐下，自己去厨房为她磨制咖啡。

凯特琳随手拿起桌上的那本《人物》杂志翻看起来，她看到了那上面介绍鲍尔的文章，知道他并没有骗她。

鲍尔把磨制好的咖啡端到她面前，凯特琳接过就要喝。

鲍尔阻止道："等等！"

"怎么了？"凯特琳看着他。

"喝咖啡呢，一要闻，用手将咖啡杯掩盖留一条缝，闻一闻咖啡的香味。"

凯特琳照他的说法做了，果然一股香味扑入鼻息："我闻到了，一种奇异的坚果香。"

"鼻子真灵。"鲍尔指着她，"接下来呢要大力地吮吸。"

"这又是为什么？难道要咬牙切齿地喝咖啡吗？"

"这里的大力是指小口地吸吮咖啡，并发出大的声响，由于刚煮制的咖啡水温较高，这样就不会过烫。这步骤就是要你感受咖啡入口的第一感觉，在舌尖的感觉。"

凯特琳照他的说法喝了一小口，还发出"啧啧"的声响，随后便急于咽下。

"别，稍微停留几秒。"鲍尔道。

凯特琳让咖啡在口中停留了一会儿，满口柔滑甘醇。

凯特琳道："看不出来，你不但油画画得好，还很懂咖啡，"诡谲地看着他，"对女人也很在行。"

"你这是夸我呢还是损我？"鲍尔笑了笑，"这咖啡的知识是我妹妹教我的。"

"你妹妹？"

"她是一个很漂亮、懂得生活的人。"

"哦，有我漂亮吗？"凯特琳道。

"你们是不同风格的：她带有乡土的气息，是一株含苞待放的玉兰花。"

"那你认为我呢？"凯特琳妩媚地看着他。

"你是那原野中怒放的带刺的红玫瑰。"

凯特琳哈哈大笑起来，随后收住笑："我倒想见识一下你那位含苞待放的玉兰花。"

"你刚才看的《人物》杂志上，我的油画《破茧》上的女模特儿就是她。"

"果然清新脱俗！"凯特琳由衷地赞美，随后盯着鲍尔，"你请我来这里，不会就只为了请我喝咖啡吧？"

"我如果说想请你当我的人体模特儿，你不会反对吧？"

"我为什么要反对呢？"凯特琳看着他。

"如此说来你同意了？"鲍尔兴奋道。

"我可无法拒绝一个有才华的青年画家，而且如此性感。"凯特琳毫不掩饰地看着鲍尔。

鲍尔拍了拍手："既然你同意了，我们一会儿就进入工作状态好吗？"

"不忙，我们还没有讲好报酬呢？我的收费可不低，说吧，准备给我多少钱？"

"我的钱都寄回老家，用于还债和开设这家工作室了，没钱给你！"

"什么？没钱？耍我是吧？"凯特琳气呼呼地站起来往外走，"谢谢你的咖啡！"

"我没有钱给你，但我可以给你一幅画。"鲍尔在她的背后道。

凯特琳停了下来，回过身看着鲍尔："你送我的画能值多少钱？"

"10 天时间，值 5 万美元，或许更多？"

凯特琳两眼放光："我怎么能相信你？"

"我的那幅《破茧》是拍卖了出去的，你说多少吧？"

凯瑟琳："10 万，15 万？"

鲍尔摇摇头。

"30 万。"凯特琳大胆猜想。

鲍尔伸出一只手掌。

"50 万！"凯特琳张大了嘴。

鲍尔点点头。

"上帝，一幅画就值 50 万！"凯特琳叫了起来。

"一幅画值不值钱，除画家的艺术造诣外，他的知名度至关重要，凡·高生前的画没有多少人喜欢，只卖过一幅 500 法郎的画。可 100 年后的 1987 年，他的一幅《向日葵》以近 4000 万美元卖出。2014 年，他创作于 1889 年的作品《男人出海去》，成交价高达 1600 多万英镑。"

"你是说越往后走，你的画会越值钱？"

鲍尔点点头。

凯特琳思索片刻："好，成交！"笑着走了回来，在鲍尔的脸颊上亲吻了一下，"我的凡·高第二。"

想到这些凯特琳回到现实中，自语道："看来他真成了凡·高第二！"

四

有《纽约时报》《夏威夷日报》等多家媒体相继接到鲍尔失踪的材料，报道了此事，并推测鲍尔恐已遭不测。尽管事情还未水落石出，闻风而动的艺术品市场上，鲍尔的画作开始疯涨，不少画的成交价很快就飙上了百万。凯特琳看到了这些报道，一丝欣喜悄悄地挂在她的脸上。

凯特琳的同居男友加文，是个摩托车的飙车党，在公路上与人飙车，最终落败。他不服气约了时间，要与对手再战，对手讥笑他的车落伍了。他想买部川崎 KawasakiNinjɛH2，川崎是来自日本的摩托车品牌，以速度闻名世界，外形张狂暴力，是摩托车飙车党的最爱。他与几个死党去了摩托车市场，一问价他想买的那款摩托车型，需要5万多美元。他哪里买得起，只好快快而返。但他又不甘心落败，回到家想要凯特琳帮他买一部，可凯特琳不但不买，还奚落他并要他放弃飙车，让他很是愤懑和郁闷。

齐海涛这天早上刚到公司，他的助理杰克就拿着几份报纸来找他。

杰克把报纸递到他面前："齐董，是说我一直联系不上鲍尔，这报纸上都登了，说鲍尔可能已经死了。"

齐海涛："我知道了。"

"可我们投资的100万就这样没有了？"

"我已向警局报了案，就听候案情发展吧。"

杰克收回报纸："还算幸运，后面追加的300万没有到他账上，就差那么一天时间，否则损失就大了。"

"是呀，如是那样我还真没有办法跟董事们交代。"齐海涛道。

　　"真是老天有眼，"杰克道，"不过那小子的画，如今价值疯涨，随便一幅画出手就上百万。"

　　齐海涛感慨："中国有句成语：'祸兮福所倚，福兮祸所伏。'只是他是无福消受啰！"

　　邬凌设计修改的工业设计稿，最终在竞标中没有被投标方看中，丢掉了几百万的大单，总裁迈克尔受到了董事会的追究，她首席设计师的头衔也撤销了，降为一般的设计师。最主要的是她的设计能力受到业内质疑，这是她从业以来的滑铁卢，心情更加郁闷。

　　齐海涛开导她，哪有每次设计都是最好的，对公司对她的处理表示不满。当然她很清楚这都是自己不在状态的缘故，也怪不得公司。

　　齐海涛看到她情绪非常低落，于是道："你这段时间心理压力很大，明天我们去和和波罗波罗医院看看。"

　　邬凌摇摇头："我没有病。"

　　"一定得去，詹博士是不错的神经系统的医生，又是我的好友，请他看看提些建议也好。"

　　邬凌这才没有反对。

　　第二天，齐海涛和邬凌来到和和波罗波罗医院，这是夏威夷一家古传深层心疗和转化人心的治疗医法的医院。詹博士毕业于美国贝勒医学院，同时也是一位心理学专家。他为邬凌做了诊断，说她主要是思想高度紧张，没有松弛下来，而产生了焦虑症。

　　詹博士给她开了药，叮嘱她一定注意休息，并建议她离开公司回家休养一段时间。

　　回家的路上，邬凌对开着车的齐海涛道："送我回公司吧。"

"你没有听詹博士说吗，你目前需要的不是工作，而是思想放松和好好休息。"

"我的病我知道，投入到紧张的工作中，对我来说就是最好的放松和休息。"

"不，我不能让你再去，身体重要，我们不能冒这个险。"

"就让我去吧，不然我真的会疯掉的。"邬凌恳求道。

"真拿你没有办法！"齐海涛无奈道，"不过你可得答应我，不要太累，而且记得吃药。现在你的精神时好时坏，如果不按时吃药，你就没有办法忘记那些不愉快的事。"

邬凌看了齐海涛一眼，不知他为什么要这样说，于是道："有时我什么都记不得了，什么都感觉不到了，就像身体被掏空了一般。真希望一直待在这样的情景里。"

"你从现在起，不管有天大的事，都不要去想它，记住我跟你说过的话，明天太阳照常升起。"

邬凌看了看天空中的太阳，她不知这样的太阳还能照耀自己多久。

傍晚，茱莉娅和邬平穿过离工作室旁不远的土路，来到海边。土路尽头是猴头岩礁石，延伸到海里约50米。

一条天然小径通向猴头岩，利用沿途礁石的一些小坑洼，搞成了可以落脚的脚窝。邬平在前牵着茱莉娅上了猴头岩。

岩上到处有海鸥遍地飞着，有时停在礁石上休息，用它们的红嘴、黄嘴或黑嘴啄地，有时飞到别处去继续它们的搜刮。

在一块较为平坦的礁石处，邬平用手将上面的沙粒拍掉，示意茱莉娅坐下。

茱莉娅谢了邬平，坐了下来，身子往前探了探，把裙子往脚踝拉了拉，然后用双手搂着膝盖，眺望着海景。大海就在他们身下二三十米的地方咆哮，海风吹动着他们的衣袂。邬平也在她旁边坐下。

有海鸥沿着峭壁上下翻飞，想找个地方落下，但有人在那里，它们盘旋一阵，又都叫着飞走了。

远处的地平线被灰色的雾遮掩着，上边连接着低沉灰色的天。

"这报案都过去十天了，也不见有半点进展。"茱莉娅望着地平线忧郁道。

"是啊，我都有些怀疑这里警察的办案效率。"

茱莉娅沮丧地说："从我哥失联算起，都快一个月了，我想他会不会已出事了。"

"他都是成年人了，会出什么事呢？"

"我起初想他会不会生病了，我跑遍了夏威夷所有的医院，都没有他的记录。"茱莉娅将目光投向大海，"我怀疑他会不会去海里游泳，被海水卷走了。"

邬平："你怎么能有这样的念头。"

"总之我有种不好的预感。"茱莉娅将头靠在邬平的肩头，流出了眼泪。

邬平伸出一只手拢住她的肩膀，安慰道："也许没有你想象的那样糟。"

直到夕阳染红海面，他们才顺着土路回到工作室。

茱莉娅在厨房里做牛排、比萨，邬平在一旁帮忙。

茱莉娅还做了煎鸡蛋、煎火腿和沙拉，然后他们坐在外面的客厅用餐。

余晖照进屋里，他们面对面就餐。

邬平笑道："咱们这样还真有家的感觉。"

茱莉娅使用刀叉的姿势很美，右手握刀轻轻地一切，左手叉起肉块往嘴里送，刀法十分娴熟，没有多余的动作。而邬平就显得有些笨手笨脚，茱莉娅不时纠正他的姿势。

快要用完餐时，外正的院子响起一声小车的喇叭声，他们透过落地窗看过去，一辆警车开进了庭院停下，探员马丁走下来。

茱莉娅立即奔了出去，对迎面走来的马丁道："马丁先生，是我哥有消息了吗？"

马丁："进屋说。"

马丁进了屋，邬平给他倒了杯水，他咕噜咕噜喝了下去，放下水杯，对跟过来的茱莉娅道："目前还没有进展，我们询问了所有与你哥有过接触的人员，包括那些模特儿，从对她们的问话情况看，还不能锁定他们中的哪个人有问题，也无法解开你哥的失踪之谜。"

"你的意思，这会是一个无头案？"邬平问。

马丁没有回答他的问话，而是把目光转向茱莉娅："你能保证提供给我的那些画上的模特儿是完整的吗？"

茱莉娅："我不知道，这里的画就只有这些，你都看见了。"

"会不会有些画他出售了，或送人了？"马丁问。

"有这种可能吧？"茱莉娅道。

"你哥是奥地利人，怎么会留在这里发展，他告诉过你吗？"马丁看着茱莉娅。

"他说这里有适合他创作的环境，对了，还说他认识一位女神，是那位女神拯救了他的艺术。"茱莉娅道。

"女神，他跟你提过是谁吗？"马丁追问道。

茱莉娅摇摇头："也许是他来这里给他以帮助的一位女性，也许是给他以创作灵感的哪位女模特儿吧？"

马丁点点头："我想再看看他的那些画，特别是那些女模特儿。"

茱莉娅让开道："请吧，马丁先生！"

马丁来到画室又将那些陈列的画重新清理了一遍，指着凯特琳的人物画，"在纽约就遇见这个叫凯特琳的，你哥就是以画抵偿她模特儿费用。"

"她真漂亮，好有明星气质，"邬平看着茱莉娅，"她不会就是那位你哥说的女神吧？"

"不知道，不过我觉得她虽然漂亮，但透着一股让人难以捉摸的妖冶，离女神好像还有点距离。"

马丁点头赞同她的说法："她认识你哥的时间是你哥已留下来后。"

"那会是谁呢？"茱莉娅道。

"你提供的这条线索很重要，一定还有我们未掌握的人。"马丁随后道，"有什么新的发现及时告诉我。"

茱莉娅点点头。

马丁开车离开了。

看到茱莉娅不开心的样子，邬平提议："离这里2千米处有家酒吧，我们去那里坐坐吧？"

茱莉娅想了想，为排解心中的郁闷，于是道："好吧。"

迎着黄昏寒冷多风的寂静，他们步行20多分钟，走进小镇的酒吧。夜晚的酒吧是男女约会，或年轻人享受欢乐的好去处。此时酒吧的座位几乎被男女青年占满了，也有的卡座上只有一人，显然是在等待约会另一方的。

一个服务生见他们进来，热情地把他们引到里面剩下不多的一张空桌旁。这时正是客人高峰，热浪和噪声与外界形成了两个不同的世界。茱莉娅也想用酒吧的噪声来安抚自己。邬平要了杯红酒，茱莉娅则要了杯马丁丹尼加可乐。他们边慢饮边看着四周，感受这里的氛围。

茱莉娅今晚穿着一仵浅黄色的连衣裙，束着一条宽幅的腰带，显出她的苗条身材，俊俏的脸庞透出一股高雅的气质，吸引了不少人的目光。

邬平把杯子举到茱莉娅的面前，脸色红润眼含真诚："敬漂亮的茱莉娅小姐，愿你把不快乐者抛弃掉。"

茱莉娅露出欣然的迷人笑容，跟他碰了杯，两人相视一笑，各自抿了一口酒。

茱莉娅动情地看着邬平，一把拽过他抱住，给了他一个亲密的拥抱。

邬平放下手中的杯子，双手捧着她的脸，吻了她的嘴唇。

一瞬间，她的整个宇宙打开了，被吞没在一个静谧的港湾，那里的一切都是温暖的、柔软的，音乐仿佛都在为她心跳。

晚间 10 点多钟，邬平见时候不早，道："我们走吧！"

茱莉娅点点头，他们站了起来。

他们出了酒吧，夜色弥漫，空气冷清，雾霭沉沉。小镇街头的灯柱上燃起了油灯，各商铺的彩灯更是流光溢彩。

茱莉娅亲切而自然地挽起邬平的胳膊。

邬平送茱莉娅回到了工作室，邬平转身要离开，茱莉娅从他后面抱住他："邬平，你别走。"

"怎么了？"邬平回转身看着她。

"我有些害怕，你留下来好吗？"茱莉娅哀求道。

邬平有些犹豫。

"明天不是礼拜天吗？你不需要上课的。"

"好吧！那我就不走了，留下来陪你。"

茱莉娅露出了笑容，点点头。

邬平洗过澡后，穿着茱莉娅给他找来的他哥的睡衣，来到客厅，他打开电视坐了下来。茱莉娅也去了浴室，洗浴后她穿着浴袍出来。她的头发湿漉漉的，向上一盘，白皙的脖子格外可爱。

茱莉娅拿出吹风吹干了头发，然后走到他跟前："谢谢你留下来陪我。"她温柔地说着，一张漂亮温存的脸凑近邬平，依偎着他坐下。

她浴袍的三角形开口处，露出了丰满的乳胸。他突然心中升腾起在她白皙的脖颈上狠狠亲一口的冲动。

她抬起头看着他，他们的目光相遇，茱莉娅莞尔一笑，眼中有一种渴盼。

他慌乱地把目光转向开着的电视，电视中播着 NBA 篮球赛事。

他们看完电视，邬平说就睡在客厅里。茱莉娅给他抱来铺盖、枕头。

邬平在沙发上睡着了，发着轻微的鼾声。

茱莉娅坐在他的身边，两只胳膊支在膝盖上，下巴放在手掌上，以一种欣赏、深沉的神态端详着睡着的人。不知她想到了什么，脸上羞涩地一笑。

半夜茱莉娅做了一个噩梦，梦到她哥被大海卷走了，她在惊叫中醒来。

屋里茱莉娅的叫声，把邬平唤醒了，他不知发生了什么，冲进茱莉娅的房间，在门边按开电灯。

只穿着内裤背心的茱莉娅，余恐未安地扑到了他怀里。

"怎么了？"邬平道。

"我做了个噩梦，梦到了我哥，他死了，被卷到了海水里。"茱莉娅道。

邬平拍着她的背："别怕别怕，不是一个梦吗？哪能当真。"随后把屋里的顶灯换成了床头光线柔和的台灯，对她道，"睡吧、睡吧，离天亮还早着呢。"

邬平安抚茱莉娅睡下后要回到客厅，茱莉娅拉住他，又扑到他的怀里，嗬嗬道："你别走！"并拼命亲吻他，想以此方式来驱走内心的恐惧，并释放这段时间以来忧急、焦虑的心情。

台灯射出的光亮，照射着茱莉娅的身体，一吸气她的体香就飘入他的鼻息，他情不自禁地搂紧了她。

她的身子突然颤动了一下，这是肉体渴求的预感。

邬平在她的亲吻下，体内的荷尔蒙被激发，他们的情欲燃烧起来，激烈地拥抱在一起。

床在他们的剧烈运动下，撞击着墙壁。床头上方的一个小幅画框因震动而倾斜，一个东西"啪"地从画框背后掉落下来，掉到了茱莉娅的脸上。

茱莉娅抓过一看是一个本子。

"这是什么？"邬平道。

茱莉娅坐起把台灯的亮光拧大了一些，翻开看了一眼，又急速翻到后面："是我哥的记事本。"

"哦，上面记了些什么？"

"是我哥在夏威夷一年多来所画的画，还有这些画的去向。"

"那你得仔细看看，马丁探员不是说了吗？根据这些画来查找你哥的线索。"

茱莉娅披上浴袍坐在厌上仔细翻看起来，邬平躺在枕头上看着茱莉娅。

茱莉娅仔细看后道："我哥最后一幅画，在这留下的画中没有看见，也没有他赠人或出售的记录。"

"是什么画？"邬平坐了起来。

"这里记录的是《东方的芙丽嘉》。"

邬平不明白："芙丽嘉？"

茱莉娅："在北欧的神话故事中，芙丽嘉是拥有最高神籍的女神，她身为爱神，同时也是天空与大地的女神。"

"你哥以此命名，一定对这位女性崇拜之至。"

"看来她就是我哥在电话中提到的那位女神，我哥一定是因为她才留在夏威夷的。"

"她也许会知道你哥的下落？你哥不会是和她私奔了吧？"

"即或这样他也不至于不跟家里联系吧。"茱莉娅分析道。

"不管怎样她都是一个关键人物，马丁探员不是要你不要漏掉任何人吗？明天我们就去把这情况告诉他。"

茱莉娅点点头。

▸ **第七章**

一

第二天邬平醒来，茱莉娅正从浴室出来，衣服已穿戴整齐，头发也梳理完毕，肌肤白旦透红非常靓丽，精神状态也比较好。

邬平连忙坐了起来："你都起来了，我还在贪睡，实在对不起。"

茱莉娅笑盈盈道："你起来洗漱，我去做早点，吃好了去警察局见马丁探员。"

邬平点点头，用浴巾围着自己的身体，去到浴室。

茱莉娅去到厨房做早点。

吃过早餐他们就出门了，邬平开着租来的一辆绿色甲壳虫车，茱莉娅坐在副驾驶位。邬平启动引擎，车沿着海岸线朝城里的警察局驶去。

海岸线左边的天空朝阳似火，云层一片红彤彤的，阳光透过云层洒在蔚蓝色的大海上，蒸腾起薄薄的雾幔，似烟如沙。公路右侧多为山丘，也不时出现造型独特的乡间房舍。

此时的茱莉娅无心欣赏这样的美景，她的思绪又回到了他哥失踪的事情上，显得情绪低落。

邬平将茱莉娅送到了警局，警局的人刚上班不久，马丁正在小会议室向局长和几个高级警官汇报案情。

马丁："鲍尔失踪案，目前还没有新的进展，我们通过与他接触过的人，包括给他当过模特儿的，进行了走访询问，没有发现他们跟此案有关的证据。"

有一个胖警官道："有没有可能出了意外，比如坠崖或者溺水，离他工作室不远可就是海边。"

"这样的可能性不排除，但这样的概率很小，坠崖死亡会有尸体。关于溺水我了解过，他从小在水边长大，后来因生活所迫还当过两年水手。"

"有没有自杀的可能，他不是画家吗？他们的行为不是一般人能理解的，那个凡·高不就是自杀的吗？"另有警官道。

马丁："凡·高自杀是因为患有精神疾病，我了解过鲍尔没有这方面的病史，我的直觉告诉我，他失踪不是意外和自杀，而是一起刑事案件，只是我们还没有掌握真相。"

几个开会的警官相互咬耳议论。

局长看着马丁："你调查询问的这些人当中，难道就没有一些线索或者值得深挖的？"

"这些人当中嫌疑最大的要数时装模特儿凯特琳，她给鲍尔当过人体模特儿，而且在鲍尔失踪那几天正好也在夏威夷。"

"哦，她来夏威夷干什么？"局长问。

马丁道："她说是受邀参加一个时装秀，我调查了确实有这么一个时装秀。"

"那她跟鲍尔有过接触或联系吗？"胖警官问。

"她矢口否认，说没见过鲍尔。"马丁道。

"没见过、没见过，"局长用手指敲着桌面，随后抬起头看着马丁，"她是这样说的吗？"

马丁点点头，猛然醒悟："对了，没见过，不等于她不去见他，她与鲍尔的关系不仅限于画家与模特儿之间，她既然来了夏威夷按常理不会不去见，可为什么要否认呢？"

局长："也许这里有你要的突破口。"

马丁点点头："这条线索我会追踪下去。"

胖警官："鲍尔的电话通信记录有查过吗？"

"查过的，他是奥地利人，多数电话是从奥地利打来的。"马丁道。

局长："他失踪前的电话有可疑的吗？"

"有一个电话一年来时不时有通话，在他失踪以后就打不通了。"

"这部电话看来有问题？"胖警官道，"能查出这部手机是谁使用的吗？"

马丁摇摇头："我们没有使用实名制，这部手机谁使用过无从查起。"

这时马丁的助理杰西卡走了进来："马丁先生，那个鲍尔的妹妹来找你，说有情况向你通报。"

马丁："你带她去我办公室，告诉她我这就来。"

杰西卡点点头离开了。

局长："鲍尔失踪案，目前备受社会的关注，我们一定要全力侦破。"大家都点头。

"好吧，今天的案情分析会就到这里。"局长宣布。

大家纷纷离座。

马丁走进自己的办公室，在此等候的茱莉娅和邬平站了起来。马丁用手示意他们坐下，然后自己也在办公桌前坐下。

马丁看着他们道："昨天我离开，今天你们一早便来，一定有什么要告诉我的吧？"

茱莉娅打开挎包拿出鲍尔的记事本，起身走到马丁面前递给他："这是昨晚发现的我哥的记事本，上面记载了他所有画的出处。"

马丁接过："哦，有什么发现吗？"

"他画的最后一幅叫《东方的芙丽嘉》的画，工作室里没有见到，也没有赠人或出售的记录。"邬平补充道。

马丁翻到记录的最后，果然见上面有记载这幅画，再看时间正是鲍尔失踪的头一天。

马丁看了邬平和茱莉娅一眼道："你们是说这幅画不翼而飞了？"

他们点点头。

"看来这幅画是解开你哥失踪之谜的钥匙。"马丁思考道。

"你是说如果我哥遇害了，拿走这幅画的人很可能就是凶手。"茱莉娅道。

"虽然下这样的结论还为时过早，但找到这幅画，对破案至关重要。"马丁道。

茱莉娅焦急道："可这幅画在哪儿呢？"

马丁手托着下巴思考着，然后对一旁的杰西卡道："你给我订一张明天去纽约的机票。"

杰西卡："怎么，你还要去找在法拉夜总会做模特儿走秀的凯特琳？"

马丁点点头："她上次没有说实话，她一定去过鲍尔的工作室，《东方的芙丽嘉》很可能就在她那里。"

"你是说那幅画有着落了？"茱莉娅对马丁道。

"好了，你回去吧。有消息我会及时告诉你的，"马丁对茱莉娅道，"这本记事本就先放在我这里，案子结束了就还给你。"

茱莉娅点点头。

茱莉娅和邬平离开警察局，回到车上。

邬平对茱莉娅道："我姑妈的公司在前面不远，我们先去坐坐，让我姑妈认识你。"

"你姑妈她会喜欢我吗？"茱莉娅有些紧张。

"我姑妈人很好，看到你一定会喜欢的。"邬平启动小车汇入车流。

不一会儿，他们来到了邬凌的公司。在停车场停了车，然后乘电梯来到 17 层邬凌的办公室。

邬凌对他们的到来颇为惊讶。

邬平指着茱莉娅向他姑妈介绍："姑妈，这就是我跟你说过的茱莉娅。"

茱莉娅身体微微前倾，很有礼貌地说："姑妈好！"

邬凌看着茱莉娅道："茱莉娅小姐如此漂亮，怪不得我的侄儿如此上心。"

邬平有些不好意思，摸着脑袋："姑妈，看你说的。"

"说吧，怎么想起来看我了？"邬凌抱着双臂看着他们。

"我们去了警局找马丁探员，离这儿不远就来了。"

邬凌看着他们："一大早就去了警局，发生了什么事吗？"

"茱莉娅发现了她哥的记事本，上面记载着她哥每幅画的名称及去处，我们发现马丁探员掌握的名单中，漏掉了一幅叫《东方的芙丽嘉》的画。"

"芙丽嘉？"邬凌看着邬平，掩饰着内心的紧张。

"是这样的，芙丽嘉在北欧神话中是一位女神。"邬平道。

"你们看见那幅画了？"邬凌追问道。

茱莉娅摇摇头："那幅画只有记载，不见其画，不过马丁探员推断很有可能在一个叫凯特琳的手上。"

"凯特琳？"邬凌看着茱莉娅。

邬平接过话："是呀，我听马丁探员说明天就去纽约找她。"

"案子有进展是好事，"邬凌对茱莉娅道，"你哥的事我听邬平说起过，你也不要太着急。"

茱莉娅点点头。

邬凌对邬平和茱莉娅道："既然你们还没吃早餐，一定饿了吧？楼下有家韩国人开的早餐厅，味道不错，我带你们去。"

邬平高兴道："好呀！"

"你们先下去，我收拾一下就下来。"邬凌道。

邬平和茱莉娅离开后，邬凌用手机打了电话，订了张上午11点半直飞纽约的机票，这才出了办公室。

在公司楼下的韩国早餐厅，邬凌点了鸡蛋吐司三明治、辛辣的海鲜沙拉，还要了一份雪浓汤。雪浓汤用牛骨、牛肉及萝卜和豆腐，熬几个小时，熬到汤变成白色，像雪，又香浓，因而得名。

不一会儿他们要的早餐食品上来了，邬凌自己没有吃，她给茱莉娅舀了碗汤放到她面前："这汤不错，多喝一点儿。"

茱莉娅感激地冲她微笑："谢谢！"有些紧张的心情松弛下来。

"你跟邬平处得还好吧？"邬凌关切地问道。

茱莉娅点点头，看了邬平一眼："他给了我很多帮助。"

"我们中国人呢讲究助人为乐，不仅对你，对其他人我们邬平也会提供帮助的，是吧？"邬凌转过头看着邬平。

茱莉娅也盯着邬平。

邬平点头不是，摇头也不是，说是显然他这样做对茱莉娅不是唯一，说不是那么他当初这样做，就有别的想法。他只得含糊地笑笑。

邬凌又把目光掉向茱莉娅："听邬平讲你是因为你哥的事留在这里的？"

茱莉娅："是的。"

"也就是说你哥的事有了结果，当然这个结果不管是好的结果还是坏的结果，你最终要回奥地利去是吧？"

茱莉娅不知邬凌的用意，看了邬平一眼。

邬平道："姑妈，你怎么了？我们现在不谈这个话题好吗？"

邬凌笑了起来："好，不谈，吃饭。"

吃了一会儿，茱莉娅起身道："我去趟洗手间。"

茱莉娅离开后，邬平道："姑妈，你刚才说那些话是什么意思？"

邬凌盯着他："我的意思你不明白吗？就是要你们都清醒清醒，不要只想着谈情说爱！"

"谈情说爱咋了？姑妈不是也希望我交上女朋友吗？"

"其他的姑娘行，她不行！"邬凌以不容商量的口气道。

"她哪点不好？"邬平不高兴地放下手中的勺子，"我们挺合得来的。"

平心而论邬凌对茱莉娅是有好感的，看得出来她人漂亮，也很善良。但她是鲍尔的妹妹，就这一点她不会同意邬平和她成为恋人。

邬凌对邬平道："我承认她是一个好女孩，不过你以后要么回国，要么留在美国，她在奥地利，你说这异国恋现实吗？"

"如果我跟她真的好上了，这些都不是问题，美国是移民国家，你看有多少不同国籍的人在一起生活，不是都没有问题吗？"

"其他人行，你不行。"

"为什么呀？"邬平显得很委屈。

"因为你是我侄儿！"邬凌脱口而出。

邬平不解地看着她，他想不明白一向很开明的姑妈，为什么会反对自己与茱莉娅交往。

茱莉娅返回来了，他们又吃了一会儿饭，但气氛显得很沉闷。

邬凌道："你们慢慢吃，我还有事要处理，先走一步。"说罢起身离开。

茱莉娅看着邬凌的背影："是我惹你姑妈生气了吗？"

"没事，我姑妈是个大忙人，刚才跟我说对你的印象不错。"

茱莉娅这才开心起来。

二

邬凌没有开自己的车而是打的前往檀香山国际机场，在路上她给丈夫打了电话，说自己临时有急事出差，明天才回来。齐海涛叮嘱她记得吃药，不要太过操劳。

在出租车上，她还接到了艾伯特的电话，说鲍尔这小子死后成明星了，各家新闻争相报道。有几家报纸和杂志采访他，要他介绍怎么发现鲍尔这个天才画家的，想挖掘更多的新闻。他认为邬凌才是真正的慧眼识才之人，问她要不要说出真相让他们采访一下她。

邬凌道千万别，自己目前只想清净，做好自己的事，可不想去蹭什么热点。

艾伯特是从家里打来的电话，拿着话筒他沉思片刻然后放下。

一旁的太太卡米拉问道："邬凌怎么说？"

"她拒绝接受媒体采访，说只想清净做好自己的事。"

"这跟他们中国人内敛的性格有关吧？"卡米拉道，"我还听说她最近的设计在招标中失利，压力很大。"

"她是一个要强的女人，我倒认为这跟她接受采访不矛盾，如果外界知道是她发现鲍尔的画，才使他有如今的声名，对她是有好处的，说明了她有独到的艺术眼光。"

卡米拉点点头："也许这次设计失败对她的打击很大。"

艾伯特："哪天你去看看她，女人之间总会找到共同的话题，让她不要在意一次的失利。"

卡米拉点点头。

邬凌来到机场时，离登机时间不远，她匆匆登上了飞往纽约的美联行的班机。

飞机准点起飞，很快升上万米高空。临窗的邬凌看着机窗外的蓝天白云。从机窗口射进的阳光，晃得她的眼睛有些生痛，那抖动着的光的粒子，促使邬凌的思绪回到了三个月前。

一天，邬凌开车来到鲍尔的工作室，远远看见鲍尔送一个穿着吊带裙的性感女郎出来，她放慢了车速。鲍尔拥抱了那性感女郎，随后女郎上了停在门口的一辆车，司机将车开走了，与邬凌的车错车而过。

邬凌看见那是一个非常漂亮而妖艳的女郎，她开车到工作室外，鲍尔正要跨进院落，邬凌按了两声喇叭。鲍尔这才注意到她，笑着迎了过来。

邬凌将车停在门口，没有像往常一样开到院子里。

她下了车："怎么，今天的大画家有贵客来吗？"

鲍尔看了一眼远去的性感女郎的车："新招聘的一个女模而已。"

"她是做什么的？"

"纽约法拉夜总会的时装秀模特儿，叫凯特琳，来这里参加一个走秀活动。"说着要上前拥抱邬凌。

邬凌用手挡开了他，径直进了工作室。鲍尔跟了进来："你今天来怎么不事先告诉我？"

邬凌："怕我撞破了你的什么好事吗？"

鲍尔："在我的心里除了你，哪还容得下别的女人。"

邬凌走进了鲍尔的画室，她看见画板上是一个未完成的女人全裸画，而那画上的女人，正是刚才车上的那位性感女郎。

"怎么，你让她给你做全裸模特儿？"

"在世间万物中，人体是最美的。"

邬凌看着那画，虽然还没有画完，只完成了80%，但看得出来，在鲍尔神奇的画笔下，描绘出了女性肌肤的柔软透明、鲜活灿烂，并使女性美以史诗式的丰厚博大达到了奇迹般的极致。她不由得欣赏起来。

"怎么，你也喜欢？"鲍尔走到她跟前。

"喜欢归喜欢，画画归画画，模特儿归模特儿，你可得分清了。"邬凌看着她。

鲍尔抱住她："我是有分寸把握的，哪天我也给你画幅裸体画，一定比她还美！"

"你想让我像你的那些模特儿一样？"邬凌指了指那些裸体模特儿画。

"不可以吗？所谓杰作，是那些正消失的事物，你的青春和美貌，每一天，每一小时，甚至我们说话间的每一秒钟都在流逝，能留住它的是我的画笔。"

邬凌摇摇头："我可不想摆在什么展厅里，让人们看到我的胴体，哪怕是用欣赏的目光。"

"你们东方女人就是比较保守，不过你到美国也有10多年了，夏威夷的海风没有让你的思想更为开放？"

"开放的思想不体现在接受裸体画上。"邬凌反驳道。

"最高的道德是对美的激情，而人体是万物中最值得赞美的，美挫败着死亡，暗喻在另一番天地中，我们谨小慎微的头脑和凡夫的心灵，是不会认识这种美的。让美流逝而不做任何补救，是人生最大的遗憾，乃至于过错。"

"你的这些理论留着对你画下的模特儿说吧。"邬凌用揶揄的口气说道。

"你难道不认为我这些理论，很有道理吗？其实受益的不一定是画家，而是那些模特儿，是她们把美留在了人间，画家只是一个记录者，最后变成一个符号而已。"

"就算你说得天花乱坠，我也不会裸体示人。"邬凌坚决道。

"好了，我做些退让，我保证不用于展览，只用于我的个人收藏。"鲍尔只得做出妥协。

"我能理解裸体画，但还没有开明到也要画裸体画的程度。"邬凌道。

"那就画幅半裸，我会很好地处理的，相信我。"

邬凌坚决道："不行。"

鲍尔遗憾地耸耸肩，然后开始吻她，她内心的激情也被调动起来，紧紧地抱住鲍尔。随后他们在画室的案桌上做起了爱，邬凌的目光时不时落在女郎的脸上。

"女士，你需要用点什么？"空姐推着餐车站在过道上，微笑着询问邬凌，把她从回忆中唤回。

邬凌看了一下："来杯红酒吧？"

空姐取出一只红酒杯，倒了红酒递给她。

邬凌接过红酒杯，道了谢，她看着酒杯里的红酒，过去的一幕又浮现在眼前。

在她发现凯特琳在为鲍尔当模特儿的几天后，她儿子齐凡过生日，她和丈夫还有邬平在茗都中国餐厅为儿子过生日。他们举起酒杯庆贺，就在这时透过酒杯上空部分，她看到鲍尔搂着凯特琳走了过去，她再看时他们出了酒店。鲍尔是从餐厅拐角的另一侧出来的，并没有注意到邬凌。

邬凌愣神了片刻，她丈夫关切道："你怎么了？"

"没……没什么！"邬凌掩饰道，"来，为我们儿子的生日干杯！"说罢先喝了杯中的酒。邬凌知道鲍尔并没有跟她说实话，他跟凯特琳的关系并不像他所说的，凯特琳只是他的模特儿。她开始审视自己与鲍尔的关系。随后她开始有意疏远他，一次在工作室他们还爆发了激烈的冲突。

鲍尔指着画完的凯特琳的裸体画对她道："这幅画漂亮吗？"

邬凌讥讽道："你和她怕已超过画家和模特儿的范畴了吧？"

鲍尔看着她："凌，你说这话什么意思？"

"要想人不知除非己莫为，上次你搪塞我，我选择了相信你，前几日我可在茗都中国餐厅，目睹了你跟她卿卿我我。"

"你在跟踪我？"鲍尔显得有些恼羞成怒。

"我还没有下贱到如此地步，只不过我那天恰好在那家餐厅给儿子过生日。"

鲍尔缓过口气："我需要女人，女人给我灵感不是吗？人们熟知的毕加索就有两任妻子、5个情人，每段恋情都把他的作品推向一个不同的风格和新的高度，他在60岁后没有再画女人，就是没有找到自己想要的灵感。"

"去你的灵感！"邬凌气急道，拎着挎包要离开。

鲍尔伸手拦住她："邬凌，你别这样，你跟那些女人不一样！"

邬凌不再理睬他，径直走了出去。

接下来的日子，邬凌都没有再与鲍尔联系，也没有再见面。鲍尔打来的几次电话，前几次她都掐断了，他执意地拨着，她接了电话，明确告诉他，他们到此为止，不要再给她来电话。

一天下班后，她车开出公司大门，鲍尔拦下了她的车。

"你怎么到这里来了？"邬凌摇下车窗气愤地责备道。

"你不接我电话，又不愿见我，我只好来这里找你，我们得再好好谈谈。"

她对鲍尔道："没有什么好谈的，你让开道。"

"你不跟我谈我还会来的。"鲍尔执意道。

邬凌略微思索："好吧，就去前面的海滩。"

鲍尔上了车，邬凌将车开到了海滩。

失去热力显得偏白的太阳，在一点点被浮云所遮，云层开始涌动。刚才还在蔚蓝色的天空中星星点点的浮云，不知何时成了一团团积雨云。天气预报说从傍晚到夜里将有雷阵雨，这云层的聚集，是它的前兆。

他们走上了延伸到海水里的便桥。

看着远处的大海，鲍尔对邬凌道："凯特琳的油画完成了，我已和她不再见面，希望我们能和好如初。"

邬凌明白，她和鲍尔的时间已经耗尽了，必须马上和他正式分手，否则会失去勇气，又会回到他身边。

邬凌道："这几天我在反思，我们的关系不能再继续下去，既然你崇拜的毕加索有两任妻子、5位情人，就让我们的关系成为过去。我可不想成为你失去灵感的罪人。"

"我不能失去你，我会变得更好，我知道你不喜欢我跟别的女人暧昧，我会改。我向你保证，请不要离开我。"

邬凌努力控制住自己的情绪，她想自己决不能心软。

"邬凌，我在这里说出肺腑之言，你却丝毫不动容，你要想我怎样，才能回心转意？"

"这都是我的错，我只是不想再错下去。"邬凌深深地吸了口气。

"我知道你还是不肯原谅我，我当初说过，你搬来跟我一块儿住，或者改嫁给我，如是这样，也许我就不会和别的女人上床了。"

邬凌一声冷笑："你是在告诉我，你和别人睡了，是我的错？"

"不是，我没有把所有责任都推到你身上的意思，我知道我在这方面也有问题。"

邬凌开始意识到，她在和一个情绪化的极度利己者交谈，永远无法理解他，于是她决定快刀斩乱麻，说道："今天我不想跟你讨论这个问题，我只想告诉你，我们今后不再往来。"

"凌，你真的不能再改变想法了吗？"

"是的，这是我深思熟虑的结果。"

"既然这样我有个要求？"鲍尔见无法挽回于是道。

邬凌看着他。

鲍尔："给我当回模特儿吧，只需要半裸就行，作为我们认识一场的纪念。画的名称我都想好了，就叫《东方的芙丽嘉》。"

邬凌显得犹豫起来。

"要是这你都不同意，让我将来的思念无所归依，我就不同意我们就此不相往来。"鲍尔半是真情半是威胁。

"你要怎样？"邬凌几分鄙视几分紧张道。

"我会去你的公司，如有必要我会登门拜访请求你的同意。"

"你——"邬凌愤怒而气恼地看着他，"你怎么变得这样无耻？"

"这都是你逼的，这段时间你不理我，我像没有了魂似的，你要是再不答应我的要求，我都不敢保证做出什么事情来。"

邬凌思考了片刻："我要是答应了你，你能保证不再纠缠。"

"是的。"鲍尔回答得很干脆。

"也不用于展览或拍卖？"

鲍尔点点头。

就这样邬凌为了尽快终止这场不伦的关系，只得答应了他的要求。

几天后邬凌抽出时间，在鲍尔的工作室给他做模特儿。

她半裸着身子，坐在绒布前。鲍尔在她几米的地方，拿着调色板和画笔，开始给邬凌作画。

他在画布上很快勾勒出邬凌的轮廓，并啧啧称赞太美了。经过半天时间，底子打好，雏形出来，他完成了第一阶段的绘画。

两天后的下午又进行第二阶段的绘画。邬凌依然半裸坐在模特儿位置。

鲍尔把颜色混合着，敏捷地调和了棕色、黄色、桃色，使画布明亮起来，使邬凌的瞳子光耀起来。他用笔柄划匀头发，又刷薄了厚厚的油膏。邬凌在他的画笔下开始生动起来。目光睿智中带有淡淡的忧伤，面带微笑，包容而含蓄。

又经过几次，油画《东方的芙丽嘉》接近尾声，邬凌走过来看他的画，她为自己的美艳怔住了。

"你把我理想化了，我没有这么美丽。"邬凌道。

"不，还远远没有画出你的神韵。"鲍尔指着画，"这不可捉摸的散发，心灵的放送，灵魂的气焰，还没有完全地捉住它们，并进而调和它们。透过这双眼睛，要能够看出思想，正如清澈的泉水中，能看出水底的五彩石一般。"

"你绘画的禀赋是他人难以企及的，我看你还是应该专心于你的绘画。"

"不，我不会放弃我的工厂的，不过工厂目前遇到了一些资金周转上的问题，还需要你丈夫齐海涛的公司追加 300 万投资。"

邬凌不悦："我想他不会再答应给你投资的，这不符合他们公司的投资方向，而你公司至今没有拿出受市场欢迎的产品。我还是那句话，搞艺术和从事市场开发是两回事儿。这样跟你说吧，艺术是小众的，懂艺术的毕竟是少数，而搞市场开发，则需要的是满足大众的审美情趣。"

鲍尔放下调色板和画笔道："你必须要说服你的丈夫为我追加投资，我不能看到我的工厂就这样倒闭了。"

"我不会去说的。"邬凌坚定道，"我已经答应你的要求做你的模特儿，你不能再提任何要求。"

鲍尔的要求被邬凌断然拒绝，由此演绎出后来的悲剧情节。

三

"请大家系好安全带，20分钟后，飞机将在纽约拉瓜地机场降落。"播音器响起乘务长的播报，把邬凌再次唤回到现实。

邬凌突然感到一阵恐慌，并强迫自己深呼吸，她似乎承受不起在这个环节出岔子。其实在夏威夷檀香山机场登机时，她就在思考能否见到凯特琳，又如何拿回自己的那幅画。

提示乘客系好安全带的指示灯亮了起来，飞机开始降低高度。邬凌闭上眼睛，祈祷此行能够顺利拿回那幅画。

飞机飞临海岸线，自由女神像就在机翼下方，飞机的影子映照在碧绿的海面上。当飞机降落地面，开始在跑道上滑行时，她意识到做出正确的决定，说出正确的话，是她接下来必须要谨慎行事的，无形的压力沉重地压在她的心头，让她不堪重负。

凯特琳的同居男友加文，与飙车对手比赛的期限就快到了，可他的Kawasaki NinjaH2摩托车还没有着落。

晚上 10 点多钟，在屋里喝着威士忌的加文接到了对手的电话，说这次飙车比赛谁输了就退出飙车党。加文站起身，在屋子里焦虑地来回走着，决定再给凯特琳去个电话，做最后的争取，于是拨通了凯特琳的电话。

凯特琳在夜总会正准备登台走时装秀，接到加文要 5 万多美元购买摩托车的电话，火冒三丈，一顿数落。加文也不甘示弱，说要是不买就散。

凯特琳冲电话吼道："你滚，我不想再见到你！"

加文气愤地扔掉手机："凯特琳，你这个婊子，算你狠！以为离开你不行是吧。"加文拿起桌上的酒瓶，咕噜咕噜一口气喝了个底儿朝天，随后拎过一个提箱，开始乒乒乓乓地收拾东西，还夹杂对凯特琳不满的诅咒。

纽约街头车水马龙熙熙攘攘，来自世界各地的人聚集在这里。在冰冷的严寒里，邬凌殖着拥挤的人群走着。她仰望着高楼林立、霓虹灯闪烁的城市，在浮华的外表下，不知有多少像她一样备受煎熬的人。高楼的灯光照亮了云彩和薄雾，张挂在树上的灯，闪着耀眼的光亮。鲍尔已经一去不复返了，她不知接下来的情形如何，能否顺利拿到那张足以致命的油画。但她必须要去一试，她没有退路。

随后她拐进一条小街，这里明显清净许多。走出 100 多米远，来到一栋陈旧的公寓前，她抬头看了看，然后走了进去，她没有直接去凯特琳走秀的法拉夜总会，怕那里人多嘴杂，生出不必要的麻烦，打听到凯特琳的住处来这里等她。

她走上五楼，看了看左边的门牌，确认是凯特琳的住宅，又抬起手腕看了看戴着的手表上的时间，心想要不了多久凯特琳就会回来。她也确实走累了，就在楼弟的台阶上坐下休息等着凯特琳。

这时她身后的房门却开了，走出收拾好东西拎着提箱出来的加文。

邬凌听见动静回身看了一眼站起来。

　　加文不想有人坐在住宅门口，诧异地看着她。

　　邬凌抱歉地道："我是在等凯特琳小姐，不知屋里有人，请问她是住这儿吗？"

　　加文醉眼蒙眬地看着她："你……你找凯特琳？"加文有了三分醉意。

　　"她在家吗？"

　　加文没有好气地道："没在。"随后发现她很面熟，想了想道，"你是《东方的芙丽嘉》画中的那位模……模特儿吧？"

　　邬凌听他这样一说，心里咯噔了一下，淡然道："怎么，你见过那幅画？"

　　加文打了个酒嗝："当然！"

　　邬凌想了想，对他道："我能进屋说话吗？"

　　"当然。"加文返回了屋里。

　　邬凌跟进后道："我就是为那幅画来的。"

　　加文不解地看着她。

　　"这是一个流浪艺人画的，虽然不值钱，但是以我作为模特儿画的，我不想让这幅画流落到外面，更不想让我丈夫看见。"

　　"我理解，你们……东方人保守。"加文道。

　　"是的，所以我想要回那幅画，当然是有代价的，我会出钱购回。"

　　加文脑子转了转，看着邬凌："你能出多少钱？"

　　"虽然是无名的流浪画家的作品，不值几个钱，可我还是愿意出 5 万美元。"邬凌道。

　　加文心中一阵窃喜，但是他道："虽然画家没有名气，但画得不错，5 万少了。"

　　"你认为多少合适？"

　　"至少 10 万美元。"加文鼓足勇气。

"你能做主吗？"邬凌道。

"当然。"加文拍着胸脯，"你要是信不过我，可以一手交钱一手交货。"

"可要是凯特琳小姐事后不同意怎么办，毕竟你不是这幅画的主人？"

"我可以让她没有反悔的机会。"

"什么意思？"邬凌看着他。

"这样说吧，我会让她根本……找不到我，不过钱还得翻番。"

"你是想拿着这笔钱玩消失？"

"对，这样你不是更放心了吗？"加文狡黠地看着她，"不过得要现金。"

邬凌看了看他脚边的提箱："好，成交。明天早上8点在中央公园湖边的廊桥见。"

邬凌走后，加文高兴得手舞足蹈，去到卧室从床下拿出那幅画打开看了一下，想想摸出手机对着画拍了张照，然后重新包好夹在腋下，拎起提箱也很快消失了。

午夜凯特琳的走秀结束了，她往外走，路过夜总会的前台，服务生喊住了她："凯特琳小姐！"

她停下脚步，看着服务生。

服务生："两小时前有位女士打电话到这里找你，我说你在演出，她说有人托带东西给你，既然你在演出不方便，问了你的住址说改天给你送去。"

"她说叫什么吗？"

"这我没问。"

"好的，我知道了。"凯特琳走出了夜总会，作为时装模特儿的她，有不少慕名的人给她送这样那样的礼品，她也就对前台服务生的话没有在意。

打这个电话的是邬凌，她在那次跟鲍尔发生冲突的谈话中知道，凯特琳在这家法拉夜总会走秀。于是查到夜总会的电话打过去，在前台服务生那里查出她的住址，到她的公寓门前等候。她想不管出多少钱，也要买走她手中的那幅画，不想出现了上述戏剧性的一幕。

凌晨 1 点从夜总会回到公寓的凯特琳，开了房门不见加文，嘀咕道："这半夜跑哪儿去鬼混了。"她去到浴室洗了澡出来，还不见加文回来，用手机拨打他的电话，提示音回复拨打的电话已关机。她怒气冲冲地躺进被窝里，想想有些不对，起身拉开加文的衣柜，发现他的衣柜已清空，一件衣服都没有了。心想让他滚这回真的走了，走就走吧，她也十分困，倒在床上睡去。

第二天早上 8 点准时，加文腋下夹着用纸板包着的油画，来到中央公园湖边的廊桥处。因还不是游览的时间，人很稀少。邬凌已经到了，拎着提包站在廊桥上，望着眼前那汪清澈的湖水，听见脚步声她转过了身。

加文看到的邬凌戴着一副大墨镜，因而有些拿不准眼前的这人就是要买他画的人。

邬凌看着他开了口："看来你还是挺守时的。"

加文知道买画的是眼前这人错不了，于是道："钱带来了吗？"

邬凌点点头："我可得先验货。"

加文把画递过去，邬凌打开包裹的纸板，看了一眼画，正是那幅自己作为模特儿的《东方的芙丽嘉》。

她伸手对加文道："把你的手机给我。"

加文不明白她的用意，但还是拿了出去。邬凌检查了他的相机，从图片中删除了他昨晚拍的画的照片后还给他。然后从提包中拿出一个大纸包："这里面是 20 万。"

加文接过大纸包打开一看，果然两捆，每捆 10 万的美钞。他点点头表示钱是合适的。

"你可得遵守诺言！如果说话不算话，就是违约，我会双倍要求返还。"邬凌盯着他。

"当然，有了钱，我这就消失。"加文对着手中装钱的纸包，用嘴亲吻了一下，暗自狂喜地叫道："我有钱了！"随后左右看了看，抱着纸包出了廊桥很快离开。

邬凌也拿着画从另外一端走了，买了午间的航班，晚上就可返回夏威夷。

在机场她与赶来的马丁探员擦肩而过，她戴着墨镜因在马丁约见艾伯特的 Hawaiian Aroma Caffe 咖啡店见过马丁，因而认识他。她望着他朝机场外走去，脸上流露出一丝得意的神情，心想"对不起马丁先生我比你早了一步"。不想此行事办得这样顺当，是她事前没有想到的。

凯特琳一觉睡到中午，被一阵敲门声惊醒。她懒懒地起来，穿着睡衣去开门，她想一定是加文又跑回来了，边开边怒怨道："你不是有能耐吗？怎么又回来了？"当她拉开门发现门外站着的是探员马丁时，这才赶紧回到屋里，套了件外套在身上。

马丁走了进来："你这里还挺难找的。"

"怎么是你？"凯特琳问道。

马丁打量了一下她的房间，然后道："你上次没有跟我说实话。"

"什么没有说实话？"凯特琳心中有些打鼓，她想这时马丁探员来找她，一定是为了那幅油画的事，但她不想交出油画。

"你前不久去夏威夷真的没有去见鲍尔吗？"

"我……我上次不是告诉你了吗？"凯特琳嗫嚅道。

　　"你说的是没有见过鲍尔，但不等于你没有去见他，你去了的，勒索鲍尔不成，于是恼羞成怒杀了他，拿走了那幅《东方的芙丽嘉》。"

　　"不……不是这样的。"凯特琳瘫在了椅子上。

　　"那是哪样的？"马丁逼视着她。

　　"我是拿了画，可我并没有杀死他。"凯特琳虚脱得头上冒汗。

　　"你说得详细一些，别跟我兜圈子。"

　　"我承认是去鲍尔的工作室找过他，可没有见着人，看到那幅画就顺手拿走了。"

　　"就这些？"

　　"我要是有隐瞒愿意受罚。"凯特琳怯怯地看着马丁，"我拿走了那幅画，你不会控告我偷盗罪吧？"

　　"画在哪里？"

　　"在……在……"凯特琳似乎还有些犹豫。

　　"你只要好好配合，我会提请检察部门酌情考虑免于对你的起诉。"马丁打消她的顾虑。

　　凯特琳虽然不情愿交出那幅画，但涉及凶杀案，而她又是嫌疑对象，撇清自己才为上策，于是道："我这就给你拿画去。"

　　凯特琳进到卧室，用手去摸床下的油画，没有摸着，她弯下腰去看，床下什么都没有，不由得惊讶得叫了一声。

　　马丁听见叫声走了进来："怎么了？"

　　凯特琳："那幅画不见了！"

　　马丁疑惑地看着她："那幅画你认为会值多少钱？"

　　"如果鲍尔真的出了问题，应该上百万吧，我看过最近对他画拍卖的报道。"

　　"够了，我看你这是反悔了，想侵吞那幅油画。"马丁威严地看着她。

凯特琳叫了起来："你说什么呢？事到如今，我还有必要骗你吗？"她想了想，咬牙切齿道，"一定是被加文拿走了。"

"加文是谁？"

"我的同居男友。"

"那你给他打电话。"

"他昨天就搬走了，电话打不通。"随后又拨打了加文的电话，依然是关机。凯特琳对马丁摇摇头。

"那去找他呀！"

凯特琳换了衣服，同马丁一道去找他经常在一起飙车的几个人，他们都不知道他的去处。他们又去了几个他爱去的赌场，也没有找到加文。

"他还有其他去处吗？"马丁问。

"这我就不知道了。"

"你知道他家人的地址吗？"

"我们只是同居关系，从不涉及各自的家人。"

"那幅画你没有拍照吗？"

凯特琳摇摇头："那画来之不当，我怕照下来被人知道是个麻烦。"

"你能详细跟我说说那女人的模样吗？"

凯特琳摇摇头："在对人的描述方面我很弱智的，就只知道画上的那人非常漂亮，是个亚洲人。再说了马丁先生，你没听说过这句话吗？漂亮的女人看起来都长成一个样。"

马丁又好气又好笑，但也无奈："好吧，总之你要想法找到加文，拿回那幅画，不然你的嫌疑最大。"

凯特琳一副沮丧的面孔，骂道："去死吧，加文，我找到你要剥你的皮！"

"如果是他拿了那幅画，他会怎样处理？"马丁问道。

"他哪懂得艺术欣赏，一定会卖掉，昨晚还向我要5万多美元买摩托呢，被我一顿好骂叫他滚，哪知他竟卷画而逃。"

"一辆摩托要5万多？"

"不是一般的摩托，是赛车型的，他爱飙车，为此还进过两次警局。"

马丁对凯特琳道："我们就暂时谈到这里，有了加文，不，应该是有了画的消息，第一时间通知我。"

凯特琳道："我会的。"

四

马丁随后去到纽约警局，请求协查加文，然后只得一无所获地回到夏威夷。助手杰西卡见他回来，问："那幅画上的人是谁查到了吗？"

马丁心里很是窝火："慢了半步，那幅画刚好头晚被凯特琳的男友拿跑了。"

"哦，那男友呢，你没去找？"

"消失了，像在空气中蒸发一样。"马丁气恼道。

"你是说跟鲍尔一样？"杰西卡非常吃惊。

"目前能得知的一个原因，是他与凯特琳吵了架，尽管都为失踪但案情是不一样的，我已请了纽约警察局协助查找此人，你留意拍卖行或者绘画市场，有没有《东方的芙丽嘉》这幅画的消息。"

杰西卡："好的。"

"这个案子真邪乎，看似有线索，可当你以为触手可得时，它又飘走了，我感觉自己被一只无形的手牵引着。"

"如果说鲍尔的失踪是有凶犯的话，那只无形的手会是真凶的？"

马丁恳切道："不是真凶也是知情者。"

杰西卡点点头。

马丁："跟我去趟鲍尔的工作室，沟通些情况。"

马丁开车和杰西卡去了鲍尔的工作室，见有不少人从里面出来，个个都是衣冠楚楚的样子。他诧异地进到工作室，看到茱莉娅在将他哥的画装入她定制的木箱。

"那些人是干什么的？"马丁问。

"也不知怎么的，这几天每天都要来好几拨人，说要买我哥的画，价钱由我说，烦死了。"

"你哥如今可上了世界各大报，成名人了，艺术价值也被人挖掘，他的画当然就随之而涨。"看了看那些已装箱和未装箱的油画，"我看你还是给这些画保个险，其价值已今非昔比了。"

"我要的是我哥，而不是这些油画涨不涨价，他要是不在了，这些画对我来讲有什么意义？"茱莉娅停了手中的活，直起身，"对了，你从纽约回来，有什么消息要告诉我吗？"

马丁摇摇头："我来就是要告诉你，此行还是白跑一趟。"

"怎么回事？"茱莉娅疑惑地看着马丁。

马丁对她说了此行的情况，抱有很大希望的茱莉娅虽然很是失望，但也没有办法。

"你这是要……"马丁指着她装箱的画问道。

"我把这些画装箱，准备运回奥地利，房东来过了，说我哥交的房租快到期了，不续交的话，就要收回房子。"

"你这是要走吗？"杰西卡问。

"我哥没有消息哪能走，邬平要我去他姑妈那里借住。"

马丁："就是和你一起来报案的那个中国小伙儿？"

"是的，一个热心肠的人。"

杰西卡道："你哥的事我看他也很上心的，不会是喜欢上你了吧？"

"是我喜欢上他了。"茱莉娅笑道。

马丁："你去了新的地址后告诉我，有你哥的消息后，我会第一时间通知你。"

茱莉娅点点头："我会的。"

"祝你们好运！"马丁和杰西卡离开了工作室。

茱莉娅送马丁探员和杰西卡出来，刚好遇到邬平开着所租的车过来，马丁向他打了招呼后驾车和杰西卡离去。

茱莉娅跟邬平讲了马丁探员纽约之行无功而返，邬平安慰她不要着急，已经跟姑妈说好了，明天就搬过去。随后邬平帮助茱莉娅把剩下的画都装好了箱。

收拾完画后，茱莉娅开始做晚餐。

吃过晚餐，邬平收拾好餐桌，把盘子刀叉端进厨房放入水槽里清洗。茱莉娅则把事先制作好的蛋白酥放到外面的餐桌上，然后从冰箱里取出几片杧果、菠萝、木瓜和奇异果，小心地放到奶油上，随后再加上一点儿草莓和蓝莓，做成了饭后甜品。

邬平洗完盘子刀叉，他们坐下来享用。邬平吃着甜品，对茱莉娅的制作手艺大加赞赏。

吃过晚饭后他们坐在沙发上看着电视。茱莉娅把头靠在邬平的肩头，邬平用胳膊搂着她。她换了一条带蓝点的白色短裙，一件无袖衫。她被阳光晒得金黄的大腿裸露着弯在身下。邬平穿着短裤和灰色衬衫，他用指尖抚摩着茱莉娅的膝盖，她握住他的手，把嘴唇压在他的手心上。电视上放着的是一部爱情剧。

茉莉娅站起身：“明天我们就要离开这里了，我们去海边玩会儿吧？”

邬平点点头：“好哎！”

他们离开工作室，朝海边走去。

今天因是周末，艾伯特的太太卡米拉按照丈夫的要求，带着小儿子来到邬凌的别墅拜访。她小儿子比齐凡大两岁，下半年就该小学毕业了。两个男孩儿一见面就钻进齐凡的屋里打游戏去了。卡米拉和邬凌坐在花园的椅子上聊天。夕阳洒在花园中，也沐浴在她们的身上，花园中的花朵散发出淡淡的幽香。黑佣迪蕾在远处给花浇着水。

齐海涛书房的窗户正好面向花园，他看到她们在交谈，然后拿起一本书看了起来。

卡米拉看着花园赞叹道：“看你们的花园打理得多好。”

邬凌：“这都是迪蕾的功劳，以前我还时不时给花园除除草什么的，近来也没有了心情。”

“我丈夫去了国外讲学，要一礼拜后才能回来，走时他要我一定来看你，让我告诉你，要把心放宽些，没有过不去的坎儿。”

邬凌看着卡米拉：“艾伯特先生怎么会这样说？”

“那天你们通电话，你拒绝了他提议的让媒体采访你有关鲍尔的事，他就认为你因设计失利的事，心情不好。”

“谢谢艾伯特先生的理解，再说我只是推介给他认识鲍尔而已，鲍尔的画怎样，他才具有权威性，才是中国人说的伯乐，我可不能在这时跳出来抢功。”

“凌，你总是这么低调，我和艾伯特都很喜欢你，看到你不快活我们也快乐不起来。”

邬凌笑笑：“谢谢您和艾伯特先生，有你们这样的美国朋友，我和齐海涛都非常荣幸。"

卡米拉拉着邬凌的手，看着她："其实我发觉你的不愉快，不是从设计投标失利开始，而是一个月前我们去太浩湖滑雪就有了，或者还要早些时候是吗？"

邬凌听她这样说心里一惊，她不得不说卡米拉的观察是对的，但她不能坦露这个事实，尽管面对的是好友。于是她道："以前只是因这个设计压力大，心情开朗不起来，投标失利后真的有些崩溃，也许我不再适合搞设计工作。"

"我可怜的凌，你可不能这样说，你是最好的工业设计师，这是我丈夫说的，我相信他的眼光，一切都会好起来的。"善良的卡米拉做了个祈祷的手势。

"谢谢你卡米拉，谢谢艾伯特先生，"邬凌笑了笑，"请你告诉艾伯特我会没事的。"

"这就好。"卡米拉也笑了。

夜晚，一轮圆月从海平面升起，把皎洁的月光洒在海面上，洒在茱莉娅和邬平坐着的沙滩上。

亮度恰到好处，月光中，茱莉娅的肌肤发着白光。她将头靠在邬平肩上："邬平，我得谢谢你，要是没有你在身边我真不知怎样度过。"

邬平侧头看着她："我会一直陪着你，你愿意嫁给我吗？"

"你这算是求婚吗？"茱莉娅对他的话出乎意料，以至于第一反应以为他在开玩笑。

"是的，我们既然都有了亲密的接触，我会对你负责的。"

茱莉娅轻声笑了出来："你真可爱，我是自愿的，可没要你负责。"

"难道你不爱我？"邬平看着她。

"我确实喜欢你，我不是随便与人上床的人，尽管也许你们认为我们西方人对性较为随便，其实那是一种误解。"

"你是对我们的婚姻没有信心？"

"虽然我怀揣着一个隐秘的希望，如果没有别的原因，进展顺利的话，我们的关系终有一天会将我们引入婚姻的殿堂。"

"看来你还心存疑虑？"

"你姑妈对我们交往是什么态度？"

"她不看好我们的交往，说我们处于不同的国家，而我的归宿也未确定。"邬平有些哀怨道。

茱莉娅点点头："你姑妈说得没错。"

邬平把她拉入他的臂弯中："自从我们第二次相见，你坐在我的旁边，带我到工作室时，我就知道你是我这一生等待的那个女人。"

幸福的笑靥又在她的脸上漾起，她依然没有正面回答他，而是趁起身在他的额头上轻轻吻了一下："谢谢你，平。"

茱莉娅看着夜色中的大海，想起了她的家乡，想起了她无忧无虑的生活。每当夜色来临，小镇的青年男女不时会在草坪上，尽情地玩耍。想到这里她站了起来，嘴里哼着调子，在沙滩上开始翩翩起舞。她一边跳舞，一边向前伸出双臂，好像她在和某人共舞一样，沉浸在自己所营造出的欢乐中，她渴望生活还是那么简单，还是那么纯粹。

被她的情绪调动，邬平也站了起来，上前拥着茱莉娅跳了起来。当在茱莉娅哼着的调子中，他们跳完两曲后，他们已彼此坠入了一种无法自拔的激情中。

茱莉娅仰头闭着眼睛，微微颌动着嘴唇，丰满的胸脯急剧起伏着。邬平内心心潮澎湃，将嘴唇印在了她的嘴唇上，随后他们热烈地亲吻起来。

他们回到工作室时，夜已深，洗漱完毕很快入睡。

夜间茉莉娅从睡梦中醒来，她好像听见外面有什么动静，侧身看邬平在熟睡。她没有惊动他，独自披衣起身，来到外面。她看到夜风将窗帘吹起，扇动着发出簌簌的声响，她想起昨晚忘了关窗，走过去要将窗户带上。

正好一个闪电，无声无息，却把外面的庭院照得发亮，一个人影兀立在那里，那不是鲍尔吗？她一愣，闪电很快过去，人影消失了。她再定睛一看，庭院里黑黢黢的，什么也没有。她知道这是自己思念哥哥太甚出现的幻觉。一行清泪流了下来。

五

一大早，邬凌就起床开始收拾客房，齐海涛看见走了进来，问道："有客人要来吗？"

邬凌转过头点点头："是邬平的朋友。"

"朋友？"齐海涛看着她正铺设的花布毯子，"是女朋友吧？"

邬凌直起身："邬平是这样说的，我看他是认真的。"

"女孩是谁？"

"叫茉莉娅。"

"茉莉娅？"齐海涛看着邬凌，"她在哪儿工作？"

"她来自国外，是来找人的，得到了邬平的帮助。"

"找人？"齐海涛思量片刻，"就是说她以后还得回去？"

"我想是的。"邬凌道。

"那你怎么还同意他们在一起？"

"邬平给我提出她来借宿一段时间，我也不能说不，你不会不高兴吧？"

见邬凌这样说，齐海涛也不好反对，只好出了客房。

铺好床铺邬凌坐在床铺上想着，鲍尔是因她而死，她不知接下来该怎样与他的妹妹茱莉娅相处。

随后她去到客厅，齐海涛在看电视，她在他的身边坐下。

"前两天你去纽约出差，事情办得怎样？"齐海涛问道。

"还可以吧！"

"詹博士开的药还在继续吃吗？"

邬凌点点头。

迪蕾从厨房端了碗人参汤出来，放到邬凌的面前："这是先生让给你做的，快趁热吃吧。"

邬凌感激地看了齐海涛一眼，然后端起喝了下去。

傍晚，邬平带着茱莉娅来到了别墅。邬平拉着茱莉娅的手穿过花园，看到花园里的花卉，茱莉娅很开心，走到一枝长茎玫瑰前，用手指护着花萼，将它贴向腮帮，随后将嘴唇伸过去，陶醉地吻了吻那朵玫瑰花，这才随邬平进了别墅门。

齐海涛在家看着报纸，邬凌还没有回来。

邬平介绍道："这是我姑父齐海涛，这是茱莉娅小姐。"

齐海涛起身伸出手："欢迎茱莉娅小姐，你的房间邬平的姑妈已经给你收拾好了。"

"谢谢！"茱莉娅深深地鞠了一躬。

"我姑妈呢，还没有回来吗？"邬平道。

齐海涛看了看墙上的挂钟，指向5点半，于是道："送齐凡去学校，快回来了。"

邬平打开电视，给茱莉娅倒了杯水放到茶几上："你先看一会儿电视，我去厨房帮忙。"

茱莉娅笑着点点头，坐了下来。邬平去了厨房。

齐海涛对茱莉娅道："茱莉娅小姐是哪儿人？"

"我是奥地利人，来自奈佩克小镇。"茱莉娅道。

齐海涛颇为惊讶地叫出声："你是奥地利奈佩克小镇来的？"

茱莉娅不知他为何如此惊讶，不解地看着齐海涛。

齐海涛意识到自己有些失态，抱歉地笑了笑："我惊诧于你家乡离这里很远的，怎么会到了这夏威夷？"

茱莉娅忧伤地垂下眼帘："我是来找我哥的。"

"你哥他怎么了？"

"他是画家，叫鲍尔。"

"你哥是鲍尔？"齐海涛又轻声叫了出来。

"你认识我哥？"茱莉娅问道。

齐海涛点点头："他是一个挺有前途的画家，最近的报纸杂志可没少报道他。"

"他失踪有一个月了至今没有消息。"茱莉娅悲伤道。

说话间邬凌开门走了进来。

茱莉娅站了起来："姑妈！"

邬凌点点头："你们来了？"

邬平从厨房出来："姑父、姑妈，饭好了。"

齐海涛："好，我们先去吃饭。"

大家随后来到饭厅，迪蕾已摆好了餐桌。

吃过饭茱莉娅主动收拾碗筷去厨房清洗，邬平也去帮忙，迪蕾则清理厨房卫生。

齐海涛让邬凌去到她寝室，问她知不知道茱莉娅是鲍尔的妹妹。

邬凌点点头。

"知道你还让她到家里来？"齐海涛直视她。

邬凌看着齐海涛："我起初也不同意，是邬平要求的，说她哥哥的工作室被房东收回了。"

"她会住多久？"

"也许十天，也许半月，也许再长一点儿吧！"

齐海涛透过开着的寝室门，穿过楼下的客厅，看着厨房里忙碌的邬平和茱莉娅，问邬凌："他们看来很相爱？"

"我想是的。"

齐海涛走过去把寝室门关上，回过身颇感惊讶地问："你同意他们交往？"

"我没有同意，不过不同意又能怎样？茱莉娅是个不错的姑娘。"

齐海涛皱了皱眉头大惑不解地说："我看你这是……"随后欲言又止。

"这是什么？"邬凌看着他。

齐海涛突然转变了态度，上前给了她一个拥抱："亲爱的，只要你觉得好就行，我只是担心异国恋能否有结果。"然后走了出去。

随后邬平要回学校，茱莉娅在别墅外送他，主动吻了他，说道："路上小心。"

邬平点点头："明天放学后，我会来看你的。"

茱莉娅笑着点点头："不用担心我，你姑父、姑妈对我挺好的。"

邬平上了车将租来的车开了出去。

从卧室窗户里看着他们的邬凌，陷入沉思之中。他不知道茱莉娅一旦知道她哥鲍尔是死于自己之手，会是怎样的一种情形。但是她也至今没有弄明白，鲍尔的尸体去了哪里？原来她还怀疑是拿走她那幅画的人干的，现在看来凯特琳不会，那又是何人所为？

▸ 第八章

一

　　加文买了辆新的摩托赛车，向几个飙车的狐朋狗友显摆，拍着摩托赛车："怎么样？"

　　那几人都流露出羡慕的模样，一个手臂文着文身的彪悍男子道："你小子这段时间跑哪儿去了，哪儿弄的钱，去抢的吧？"

　　另有一个剃着鸡冠头、染着红发的男子："是偷那婊子的吧？她可在到处找你！"

　　加文指着他们："你们不许乱说、出卖我，否则饶不了你们！"

　　有几个穿着皮夹克戴着头盔、飙着摩托的人，疾驰到他们面前然后纷纷一个急停。随后掀起头盔，是跟他们较劲的另一支飙车党。

　　其中一个大高个儿领头的，用挑衅的口吻道："加文，记得咱们的约定哦！"

剃鸡冠头的看着加文。

加文蔑视地："放心，我还怕你们不来呢！"

手臂有文身的男子也不示弱地向对手举起拳头。

"好，晚上 8 点，50 号公路入口处见。"对方领头道。

那些人又轰着油门一溜烟飙走了。

他们冲那些人吹起口哨。

晚上 8 点，两队飙车党准时在 50 号公路的入口处会面。50 号公路为"全美最孤独的公路"，横穿快马递送区，人烟稀少，车辆较少。他们随后开始在公路上风疾电掣地飞奔，你追我赶，偶尔有迎面开来的车辆纷纷躲避。

路过一个岔道，一辆道奇警车停在路边，见状立马闪着警灯追赶上去。警官一边开车一边拿过步话机喊道："停下，都给我停下！"

飙车党的人毫不理会，手臂有文身的人还向警官竖起中指。

警官呼叫着同伴："有飙车党沿着 50 号公路，朝莫偌湖方向，需要拦截。"随后加大油门追了上去。

两队摩托车飙车党在公路上狂奔，互不示弱。在还有 20 千米到莫偌湖的地方，两辆经过改装的大马力雪佛兰警车把路拦腰截断，几个警察举枪对准来路。不一会儿飙车党来到此处见路被封住，有的冲下公路从小路逃逸，有的则弃车而跑。

加文由于冲在前面，刹住摩托时离警车仅有几米距离。有两名警察围过来，其中一人大喊道："把手举过头顶！"

加文见无法逃脱，只得乖乖举起手来。

加文被带到纽约警察局，一个警官问他："你叫什么名字？"

加文不言语，抗拒看。

"你不说我们就不知道吗？把你的身份证件拿出来？"

加文还是不吭声。

警官加重了语气，"不会是非法移民吧，你不配合就交移民局处理。"

加文这才把驾驶证从兜里摸出丢在警官面前，警官看了一眼他的驾驶证："你叫加文？"

"上面不是写着吗？"

警官在电脑上输入了他的身份信息，看着他道："你可不是第一次因飙车进来了，上次就蹲了 3 个月监禁。"

"警官，我认罚，监禁就不要了，那可不是人待的地方。"

"你小子有钱是吧？等等！"警官看着电脑上的屏幕，表情紧张起来，随后拨了个电话，不一会儿进来两位腰间配着枪的警察，一左一右站在他的身后。

加文不知发生了什么，有些紧张。

警官盯着他，严厉地道："你还被指控犯有偷盗罪。"

"偷盗罪？什么偷盗罪？"加文一脸茫然，"你们可别冤枉我，我可没有去偷盗！"

"你不要一副无辜的样子，凯特琳你认识吧？"警官道。

加文咬牙切齿道："这个婊子！"

警官："告诉我，那幅《东方的芙丽嘉》的油画现在在哪里？"

"什么油画，我不知道你在说什么？"

"给我装傻不肯说实话是吧？她说你盗走的是一幅价值几百万美元的画。"

加文一下蹦了起来："她胡说！"

他身后的两名警察走到他面前，把他按住，其中一人呵斥道："别动，老实待着！"

加文余怒未了："什么破画值几百万美元？"

警官指着他："装，继续装。"从桌上抽出一张报纸，放到加文的面前，"一星期前，画这幅画的鲍尔的《破茧》，在法国拍卖市场拍出了300万美元，去年拍卖价不过50万美元。"

听警官言，加文抓过报纸看了起来。

"你不要跟我说没有看到过这样的报道？据凯特琳的讲述，《东方的芙丽嘉》是鲍尔的遗作，其价值更是不可估量。"

看了报道的加文知道自己傻傻地，竟将几百万美元的画以20万美元就出手了，还以为自己赚大了。报纸从他无力的手中滑落，随后他又像一个怒狮，咆哮着站了起来。

他身后的两名警察不明就里，掏出枪对着他。

加文颓然地跌坐在凳子上。

马丁在办公室处理案卷，助手杰西卡手中拿了一份文档进来："马丁先生，纽约警察局传来了电文。"

"哦——"马丁抬起头看着助手。

"拿走《东方的芙丽嘉》画的加文找到了。"

"怎么找到的？"

"说是因飙摩托车被纽约警方控制。"

"那画呢，让他们拍照后传过来。"马丁叫道。

"加文交代画被画中的模特儿，以20万美元买走了。"

"他还记得画像上的人，不，买走他画的人什么模样吗？"

"那晚他喝了酒眼花看得并不真切，只认识就是画中的模特儿，成交时那人戴着墨镜，也没有看清楚长相，只知道那人非常有气质，看上去像是亚洲人。"

"废话！《东方的芙丽嘉》难道还是非洲人，或者我们美洲人？他就没有对画拍过照什么的。"

"他是在画出手前用手机拍过一张，起因是那女人实在太漂亮。"

"太好了，赶快跟纽约警局联系，要他们把照片发来。"马丁兴奋道。

"可是，据加文说，那人在成交时要过他的手机，将拍的照片删掉了，无法恢复。"

马丁气恼地一挥手，叹息道："看来这女人的智商不是一般人所具有的。"

马丁随后接过杰西卡手中的文档，边看边问道，"纽约警局有没有提供，那女人为什么要买走那幅画？"

杰西卡："买走那画的女人说，不愿让别人看到她的胴体，也害怕她丈夫知道她做裸体模特儿的事。"

"东方人比较含蓄，买回她做模特儿的画也属正常。"马丁道。

"东方人也是有所区别的，日本女人就没有那么害怕。"

马丁点点头："你认为最害怕别人知道的东方女性是哪国人？"

"当然是中国人。"

"就算我们知道了画的主人公是中国的华人，可在夏威夷居住的华人就有 2 万多人，妇女也有近万人，还不包括前来度假旅游的华人，有如大海捞针。"

"如此说来，这条线索还跟下去吗？"杰西卡道。

马丁看完纽约警局提供的加文口供，思量道："加文卖画逃逸，就发生在我去纽约的那天早上，是偶然的巧合还是有先知先觉，这里面有没有我们想要的答案。"

杰西卡："你是说这画的主人公，很可能跟鲍尔的失踪案有关？"

马丁点点头："这条线索还是很重要，不过我判断应该是居住在夏威夷的华人妇女，你把 35 岁到 45 岁的妇女名单理出来，然后看谁最有气质和漂亮，从她们入手排查。"

"好的。"杰西卡道。

二

几天后，杰西卡就冷马丁探员要的华裔女性人员名单拟了出来，他们接下来进行一一走访。他们来到一家华人办的华语学校，校长是 5 年前从台北移民过来的马桂芳。高高的个子，有一张和蔼可亲的脸庞。马桂芳起先还以为是他们想送孩子来学习中文，当知道他们需要了解她是否认识鲍尔，并给他当过模特儿时，她一头雾水，当然矢口否认。他们又去了一家商场，朱茵是商场老板。穿着时尚时装，对问她在一个月前的 15 日至 17 日在做什么非常困惑。她说自己回到中国大陆看望家人了，并领他们去到办公室，出示了她飞往上海的往返机票。随后他们去了一家金融公司和成衣加工厂，见了两位华裔女士。

这天周末下午，马丁和杰西卡在走访几个人后，来到邬凌所在的公司找她。助理凯丽告诉他们，邬凌最近身体不好每天只有上午在公司，下午在家休养。马丁和杰西卡问了她的住处，随后前往她的半山别墅。

来到半山别墅，马丁把车停在别墅外的道路上，和杰西卡下了车。他们走到别墅的院门外，马丁伸手按响了门铃。

邬凌在客厅里煮着茶水。水已经开了，邬凌冲泡了一杯黑茶，她看着暗红色茶水在杯中翻转，院门外传来的门铃声使她将头扭过去，侧耳细听。

黑佣迪蕾把院门打开，看到是两名穿着制服的陌生警察，诧异道："你们找谁？"

马丁："这家的女主人在吗？"

"你们找太太，有什么事吗？"

马丁："我们找她了解些情况，希望你去向主人通报一声。"

"好的，我这就去。"

马丁点点头。

"让他们进来吧！"邬凌不知什么时候出了别墅门，对院门口的迪蕾道。

迪蕾让开道："好的。"马丁和杰西卡走了进去。

邬凌看着他们走到身边，对马丁道："你们找我有何贵干？"

马丁看到邬凌，即为她的气质所折服，和杰西卡交流了一下眼神。

马丁拿出探员证件，举起示意给邬凌："我们是夏威夷警察局的，有事要对你进行询问，希望你能配合我们。"

"请吧！"邬凌说道，把他们带进了屋里。

在客厅，邬凌请他们在茶桌前坐下，然后自己坐在他们的对面，为他们倒了茶水："这是中国的黑茶，你们品品。"

马丁和杰西卡端起茶杯喝了各自杯中的茶。

马丁赞不绝口："真是好茶！"

邬凌又给他们的杯中倒上茶后，对马丁道："你们要询问什么？"

马丁道："有个叫鲍尔的画家你认识吧？"

邬凌看着他，又把目光转向杰西卡。

杰西卡从手中的公文包中拿出一张鲍尔的照片，这是他妹妹茱莉娅提供的。

邬凌接过照片点点头又立即摇摇头。

马丁看着她："你这既点头又摇头的意思是？"

"我认识他，是去年《人物》杂志对他有个专访报道，后来听我先生说，还给他的工艺品厂投过资，但仅限于此。"邬凌道。

"你是说你们彼此并不认识？"马丁看着她。

邬凌："是的。"

"那你能告诉我上个月的 15 日，你在做什么吗？"马丁道。

"你这是什么意思？"邬凌露出不快。

"他失踪了。"

"我知道，最近的报纸可没少登，说什么的都有，你怀疑他的失踪跟我有关？"

"我们在做排查，也算是例行公事，请夫人能够理解。"马丁道。

"好吧！我想想。"邬凌抬起头想了想，"15 日白天我在公司搞设计，晚上 10 点前在加班，我团队的人都可以为我做证。10 点以后回到家中，女佣迪蕾就在这里，你们不信可以问她。"

杰西卡在记录本上压笔记录着。

"16 日也是这样吗？"马丁道。

"是的。"

"17 日又做了什么？"马丁追问。

"上班呀！"

"下班以后？"马丁盯着她。

"下班以后我回了家。"

"后来再没有出去过？"

邬凌摇摇头。

马丁："我能问问你的女佣吗？"

"当然。"随后邬凌叫来黑人女佣，自己去了寝室回避。

马丁问迪蕾："我们想了解你的女主人，在上月 15 日至 17 日什么时间回的家？"

迪蕾诧异地道："我不明白你们为什么要问这个？"

"为什么你就别管了？你有这个义务如实回答我们！"

杰西卡补充道："如果做伪证是要负法律责任的。"

"做伪证？"迪蕾露出吃惊和恐惧的表情，"你们的意思是我的女主人犯法了吗？"

马丁："你也别紧张，我们只是了解下情况。"

杰西卡的表情这才松弛下来，"让我想想，"她想了片刻，"那段时间女主人很忙的，回来都比较晚，只有 17 日那天是正常回家。"

"你具体说说准确时间。"马丁道。

"那段时间听主人说在搞个什么设计，一般回来都在晚上 10 点左右，17 日那天是 6 点前到家的。"

马丁："你为什么对 17 日那天记得清楚？"

迪蕾："那天是我儿子的生日，所以记得的。"

马丁："是这样，那她后来又出去过没有？"

迪蕾摇摇头："吃过饭后她在这客厅的沙发上，看了一会儿电视，她说前些日子忙着搞设计，没有休息好，就去睡了。"

"你说的这些都是实话？"杰西卡插嘴道。

"是的，这位小姐，我只是外地的一个乡下人，可承担不起你刚才说的什么法律责任。"

在迪蕾接受马丁及杰西卡的问话时，邬凌双手抱臂在屋里沉思，一个片断浮现在眼前：

两天前她对女佣道："现在外面有人在败坏我的名声，上月 17 日你儿子生日那天，我接到一个电话外出你记得吧？"

迪蕾："当然记得的，那天夫人还给了钱，让我给儿子买生日礼物来着。"

"那是一个男人打来的，可这事我不能让我家先生知道，你明白吧？"邬凌严肃道。

迪蕾似懂非懂地点点头。

"你记住以后如果有人问起那天我在哪儿，不管是谁，记住不管是谁，就说我那天晚上困了，早早休息了，哪儿都没去。"

"好的太太，你放心，没有任何人可以诋毁你。"迪蕾坚决道。

马丁和他的助手杰西卡没有问出有价值的东西，告辞了邬凌往外走，邬凌送他们出了别墅院门。这时一辆车开过来停下，齐凡从车上下来，一溜烟跑进了别墅，急着回家打游戏。随后下车的是去学校接齐凡的邬平和茱莉娅。

茱莉娅看到马丁，快步走过来道："你们是来找我的吗？"

马丁对在这里见到茱莉娅和邬平也颇感意外，指着茱莉娅疑惑地说："你，又指指别墅，你新的住址在这儿？"

茱莉娅点点头："是呀，这是邬平的姑妈家，是她收留了我。"

马丁看了看茱莉娅又看了看邬凌，脸上露出一丝迷惑。

邬凌对马丁道："马丁探员，你还不知道吧？茱莉娅在和我侄儿谈恋爱呢，我侄儿求到我，你说我能不接收吗？"

茱莉娅上前挽着邬凌的胳膊，接过话茬充满喜悦道："邬平的姑妈对我可好了！马丁探员快告诉我，我哥有消息了吗？"

邬凌拍了拍茱莉娅的肩膀："马丁探员来呀，就是为调查你哥的事，不是来找你的。"

茱莉娅惊讶地说："不是来找我的，那找邬平姑妈调查什么呀？"

邬凌笑道："这你得问马丁探员了，听他说凡是华人女士他们都得例行问问。"

邬平气愤道："马丁探员，有你们这样办案的吗？"

"你怀疑我哥的失踪跟女人有关？"茱莉娅看着马丁，"你是说我哥跟人私奔了？"

杰西卡插嘴道："私奔倒好了，可私奔能不跟家人联系？"

马丁清了清嗓子："我不得不对你讲，非常抱歉，茱莉娅小姐，我们怀疑你哥确实像一些报道推测的那样，已经遇害了。"

"啊——"茱莉娅悲哀地惊叫一声，呆呆地盯着马丁探员，震惊的双眼圆睁，一脸茫然。"我……我没有听懂。"她结结巴巴地说道。

"被绑票也是有可能的？"邬平道。

马丁看着他："你见过绑票的人不拿那些值钱的画吗？你见过绑票的人不向其家人勒索赎款的吗？"

邬平被问住了。

茱莉娅用力摇着头："不，我哥不会的，是他要我来这里的，他说过要带我游夏威夷的。他在哪儿？"茱莉娅的声音因激动而颤抖着，"我想知道他怎么了，在哪儿能找到他？"

邬凌的表情异常复杂，邬平搂住茱莉娅的肩膀，给她以安慰。

马丁："非常抱歉，茱莉娅小姐，这也是我们想知道的，我向你保证，一有你哥的消息，我会在第一时间通知你，之所以告诉你这些，是想你有个思想准备。"随后马丁和杰西卡开车离去。

邬凌对邬平和茱莉娅道："我们进去吧，迪蕾已经把饭做好了。"

邬平拉着处于悲伤中的茱莉娅进了别墅，邬凌扭头看了看开出的警车，这才回身。

警车里马丁的助手从倒车镜中看到邬凌进了别墅，对马丁道："我们这样能找到那个画中的女人吗？"

"我有种感觉，似乎已触到这个女人了，可就是差那么一点点，我敢说那女人是我们解开迷雾的钥匙。"

"从气质上讲，邬凌最符合我们要找的那个模特儿。"杰西卡道。

马丁："这家人跟鲍尔兄妹倒有着千丝万缕的联系，齐海涛先生为其投资，侄儿又和鲍尔的妹妹在谈恋爱。"

"这几天来，找了不少的人询问，可怎么才能找到我们要找的人？"

"等我们把选出的这些女人走访完后，把有疑点人的照片发给纽约警局，让他们找凯特琳还有那个加文辨认。"

杰西卡点点头。

因听了马丁探员的话，茱莉娅的情绪一时难以平复。齐海涛是在马丁他们走后不久回来的，见邬凌显得有心事，而茱莉娅伤心的样子，不由得问邬平怎么了。

邬平道："刚才警察局的马丁探员和助理杰西卡来过了，说茱莉娅的哥哥遇害的可能性很大。"

"是这样？"齐海涛想了想，"茱莉娅小姐不过刚搬来，那个马丁就知道她的新住址了，你们告诉他的吧？"

"我们是要告诉的，可还没有来得及，这不接了齐凡回来，刚好遇见他们来找我姑妈。"

齐海涛颇为吃惊地看着一旁坐着的邬凌。

邬凌起身道："也没有什么，说是对一些华人妇女例行走访做些了解。"

邬平依然愤愤不平："夏威夷的华人妇女多了去，他们能都询问得完吗，再说了他们这样做分明是把被询问的人，都当作了潜在的凶手不是吗？这是违反人权的。"

邬凌对邬平道："好了，不就例行公事走访一下吗？这是他们的职责所在，你也别发表议论了。你姑父回来了，先吃饭。"

"我确实有些饿了，吃饭。"齐海涛道。

吃饭时，伤心的茱莉娅拿起汤勺的手依然抖得厉害，将汤溢了出来，洒到了餐桌上和她的手上。她被热汤烫到了，把勺哗啦一声放回碗中。

"对不起！"她泪眼婆娑地对餐桌上的人抱歉道。

"没事的。"邬凌抽出几张她面前的纸巾，递给茱莉娅，"手没烫着吧？"

茱莉娅摇摇头，感激地接过纸巾，擦干了手。

邬平也站起身抽出几张纸巾，将洒在桌上的汤擦干净。

他们接着吃晚餐，但气氛相当压抑。

三

夜色笼罩着大地，远处城市的灯光闪烁着夜眼。

别墅阳台上的邬凌望着远处城市的灯光，两眼透出一种迷离、痛楚、恍惚、疑惑、悔恨、无奈的表情。

花园处传来邬平和茱莉娅的说话声。

茱莉娅对邬平道："你姑妈人真好！"

"可不，打小就她最疼我。"

"我哥对我也不错，可如今他却说没影就没影了，要是真出了什么事，也不知该怎么办？"说罢又伤心地落下了眼泪。

"你别哭，我看马丁探员在对待你哥这件事上，还是挺认真的，虽然我对他的做法有意见。他下午之所以那样说是要你做最坏的打算，事情也许没有你想的那样糟。"

"这活人见不着，死也要见尸吧？再这样下去我真受不了了。"茱莉娅伤心道。

邬凌听到这些内心不由得一颤，把眼光掉向墙外的公路。无意间她看到公路对面昏暗的路灯下，一棵树旁露出一张脸，竟然是鲍尔的脸。她一怔，发生了什么？是梦吗？鲍尔还活着？她揉眼睛再看，那脸又不见了。

这时一只手从后面搭在她的肩头，邬凌惊恐地："不……我不是有意的……"

"是我，你这是怎么了？"齐海涛道。

邬凌回身两眼还有些许的恐惧，责备道："来到我身后怎么一声不吭？"

"我走路动静可不小，你就没听见？"

邬凌没有作声，扭头看向公路对面。

"看什么呢？"齐海涛顺着她的眼光看过去，公路对面空空的，什么都没有。

"我好像看到那个鲍尔了？"

"你是说茱莉娅的哥哥，那个失踪的画家？"齐海涛拥着她的肩，"看来你的病严重了，居然出现了幻觉。"看着花园里的茱莉娅，"茱莉娅不是报警了吗？她哥哥的事就交给警察办好了，你就不要去操心了。"

邬凌看着齐海涛："有一事始终压在我心中，我一直很犹豫是不是需要告诉你。"

"没有想好就别告诉，时间不早了，回屋吃了药休息吧。"齐海涛牵着邬凌进了房间。

邬平和茱莉娅在花园旁的椅子上坐了下来。

邬平："明天我们带齐凡去足球学校，他每个星期天上午都会去那里训练。"

"嗯，"茱莉娅点点头。又涌起一阵伤感。

"茱莉娅，你以后会怎样？"邬平看着她。

茱莉娅没有理解他的用意，用问询的目光看着他。

"我是说你以后会回到奥地利吗？"

茱莉娅看着他："哥哥也不知下落，在这里没有其他亲人，再说了美国不是想留就能留下的。"

"我的意思我在哪儿你就愿意在哪儿吗？或者你在哪儿，愿意我也在哪儿吗？"

茱莉娅含情脉脉地看着邬平，点点头。

"你是说你愿意嫁给我？"邬平兴奋道。

"你是个好人，可我现在一心只想尽快找到我哥。"

邬平虽然有些遗憾，但也理解茱莉娅的心情，握住她的双手。

茱莉娅在他的额头亲吻了一下，然后依偎进他的胸怀。

邬凌坐在床头仍发着愣，齐海涛拿了药，端着一杯水走到她跟前："吃了药早些休息。"

"海涛，我这病不是吃药能解决的。"

"我看你呀就是爱胡思乱想。"

邬凌没法只得接过药和水吞下了药，然后洗漱而睡。

齐海涛见邬凌睡下了，这才起身出了房间，回到自己的寝室。

他给詹博士打了个电话，说道："我太太病情在加重，竟然有些分辨不出虚拟世界和现实世界了。"

"你是说你太太出现了幻觉？"詹博士在电话那端道。

"是的。"

"明天带你太太再过来看看吧！"

"好的，谢谢！"齐海涛关上手机，将目光投向迷雾般的夜空。

第二天一早，迪蕾烤制面包，茱莉娅煮了咖啡，然后大家在餐厅用餐。

齐海涛喝着咖啡，赞不绝口，夸茱莉娅煮制咖啡的手艺不错。茱莉娅非常开心。

邬平对邬凌道："姑妈，我和茱莉娅一会儿陪齐凡去足球学校踢球。"

"耶！"齐凡高兴地叫了一声。

"好的，踢了球就回来，不要耽误了功课。"邬凌道。

"姑妈放心，我会把握的。"邬平道。

邬凌对茱莉娅："来我们家还习惯吧？"

"挺好的。"茱莉娅点点头。

吃过早餐，迪蕾收拾碗碟去了厨房。邬平和茱莉娅带着齐凡先行离开，齐海涛要邬凌再去和泼罗波罗医院找詹博士看看，邬凌起初不肯，但经不住齐海涛的多次要求，只得同意随他前去。

邬凌来到衣帽间，打开衣柜选了件粉红色的连衣裙穿上，低头看时，发现衣服竟然有些大了，凸显出她现在的消瘦。她往穿衣镜上一看，脸因近来没有睡好的缘故，显得有些憔悴。她于是化了一点儿淡妆，这才跟着齐海涛出了门。

在医院找到詹博士，詹博士带邬凌到了一间密室，让她处于一种半睡眠状态，问了她关于看见鲍尔的情况，她说自己确实出现了这种状况。

检查完后邬凌去了洗手间，回来时走到门口，听到詹博士道："看来你太太患了幻觉妄想症？"

邬凌不由得停下脚步侧耳细听。

齐海涛："你说得对，我观察她的这个症状目前相当严重，已分不清是真实的世界还是一种虚幻的存在。"

邬凌一愣，从她的耳朵开始，愤怒在扩散，慢慢地遍布她的周身，她感到脑袋就要炸裂。

这时她包中的手机响了，屋里的谈话停止了。

邬凌拿出手机，见是助理凯丽打来的，她接了电话说自己这时有事，一会儿给她打过去，随后挂了电话，压住怒火进到诊断室，像什么都没有听到一样。

詹博士开了一些治疗精神方面的药，要齐海涛按时给邬凌服用，并建议她离开公司回家休养一段时间。

邬凌对詹博士道："我自己的病自己知道，我想不会再麻烦你了！"

詹博士："齐太太，我们医生就是为病人排忧解难的，不麻烦、不麻烦的。"

邬凌没有再多说什么，她感到自己多待一会儿都受不了，起身对齐海涛道："我先出去了，这里我不会再来了。"说罢走了出去。

场面有些尴尬。

齐海涛对詹博士道："对不起，我太太看来又犯毛病了。"

詹博士却大度地说："这样的病人我见多了，都不愿承认自己有病，"摇摇头，"看来你太太着实病得不轻。"

四

齐凡非常喜欢踢足球，而且也踢得不错。足球学校的足球场非常规范，碧绿的草坪，像一块巨大的绿色地毯，铺在椭圆形跑道中央。

皮特教练在足球场里教20多个孩子带球突破的技术动作。邬平和茱莉娅在场外看着他们训练。

"你喜欢看足球比赛吗？"邬平问身边的茱莉娅。

茱莉娅点点头："只要在奥地利有重要的足球赛事，我有空就会去，有一次我还当了啦啦队呢。"

"我也喜欢看，每次世界杯赛，我都会守在电视机旁，为自己喜欢的球队加油。"

球场上随后的分组突破训练中，齐凡一个漂亮的带球动作，晃过了对手，把球送入球门。

邬平和茉莉娅都高兴地拍起手来。

训练完后邬平先去停车场开车，茉莉娅陪同齐凡，随着一些学员朝学校外走去。

这时从外面冲进一个手中握着一支手枪的中年男子，见人就射，已有两人被他击倒。突如其来的变故让大家惊慌失措，纷纷四处逃避。茉莉娅拉着邬平朝一侧跑去。

持枪男子冲到了茉莉娅和齐凡身后，茉莉娅回头一看，男子朝齐凡举起了枪。茉莉娅扑向齐凡护住他，同时男子的手枪响了，茉莉娅后背中枪和齐凡一起倒了下去。

持枪者又朝其他学生追去，但很快被及时赶来的安保人员制服。邬平去停车场开车过来，听到枪声急忙下车狂奔进了学校，看到中弹倒在地上的茉莉娅，和正搂着她呼喊的齐凡，冲了过去。

齐凡看到邬平，恐惧地哭喊道："茉莉娅是为了保护我中的枪，她快死了！"

邬平蹲下身查看，茉莉娅已经昏迷，右后背中枪的地方还在冒血。邬平惊慌地一边用手捂住她的伤口，一边绝望地大喊："快来救护人员！"

很快两名医务人员上来，把她抬上了担架，送到外面赶来的救护车上。其他受伤人员也被陆续抬上救护车。

齐海涛开车载着邬凌正返回家中，放着轻音乐的车载广播插进了一条即时新闻。一个女音播道："刚才 11 点 35 分在榆林路足球学校，发生了一起枪击事件，一死两伤，伤员已被送到了附近的皇后医院。"

邬凌一惊："榆林路足球学校？齐凡今天不是在那儿踢球吗？"

齐海涛猛踩了刹车，将车停在路边。

邬凌已摸出手机给邬平拨通了手机，可无人接听。

齐海涛也有不好的预感，快速启动汽车，掉转了方向，朝榆林路奔驰而去。

当他们来到榆林路足球学校时，警察已牵了警戒线，封锁了现场。已有先到的学生家长被拦在那里。

邬凌跳下车，朝足球学校奔了过去，但被一个警察拦住。邬凌急切道："我的儿子今天来这所学校训练，快告诉我死者和受伤的是什么人！"

那警察看了她一眼："我是负责现场警戒的，具体情况还得去医院询问。"

齐海涛停了车也来到警戒处，对警察道："你就让我们进去找找吧，真是急死人了！"

警察："学生已经全部疏散，学校里没有学生了，你们的孩子也许已经回家了。"

邬凌立马给家里打电话，黑佣迪蕾回答齐凡还没有回家，邬平和那位茱莉娅小姐也没有回来。

邬凌又给邬平打手机，依然没有人接。这时她看见了学校的皮特教练从学校里走出，她认得他，于是高声喊道："皮特教练！"

皮特教练听到她的喊声，走了过来，也有其他家长围了上来。

皮特教练告诉邬凌："你儿子齐凡没有事，可舍身救他的一位女子中枪，被送进了皇后医院，生死未卜。"

邬凌回身对齐海涛道："快，我们去皇后医院！"

当他们赶到皇后医院时，在抢救室外见到了焦急守候的邬平和儿子齐凡。

齐凡见到他们，扑到邬凌的怀里："妈妈，茱莉娅为我挡了枪子儿，她会死掉的。"

邬凌看着齐凡安慰道："不是还在抢救吗？好人不会就这样轻易死掉的。"

这时抢救室的门开了 一个男医生匆匆走了出来。

邬平连忙上前："茱莉娅脱离危险了吗？"

医生："还在抢救中。"

邬凌："你们一定要救活她，需要多少费用我们出。"

"她因失血过多需要输血，上午发生了一起车祸，血浆告急。"

"可以输我的。"邬平道。

医生："你什么血型？"

"A 型。"邬平道。

医生摇摇头："需要 AB 型的。"

"抽我的吧，我是 AB 型。"邬凌道。

齐海涛担心地劝阻："你的身体状况行吗？"

"救人要紧。"邬凌显得非常果断。

医生看了她一眼："快跟我来抽检。"

邬凌跟着他去了化验室。很快结果出来，邬凌符合输血条件，抽了300 毫升，输入茱莉娅的体内。

接下来是等待观察茱莉娅苏醒，邬平要姑父和姑妈带着齐凡先回家，自己留下来照顾和等候。

齐凡也闹着要留下来，邬凌做通了他的工作，说他还有作业要做，要他随爸爸回去，她留下来和邬平一起等待消息，毕竟她救了自己的儿子。

齐凡同爸爸离开了，邬凌和邬平坐在急诊室外面的椅子上。

"姑妈，你说茱莉娅会不会有事？"邬平内心充满焦虑。

邬凌看着邬平："你很喜欢她是吗？"

邬平点点头："姑妈，她很好不是吗？"

"她是一个好姑娘，她也喜欢你吗？"

"当然！"邬平很肯定地说道。

"你认为你们会走到一起吗？"

"我们中国不是有句古话，叫千里姻缘一线牵吗？不同的国籍根本不是问题，在美国不同国籍组成的家庭可不少，就是在国内现在这样的婚姻也很多。"

"我担心的不是这个。"

"姑妈担心的是什么？"邬平不解地看着他姑妈。

"她要是知道了真相，可就不会这样了。"邬凌自语道。

"姑妈，你说什么？什么真相？"邬平不知她为什么会这样说。

邬凌苦笑了下："一切都等茱莉娅好起来再说。"

急救室的门再次打开，几个穿白大褂的医生走了出来。邬平和邬凌起身迎了上去。

邬平："医生，茱莉娅怎么样了？"

一个年长的医生道："好险，子弹往心脏偏离 0.2 厘米就没有救了，现在子弹取出，已无生命危险。"

邬平和邬凌这才松了口气。

五

夜晚，邬平留下来守护茱莉娅，他要姑妈回去休息。

邬凌心情复杂地走在医院的过道上，她不想救她儿子的竟然会是鲍尔的妹妹，她不知接下来如何面对一心寻找她哥哥的茱莉娅。走着的她感觉身后有脚步声，她停了下来，脚步声消失了。她又朝前走去，脚步声又响起，一条拉长的身影出现在她的身后。

邬凌急转身，一个穿着风衣立起衣领遮住半张脸的人，出现在10多米外的阴影下。她一怔，竟然是鲍尔的脸，她一愣有了些眩晕，她连忙闭上眼，用一只手揉了揉太阳穴。当她睁开眼时，人又像蒸发一样，夜间的走廊空荡荡的，邬凌惊恐不安地快步走出医院。

邬凌回到别墅，齐凡已经睡去。齐海涛在客厅看书等着她，他脸上露出担忧、怜惜，也有几分恐恨，有一种无形的焦虑感困扰着他。

他见邬凌走了进去，于是放下手中的书本，对疲惫不堪的邬凌问道："茱莉娅脱离危险了吧？"

邬凌点点头："真想不到这姑娘会用自己的生命去保护齐凡。"

"是呀，我也在想咱们应该怎样去答谢她，看得出她跟你侄儿邬平的感情不错。"

邬凌点点头："我问过邬平，他们彼此都喜欢对方，不过他们的发展好像快了一些，我看不会有结果的。"

"现在的年轻人讲究一见钟情，再说了这可是在国外，合得来就搬到了一块儿，哪像我们那个年代，没有两三年的接触别说谈婚论嫁之事。"

"是呀，时代和环境都不同了。"

"今天你不是为茱莉娅输血了吗？我让迪蕾给你熬了鸡汤，煨在炉子上，吃了补补身子，我这就给你端去。"齐海涛起身去了厨房，不一会儿端了鸡汤回来。

邬凌感激地接过碗，将温度恰到好处的鸡汤喝了下去。喝完后放下碗，看着齐海涛："海涛，刚才在医院的走廊上，鲍尔又出现了。"

齐海涛的眉头皱了皱："你病着，还是吃了药早些休息吧！"

"我没有病。"邬凌道。

"詹博士说过像你这种状况的人，都不会认为自己有病的。"

"你真以为我病得不轻是吧？"邬凌提高了嗓门儿。

"当然不是，但你不注意调整自己的心态，老是钻牛角尖儿就非常危险了。好吧，你说看见了他，那后来呢？"

"在我眨眼想看清的工夫，他又消失了。"

齐海涛看着她："你就不要再让鲍尔困扰你了，他不过就是一个过眼云烟，一切都过去了，不管发生了什么都是他选择的道路，或叫作自作自受，怪不得别人。"

邬凌不明白他为什么要这样说。

邬凌还想说什么，齐海涛道："我有些累了！你也洗了早些睡，对了，别忘了吃药。"说完上楼去了自己的卧室。

邬凌显得非常挫败和沮丧，她坐在椅子上，双手托着腮帮想着自己该怎么办。她爱这个家，爱齐海涛，爱孩子，她想告诉齐海涛事情的真相，哪怕自己去坐牢，瞒着他更是不道德的，也使自己备受煎熬。她不知为什么齐海涛不愿跟她深入地交谈或者听她的忏悔，她想必须要有一个出口让自己解脱出来。不然这样下去，总有一天自己会真的疯掉。

▸ 第九章

一

夕阳从面朝西方的玻璃窗泻进病室，使屋内充满着温馨的亮色。茱莉娅闭着眼躺在病床上，手背插着一根输液管。邬平坐在她的旁边，看着吊瓶里的液体，一滴一滴进入到她的体内，他守着她已经两天两夜没有合眼了。

茱莉娅的手动了一下。邬平注意到了她的手："茱莉娅、茱莉娅，你醒醒。"他轻声地呼唤着。

茱莉娅的眼皮跳动了两下，睁开了眼睛。

"你终于醒了，太好了！"邬平激动地流出了欣喜的泪光。

"邬平，你怎么哭了？"

"我怕……怕你再也醒不过来。"邬平用手抹掉眼泪。

"我这是在哪儿？"茱莉娅赢弱地道。

邬平握住她的手："这里是医院，你为救齐凡负了伤，是我姑妈给你输的血，我的血型跟你配不上。"

"你姑妈人真好！"

"当然，她刚走不一会儿，说你要是醒了，让我告诉你，全家都很感谢你救了齐凡。"

"齐凡没有事吧？"

"没事，他只是受了惊吓。"

茱莉娅看着邬平宽慰地笑了。

"我姑妈那天问我，我们是否彼此喜欢对方？"

"你怎么回答的？"茱莉娅有些紧张。

"我说是的，如果茱莉娅不反对，我要娶她。"

"你姑妈她……"

"她没有反对，只有担心。"

茱莉娅用询问的目光看着邬平。

"她担心我们跨国之恋，能否长久，还有就是相处时间不长，是否真的了解对方？"

茱莉娅用询问的眼光看着他。

"我说现在不同国家的人，相爱结婚已是很普遍的事，我和你是一见钟情，都对彼此有信心。"

茱莉娅开心地笑了。

邬平在她额头轻吻了一下："你刚苏醒，不要多说话，好好休息。"

茱莉娅听话地又闭上了眼睛。

在夏威夷警局，杰西卡在将被调查华裔女士的照片一个个比对，无疑点的放到一边，有疑点的放到另一边。

马丁走了过来："一星期前足球学校发生的枪击案，你了解过案情吗？"

杰西卡摇摇头："我在按你的意图甄别这些人呢。"

"茱莉娅负了伤，已经抢救过来了。"

杰西卡非常惊讶："茱莉娅！她怎么会去了那里，还负伤？"

"说是她和邬凌的侄儿邬平，陪齐凡去足球学校训练，为救齐凡而中的枪。"

"茱莉娅还真了不起。"杰西卡赞叹道。

"你先忙着，我去医院看看，毕竟是我案情的当事人。"马丁边说边往外走。

杰西卡冲马丁道："你可别忘了替我带束花去。"

马丁没有回头，举手做了个认可的手势。

杰西卡继续甄别，当她拿起邬凌照片时，犹豫了片刻放到了无疑点一边。

马丁手里拿着一束康乃馨鲜花，来到皇后医院，走进茱莉娅的病房。

邬平正在给茱莉娅削苹果，见马丁来了有些诧异。

茱莉娅看到也要坐起来，马丁连忙制止她："伤口未好，可别动。"

邬平接过他手中的花，放到一旁的桌上。

茱莉娅感激地说："谢谢！"

马丁道："你可别谢我，这花是杰西卡要我带来的。你在这次枪击事件中表现得非常勇敢，你当时是怎么想的？"

"也没想什么？事发突然只是出于本能的反应。"茱莉娅道。

马丁点点头。

"马丁探员，我哥的事情有新进展吗？"茱莉娅问。

"放心吧，我来也是要告诉你，调查在有序进行中，你现在需要的是尽快养好伤。"

茱莉娅点点头。

马丁坐了一会儿，说有事要处理，于是离开了。

茱莉娅默默地念叨："哥，你在哪里？近来我很害怕，因为我觉得我的希望正在消失。随着时间的流逝，正碎为细屑，就像沙子从指缝间漏掉。"

在医院过道上马丁与前来看茱莉娅的邬凌撞上了。

马丁："凌女士，你是来看未来的侄儿媳妇的吧，我刚从她的病房出来。"

邬凌："马丁探员，茱莉娅枪伤正在恢复中，你调查到医院不合适吧？"

"你误会了，我来只是想让她不要担心她哥的案情，安心养伤。"

"那就好。"邬凌走了过去。

马丁想想叫住了她："凌女士。"

邬凌疑惑地回身看着他。

"你对鲍尔失踪案有什么看法？"

邬凌颇为惊讶地指着自己："你是在说我吗？"

马丁点点头。

"为什么是我？"

"茱莉娅是你未来的侄儿媳妇，你丈夫是鲍尔工厂的投资人，对此事你不会没有自己的看法吧？"

"这未来侄儿媳妇的关系定论下得未免过早，我来看她是因为她救了我儿子，至于我丈夫投资问题，那是生意场上的事情，你应该去问我丈夫。"邬凌道。

"好的，我没有问题了。"马丁耸耸肩。

邬凌想了想："不远你既然问了我，我的想法是会有水落石出那一天，不过不是现在。"

马丁不解地看着她。

"世间万事皆有定数。"邬凌说罢回身朝茱莉娅的病房走去。

"皆有定数？"马丁看着她的背影，凝思起来，可是不得要领。

二

马丁坐在办公桌前，仰靠在椅子上，双脚搭在桌子上，头低着，电话听筒夹在肩膀和耳朵之间，在接听电话。

杰西卡手中拿着一份报纸走了进来要说什么，马丁指了指话筒，示意自己正在接电话。

杰西卡在办公桌前的椅子上坐了下来。

"什么，没有我们要找的人？"马丁绷直了身体，把脚放到地上。困惑和失败写在他的脸上，"是这样，好吧。"马丁放下电话。

杰西卡："怎么了？"

"发给纽约警察局的照片，他们找凯特琳和加文指认，都表示没有照片上的人。"马丁感慨，"看来我们的调查陷入了僵局。"

"究竟是哪里出了问题呢，难道是我们的调查方向偏了？"杰西卡也非常纠结。

马丁思考着："我们得扩大指正范围，你去把所有的调查对象的照片都发给纽约警局，让凯特琳和加文指认。"

杰西卡点点头："好的。"

"你来找我有什么事？"

　　杰西卡递过手中的一份《夏威夷日报》："这是今天的报纸，上面在质疑我们的办案能力，说鲍尔的失踪案至今没有找到头绪，《纽约时报》也刊登了同样的文章。"

　　"这是普通的失踪案吗？这些浑球儿记者只知道瞎嚷嚷。"马丁显得有些怒气。

　　"报上说有人报料，这或许是一起情杀，杀人者与之有情感纠葛或利益纠纷。"

　　马丁抓过报纸看了一遍，对杰西卡道："上次说鲍尔不是自己走失，而是可能被害，也是这两家报纸捅出去的。"

　　杰西卡："是的，正因为有那篇报道，我们才把鲍尔的失踪跟被害联系在一起，进而展开调查。"

　　马丁手指在桌面上敲击着："这报料人是推测，还是有什么证据或线索？"

　　杰西卡思量一番："如果他上次的报料是正确的话，这次报料也应该是有所指向。"

　　马丁看着她："你是说报料人是在暗示什么？"

　　"很有可能。"

　　"要是他手中真掌握有凶手的线索，为什么不直接来警局报案，而要以向报社爆料的方式？"

　　"也许他也没有真凭实据，只是希望我们顺着这条线索查下去，或者出于什么目的不愿与警方打交道。"

　　马丁默想了一下，对杰西卡道："这样，你去发补充的照片给纽约警局，我去趟日报社，要他们提供报料者资料，那人也许会为我们破案找到捷径。"

马丁随后开车来到夏威夷日报社，找到编辑部主任说明了来意。编辑部主任说他们报社要保守报料人信息，保护消息来源，不肯说出报料人的任何情况，即便是面对警局的调查。马丁问是男是女外貌特征，更是一问三不知，说报料人是通过电子邮件发来，他们也没有见过其人。

马丁只得无功而返，他不甘心，也给纽约时报社去了电话，得到的都是相同的答复。

茉莉娅住院一个月后的一个傍晚，邬凌和齐海涛在别墅的花园赏花。邬凌的关注点并不在花上，齐海涛对花的鉴赏，她只是忧郁地微笑着。她眼圈泛着乌色，仿佛有种外力强行在她的脸上烙上疲倦的印记。

邬平给邬凌打来电话，邬凌接听："好的。"

邬凌合上手机，齐海涛问："是邬平打来的？"

邬凌点点头："说明天茉莉娅出院，晚上一块儿聚聚，祝贺她的康复。"

齐海涛："我看就在咱们这别墅安排，我让迪蕾多买些好吃的，她可是齐凡的救命恩人。"

邬凌点点头。

这时，有人拎着一大袋礼品从外面走了进来，看到齐海涛道："齐老板，果然在家呢。"

齐海涛回头一看，来者是印度商人拉哈尔，高兴地迎了过去，"拉哈尔，怎么是你？"

"我是专程来夏威夷的，"举了举手中的提袋，"顺道带来些礼物。"

"来就来还客气什么！"对他介绍邬凌，"这是我太太邬凌。"

拉哈尔满脸堆着笑向邬凌打招呼："齐太太好！"

邬凌："快屋里坐吧！"

他们进到了屋里，迪蕾从拉哈尔手中接过礼物，然后为他倒了杯水，放到茶几上，退了下去。

拉哈尔道："去年运去的夏威夷水果在印度市场很受欢迎，这不几家水果公司今年都提前来要货了，我就来对接了。"

邬凌对拉哈尔道："你们聊生意上的事，我上楼去了。"

齐海涛点点头："去吧。"

拉哈尔看着邬凌上了楼，对齐海涛道："我知道你为什么对别的女人不感兴趣了。"

齐海涛不解地看着他。

"身边有这么漂亮的老婆，谁还去沾女色呀，不是吗？"

齐海涛："你知道就好。"

"你还记得那个按摩女吗？"

"是叫苏尔碧的吧？"

"对，是她，我几次去她都问起你，看得出对你很有意思呢！"

"去你的，不过是你去按摩，聊天时无话找话罢了，什么对我有意思。"

印度人看了看楼上："我给你的那印度神油你用了怎么样？跟太太的关系处好了吧？我这次来还给你顺便捎了两瓶，放在宾馆的，明天拿给你。"

"我用了也不管用，还是你留着吧。"齐海涛道。

"这怎么行，我都给你带来了。"印度人执意道。

白昼隐去，夜幕如期而来。邬凌在自己的房间，为自己倒了杯红酒，转过沙发，走到窗边拉开窗帘。宽大的落地窗外可见楼下的庭院，但院子里一片漆黑，只有她映在玻璃上的身影清晰可见。

夜愈发深沉，无边的岑寂包围了别墅。空气温暖，花园中潮湿的草蒸发出一种好闻的香味，升到空间，蟋蟀的吟唱和蛙鸣互相应和着。突然一阵风从远处号啸而来，撼动着花园中的树木，而后越过别墅，消失在远处。

情欲、贪婪、迷茫、忏悔、胆怯、勇气……各种各样的想法和情感在她内心深处流过，她的大脑就像一台高速运转的电脑，在不停地做出各种取舍和抗争。她闭上眼睛，深吸了一口气，一口干了杯中的红酒，也似乎做出了最后的决定。随后她放下酒杯，走到桌前拉开抽屉，拿出纸笔写了起来。

第二天下午，齐海涛早早地回了家，还邀约几个好友一起共进晚餐，拉哈尔自然也在被邀请之列。评论家艾伯特夫妇，詹博士还有邬平的同学戴维斯也来了。邬平亲茉莉娅到了家，其他受邀的好友也陆续来了，可邬凌还没有回来。

齐海涛给邬凌打电话，回音是已关机，又给邬凌的办公室打电话，没有人接。齐海涛又给她的助理凯丽打电话，凯丽告诉他，邬设计师今天来辞掉了工作。

"什么？她辞了工作？"齐海涛大为吃惊。

客厅里的人，听到这话都把目光转向他。

齐海涛走向一边，压低声音："知道她为什么辞职吗？"

凯丽在电话里道："邬设计师并没有多解释，只说以后不再来上班了，上次投标失利邬设计师就一直不开心，辞职可能跟这有关吧。"

齐海涛合上手机，邬平走了过来："姑父，我姑妈她怎么了？"

"她单位的人说她辞职了。"

"我姑妈怎么就辞职了？"邬平也很惊讶。

"可能是身体原因吧？我倒是跟她讲过，压力大了就别上班了。"

"是这样。"邬平半信半疑。

这时黑佣迪蕾拿了封信走到齐海涛面前："先生，这是太太今天早上走时给我的，要我晚饭前给你。"

齐海涛疑惑地接过信封，抽出信纸看了一下，脸色一下白了，人僵在了那里。

邬凌在信中写道：鲍尔之死是我所为，我想向你坦白，但几次都始终没能讲出来，是我对不起你，也对不起我们这个家庭。现在邬平和鲍尔的妹妹茉莉娅在谈恋爱，要是茉莉娅知道她哥的死因，不知道他们还能否交往下去。我只有去向警察局自首才能减轻我身上的负罪感。

齐海涛看完后把信揣入口袋，脸色异常严峻。

邬平狐疑地问道："姑父，怎么了？"

"没有什么，来了这么多客人，我们先吃饭。"齐海涛道。

"不等姑妈了？"

"不等了，她有事，一时回不来。"齐海涛招呼大家去到饭厅用餐。

而在这时，邬凌走进了警察局。她看见一个警员，上前问道："马丁探员在吗？"

那警员指了指楼梯："他在二楼靠里的办公室。"

"能带我过去吗？我有他想要的东西。"

警员打量了她一下，然后在前面领路。

马丁在办公室正听杰西卡汇报照片的指认情况。

杰西卡站在办公桌对面，把一张照片递给她："凯特琳指认，画上的女人是她。"

马丁接过一看是邬凌，端详了片刻："她不会搞错吧？"

杰西卡："凯特琳说，她虽然描绘不出她的长相，但一看见照片就知道是她，说她的气质和漂亮的外表不是一般人所具备的。还有那个加文，也指认买走画的正是她。"

马丁用手托着下巴："那她当初为什么要对我们撒谎，说跟鲍尔没有打过交道呢？"

杰西卡想了想："其实也不难理解，鲍尔画了她的半裸照，她不想让别人特别是她丈夫知道，这也是情理之中，她买回画也就不难理解。"

马丁思索道："可我总觉得，事情没有这么简单，这里面还有没有我们想知道的答案？"

"你是说有关鲍尔的失踪？"

马丁点点头，然后道："美丽聪慧的女人总是会有许多的故事。"

"你这是对妇女的歧视。"杰西卡表达不满。

"你还记得报纸那个报料人所说的吧，鲍尔的失踪与杀人者有情感纠葛或利益纠纷。情感纠葛只能是男女之间，利益纠纷的话……"

"邬凌的丈夫不就是鲍尔的投资人吗！"杰西卡醒悟道。

马丁："这样把整个环节联系起来看，邬凌的可能性最大。"

"我们需要质询她吗？"杰西卡道。

马丁正要表态，一个警员在开着的门上敲了敲，马丁和杰西卡都看着他。

那警员道："马丁探员，有人找。"

随着那警员的话音，门口出现了邬凌的身影。她穿着翡翠短袖长裙，一张脸既美丽又憔悴，目光阴郁，孕育着风暴。

马丁和杰西卡对看了一下，那个带路的警员离开后，邬凌走了进来。

马丁拉开办公桌的抽屉，把手中的照片放了进去。

邬凌注意到了他的举动，表情非常淡定。

马丁道："邬凌女士，有事吗？"

邬凌："我就是你们一直想找的那个画中女人。"

马丁看着她，想弄清她说这话的含义。

"我对你说过世间万事皆有定数，会有水落石出那一天。"邬凌嘴角甚至出现了一丝笑意。

"等等，"马丁道，"你说这话的意思是，你要告诉我们有关鲍尔的事。"

邬凌点点头："我没有猜错的话，你刚才手中拿着的应该是我的照片。"

马丁内心不由得佩服眼前这个女人的精明。

"我来是自首的，鲍尔是我杀的，尽管不是我的本意。"邬凌平静地开始了讲述。

从她走进警局自首那一刻，她已想好将面临的一切，并接受最坏的结果。

她因此事而受到剧烈冲击，深刻内疚、强烈悔恨，使之备受煎熬痛入骨髓。她讲述完后，感到两个月来的煎熬瞬间全无，此时特别轻松。

三

邬凌自首后，随即被羁押。邬平和茱莉娅都非常震惊，茱莉娅不敢相信，她非常尊重的邬平的姑妈竟然会是杀害她哥哥的凶手。她为失去哥哥而极度悲痛，可对邬凌怎么也恨不起来，但在这种情况下，要她接受邬平，她一时转不过弯来，她从别墅搬了出来，暂居在一个宾馆里。

对邬凌的自首，齐海涛也显得很无奈，他知道警方并没有掌握她作案的铁证，即或她是那幅画的模特儿，这又能说明什么呢？做模特儿的可不止她一人。但他也似乎明白她这样做是出于她的本性，她不但不是一个恶人，心地还非常善良。

艾伯特得到消息，第一时间赶到邬凌家，安慰齐海涛，说："女人在感情上、在道德上、在智力上都发育不全，容易受到肉体的诱惑。"并责备齐海涛，"你是个正派人，可太严肃、太冷漠，也太无趣了。"

齐海涛看着客厅的那幅全家福道："看来邬凌是爱这个家的，正因为如此我就不能眼看着她去蹲监狱。"

"你想怎样？"艾伯特看着他。

"她不是杀人犯，我会为她请最好的律师。"

"这一切她都认了，你现在想为她开脱已经晚了。"艾伯特伤感道。

齐海涛嘴角浮起一丝自信的表情："谁说现在才为她开脱。"

艾伯特看着他："你说这话什么意思？"

齐海涛看了看手表："谢谢你来看望并安慰我，我约了全美最有名的律师哈里斯见面，他是邬平同学的表哥，我这就得去。"

艾伯特起身："好的，有什么需要我的尽管说。"

齐海涛跟艾伯特握了手后离开别墅，与邬平和他的同学戴维斯会合后去到律师楼，与哈里斯会面。

沉浸在悲哀和心烦意乱中的茱莉娅，坐在宾馆房间的阳台上，手扶着阳台的栏杆，双手托着下腮，呆呆地看着远处的景色。过度悲伤和不安的心情使她的嘴唇颤抖起来。她也思念邬平，邬平几次要与她交谈，她都不肯相见，她要让自己清醒一下，才能知道自己该何去何从。但随之她又陷入相思和纠结的矛盾与痛苦中，一种无以名状的凄楚漫上心头，使她倍感孤独无助。

她是爱邬平的，她似乎觉得自己来夏威夷是上帝安排她来见邬平的，名义上是寻找她哥。从两个人的情感上讲，为了邬平她肯抛弃一切，追随他到天涯海角。因为邬平告诉过她，她姑妈担心他们身处不同国度，而会给他们将来的婚姻带来问题。可他姑妈竟是杀害她哥哥的凶手，她意识到自己很难嫁给邬平，她将从自己的记忆里把他抹掉，忘记那张俊朗清秀的脸和那颗善良乐观的心，当然她知道对于自己来讲这很难。她也害怕自己以后真的将邬平忘记了，想到这些泪水忍不住从眼眶里流出，顺着两腮浸湿了她的双唇，使她的舌头感到咸涩，滴落在阳台的栏杆上。

"邬平，我真的很爱你呀！"茉莉娅喉咙发出低沉的声音，随后禁不住掩面而泣。

对这突然的变故邬平也很痛苦，他喜欢茉莉娅，愿意娶她为妻，但他也担心他姑妈，他不明白姑妈怎么就成了杀害鲍尔的凶手。他想找茉莉娅好好谈谈，可她不见他。他此时才明白为什么当姑妈知道茉莉娅是鲍尔的妹妹后，会竭力反对他们继续交往，说国籍不同，来自不同国家，不过是个借口而已。

邬凌杀人案开庭这天，齐海涛、邬平、茉莉娅都到了法庭。法庭上控方检察官对邬凌以二级谋杀起诉。

法官问邬凌对检察官的控告有无异议，邬凌表示没有异议。

法官又问被告律师哈里斯有什么要辩护的。

哈里斯律师打赢过多起重大的刑事案件。衣冠楚楚的他站了起来，正了正那条蓝色领带，扫视了一下法官、陪审团以及旁听席上的人，开始了他的辩护："尊敬的法官、陪审团的先生们和女士们，我的当事人邬凌女士是无罪的，应该得到释放。"

控方检察官反对，说邬凌自首的情节符合逻辑，自首和她所述当时的情形虽有减刑因素，但不能就此免刑。

哈里斯："我说的不是她有减刑因素，而是她根本就没有杀人。"

法庭上一片嗡嗡的议论声。

法官敲了法槌："肃静，肃静。"

检察官举手发言：'被告的辩护律师请注意，对我们的指控，被告是供认不讳的。"

哈里斯淡然一笑："你们的指控大部分来源于我的当事人邬凌女士的自白，可你们知道吗？她的话是不能作为呈堂证供的。"

法庭全场的人都盯着他。

"因为这一切都是我的当事人杜撰的，她患有幻觉妄想症。"

法庭上的人们一片哗然。

邬凌也想不到她的辩护律师会说出这样的话，抢话道："我没病，没有他所说的幻觉妄想症。"

法官对哈里斯道："你凭什么这样说，有依据吗？"

哈里斯首先请上邬凌的丈夫齐海涛。齐海涛讲述了她几次出现幻觉，说看到了鲍尔的情况。

哈里斯又请上了为她治病的医生詹博士，詹博士证实她去他那里就过诊，诊断患有幻觉妄想症，近来更为严重。詹博士还从随身携带的一个公文包中，拿出一沓资料，对法官道："这些是为她检查时的服务计划、治疗结果、病例记录和评估。"

有法警过来将他的资料拿过呈给了法官。

詹博士最后陈述道："这类信口开河的杀人故事，在我的诊断室里并不少见，他们让自己看起来很可怕，会获得安全感，所以这类关于杀人的胡编乱造的故事很多。"

控方检察官坚持认为，即或邬凌患有幻觉妄想症，也不能说明她就没有杀人。

哈里斯在法庭上陈词："如果说我的当事人杀死了鲍尔，那尸体在哪里？她既然没有销尸，难道尸体会不翼而飞？"

法庭上控辩双方交火激烈，第一次庭审法官宣布休庭。

两天后第二次庭审开庭，齐海涛、邬平和茱莉娅依旧到庭。

控方检察官对法官道："我有证人证实被告就是《东方的芙丽嘉》的模特儿。而这幅画是鲍尔生前的最后一幅作品，是解开他被害的一把钥匙。"

法官道："传证人。"

凯特琳来到庭上做证。

控方检察官指着被告席上的邬凌对凯特琳道："她是《东方的芙丽嘉》油画中的模特儿吗？"

凯特琳说："是的。"

哈里斯对凯特琳说："你说她是画中的模特儿，那你出示画给法官和在座的陪审员看看。"

"画现在没在我这里。"

"那你又是什么时候在哪里第一次看到？"

"是在 2 月 18 日鲍尔的工作室。"

"鲍尔的失踪时间恰好就在 17 日前后，你难道就不会杀人越货吗？"

凯特琳急道："我没有！我去时已不见鲍尔，才顺手拿了那幅画的。"

控方检察官对哈里斯提出了抗议，说不能任意推断，要有人证、物证。

哈里斯道："好，既然重证据，鉴于我的当事人患有幻觉妄想症，她的话不能采信，那控方的证人请出示那幅画，以证实我的当事人是那幅画的模特儿，否则一切都无从谈起。"

"画……画被她买回去了！"凯特琳指着邬凌道。

哈里斯直逼她的眼睛："是从你的手上买走的吗？"

凯特琳语塞。

控方检察官接过话："法官大人，画是从加文手中买去的，加文作为证人已在法庭外面。"

法官道："好，传证人加文。"

加文来到法庭。

控方检察官："加文，你来告诉我们，那幅《东方的芙丽嘉》的油画在哪里。"

加文嗫嚅道："画……画被人买走了。"

"什么人买走的？"哈里斯律师追问。

加文指着被告席上的邬凌："就是她！"

"你为什么这么肯定，她的长相你记得很清楚吗？"

"是的，就像刻在我脑子里一般。"说完这些他得意地嘿嘿一笑。

"既然如此那警方第一次问你时，你为什么不能描述？"

"她来时我喝了酒，眼花没看清，第二天成交时，她戴着墨镜，也看不清。"加文道。

"那你看清了什么？"哈里斯盯着他。

"我看清了钱！"加文又嘿嘿一笑，"我的注意力都在钱上，哪管买画的人是谁！"

加文的话，引来法庭上的一片笑声。

法官不得不又敲响了法槌。

哈里斯继续道："那你凭什么就指认她是买画的人？"

"我虽然没有看得十分真切，但她的大致模样，特别是气质错不了。"

"我提醒你，指认需要百分之百准确，不能含混，这可是人命关天的事。"

加文在哈里斯咄咄逼人的追问下，显得有些不自信了："这……"

哈里斯看着凯特琳和加文："你们指认我的当事人就是画中人，既然得到过此画，留有影像资料吗？"

凯特琳摇摇头。

加文："事前我在手机上拍过一张，可买画的人就像长眼一样，拿过我的手机给删掉了。"

法庭上又是一阵轻声嬉笑。

加文随后骂道："20万美元就从我手上买走了价值几百万美元的画，我跟她没完。"

法官严厉制止道："这里是法庭，不得喧哗。"

加文这才有所收敛。

控方检察官道："加文，你好好看看被告席上的这位女士，确定是她从你的手中买走画的吗？"

加文看都没看邬凌大声道："就是她。"进而指着邬凌道，"你还我的画，要不给我300万美元。"

哈里斯道："大家看到了，对方的证人是一个被钱搞得利令智昏、毫无理性可言的人。他刚才还说没有看清，现在又指认我的当事人，分明是因为钱而让他失去了判断力，逮着谁是谁。"

控方检察官："抗议，被告辩护人在对我的证人进行人身攻击。"

法官道："抗议有效，被告辩护人注意你的用词。"

哈里斯转换了话题，指着凯特琳和加文："你们之间认识吗？"

他们互相看了一下，凯特琳道："认识。"

加文也点点头。

"能告诉我你们是什么关系吗？"哈里斯道。

控方检察官对法官道："我反对这样的问话。"

哈里斯："法官大人，这与证言的可信度有关。"

法官："反对无效，证人你们回答被告辩护人的提问。"

凯特琳低声道："同居关系。"

旁听席上人们一片议论。

法官敲了一下法槌喊道："肃静！"

哈里斯接着道："两位证人之间是同居关系，共同指证我的当事人，不能形成有效证据。"

控方检察官："鲍尔失踪是事实，而邬凌的自供在时间点上是吻合的，不能说邬凌与鲍尔的失踪无关。"

哈里斯："工作室的现场已被破坏掉，无法提取相关指纹，也没有目击证人，仅凭一个患有幻觉妄想症的邬凌的口述，也无有效证据证明我的当事人与鲍尔认识，或有她自述的有过亲密关系。即或他们认识，发生过关系，也不能由此认定我的当事人就是凶手。再者尸体不见，她说了没有处理过，如果法庭采信她前面的话，也得采信她这话的真实性。这样问题就来了，是谁处理了尸体？我的当事人自供的那把作为凶器的水果刀是一条线索，可那刀在哪里？这条线索也失去了意义，因此说我的当事人是凶手，不能形成证据链，我要求无罪释放我的当事人。"

法庭上又是一阵热议。最后陪审团以证据不足，做出无罪的定论，邬凌被当庭释放。

四

齐海涛带着邬凌开车离开法庭，在车上邬凌并没有因被判无罪而高兴，她对齐海涛讲，自己没有想到结局会是这样，她问齐海涛："你让我去看神经系统的权威医生，留下我有幻觉妄想症的记录，是不是就为今天做好了铺垫？"

齐海涛没有回答她的问话，而是专心开车。

邬凌道："你相信我，我不认为我有什么幻觉妄想症！"

齐海涛看了她一眼："患没患我们都得听医生的不是吗？再说了这不重要，重要的是你获得了自由，这比什么都好。"

邬凌转而喃喃自语道："鲍尔的尸体怎么会不见了？"

齐海涛流露出不悦："你这人就爱多想，难道真成了精神病患者，或者是杀人犯才安心吗？"

邬凌看着齐海涛："海涛，你这是什么意思？"

"不可理喻！"齐海涛不再理睬她，将车朝家里开去。

回到半山别墅，邬凌和齐海涛下了车。听见动静黑佣迪蕾从别墅里奔了出来，抱着邬凌："太太，你终于回来了，我先前还去了教堂祈祷来着，没有任何人能够伤害到你。"

"谢谢你迪蕾，我这不是没事了吗？"

"没事就好，就好！"迪蕾用手揩着涌出的泪花。

邬平用租来的车载着茱莉娅进入到夏威夷市区。

"既然我姑妈不是杀害你哥的凶手，你还是到我姑妈家住下吧？"邬平道。

茱莉娅用手按着太阳穴："我现在脑子很乱，需要自己独自静静。"随后看着邬平，"你姑妈为什么要说自己是杀害我哥的凶手呢？"

"那个詹博士不是说了她患有幻觉妄想症吗？"

"你信吗？"

"詹博士还出示了我姑妈在医院的治疗证明，那还有错？"

"如果是那样的话我也得了幻觉狂想症。"

"什么意思？"邬平瞟了她一眼。

"有一天我也好似看到过我哥，可再看却不见了。"

"你那是因为思念你哥过甚的原因，与我姑妈的不一样。"

茱莉娅不再作声，邬平把她送回宾馆住下。

走时邬平对茱莉娅道："有什么事随时跟我联系。"

茱莉娅点点头。

邬平离开后开车去了姑妈家。看着姑妈："姑妈，你放心，没事了。"

"你送茱莉娅回宾馆了？"

"嗯，我说既然我姑妈不是凶手，还是住回我姑妈家吧，她说要静一静。"

"茱莉娅是个好姑娘，是姑妈影响了你们的进一步交往。"

"姑妈快别这样说，我跟茱莉娅说了，我姑妈怎么可能是凶手呢。至于姑妈的病我认为是急火攻心所致，休养一段时间就会恢复的。"

"谢谢你，听你姑父讲为请律师，你费了不少心。"

"姑妈这样讲就见外了，我就说我姑妈怎么会是杀人凶手呢？那帮警察也真不长眼。"

邬凌道："你去忙吧，不用管我，为我的事你没少耽误功课。"

"好的，我这就走了，要准备毕业论文了。"

邬凌点点头。

邬平去向齐海涛告辞后开车回了学校。

法庭对邬凌无罪释放，鲍尔失踪案又回到了原点，案情更显得扑朔迷离。

《夏威夷日报》和《纽约时报》又刊登了文章，说报料人认为法庭释放了嫌疑人，并认为鲍尔失踪案，还有同盟犯。

警察局由此开了一次案情分析会。

局长问马丁："你认为报料人是主观臆断，还是一个目击者或知情者？"

马丁："他的报料使我们的调查在看似无解中，指出了一条路径。"

另一胖警官道："这又怎样，你朝着那路径而去，结果还是一条死胡同，我看这就是一个恶作剧。"

马丁："可直觉告诉我，他是在暗示我案情的真相。"

胖警官："我们办案可不能靠直觉。"

马丁："可直觉对一个办案人员也很重要不是吗？"

也有警官道："如果他是目击者或者知情人，他为什么不来警局报案，或把案情说得更清楚明白一些？而要采取这种向报社报料的形式？"

"我看就是故弄玄虚，为了博取眼球。"胖警官道。

马丁看了大家一眼："这也是我想要弄明白的地方，也许弄明白了案情也就真相大白了。"

胖警官："我看既然法庭已经宣判了邬凌无罪释放，我们也不要在这上面费功夫了，还有不少案子等着我们呢。"

马丁："报料人此时报料就是向社会施加压力，说这案并没有了结。"

局长看着他："你接下来想怎样做？"

"想以警局的名义，跟夏威夷日报社的上层沟通，让他们提供报料人的情况。"

局长："你去找过他们了？"

"是的，我去找过他们编辑部，却以保护报料人为由，拒绝了我的请求。"

"好吧，这事让我来跟他们沟通。"

▶ 第十章

一

　　警方进一步展开了调查，并在报纸上和电视上报道，要知情者提供线索。

　　一个叫伊莱贾的流浪汉在一家杂货店外拾废品，看到电视上在播放，谁要是有滨海路工作室案件的线索，会得到巨额奖励，并播出了工作室外观画面。他不由得想起上个月的 17 日那天傍晚，天快黑时，他正好路过那里，看到 20 多米外，一人架着另一像是喝醉了的人从那个工作室出来，走到路边离他不远停着的一辆轿车前。他还好心问："嗨，需要帮忙吗？"

　　那架人的人对他摆摆手："没事，喝多了。"随后拉开后车门将架着的人塞了上去，自己上了驾驶室将车快速开出去，路过流浪汉时，还差点撞上他。

　　伊莱贾骂骂咧咧地走出十多米回头看时，见那车拐向通往海边的土路，还擦着了路边的一棵树。流浪汉自语道："看来他们的酒喝得还不少。"

想到这儿流浪汉把手中的废品甩掉后，朝前奔去。

流浪汉来到警局见到了马丁，说了上个月 17 日发生的事情。马丁拿出鲍尔的一张照片，对伊莱贾道："你说的那个喝多了的人是他吗？"

伊莱贾看了一眼："对，就是他。"

马丁认为这条线索很重要，问他："是什么车？车牌是多少？"

"车牌记不住，只知道是一辆灰色的高档轿车。"

"那扶他的人你还有印象吗？"

伊莱贾摇摇头："当时天色已暗，看得不十分清楚，见了人也许知道。"

"既然这样，你对这人怎么这么肯定？"马丁指了指鲍尔的照片。

"他左眉的正上方有颗较大的黑痣，所以认得。"

马丁点了点头，认可了他的说法。

马丁立马带上杰西卡，随流浪汉前往鲍尔工作室。流浪汉在土路上指认和小汽车擦剐的那棵树。

在那棵树上，马丁和杰西卡果然发现有被刮掉树皮的痕迹。马丁从警车里拿出一把刀和一个塑料袋，小心地将刮伤的树皮揭掉一层，装入塑料袋。递给杰西卡："回去后拿去化验室，把汽车的微量元素分析出来。"

很快结果出来了，这是一辆银灰色的林肯轿车。在夏威夷能修这种高档轿车的不多，不难找到修理厂。于是马丁和杰西卡挨家对能修高档轿车的修理厂进行调查。

齐海涛这天刚开车回家停下，跨出车门，马丁探员和杰西卡就迎了上来。

马丁："齐海涛先生。"

"怎么？法庭对邬凌都做出了无罪宣判，你们怎么还扭着不放呢？"

"我们是来找你的。"马丁道。

"找我？"齐海涛看着他们，"找我干什么？"

"请你跟我们回警局协助调查。"

"我没有什么好回答你们的，我妻子没有杀人。"齐海涛强硬道。

马丁看着他："我要调查的是你，希望你能配合。"

"我，我有什么好调查的？"齐海涛不明白。

马丁道："我问你，上个月的 17 日傍晚你去过鲍尔的工作室吧？"

齐海涛以不解的眼光看着马丁。

"是你把鲍尔塞进了你的汽车，还因为慌张，在开往海边时，车擦剐了土路旁的树，是第二天去美达汽车 4S 店重新上的漆。"马丁说罢，弓下腰查看他车重新上漆的部位。

"你们这是什么意思？"齐海涛叫道。

杰西卡从公文包中拿出一张纸单道："这是美达汽车 4S 店的修理单，上面记录了你补漆的时间和部位，我们还找到了目击你架着鲍尔从他的工作室出来的人。你还记得吧，当时他问你需要什么帮助，你说被架着的人喝醉了。"

齐海涛脸色一下变得煞白。

"是你杀死了鲍尔！"杰西卡道。

"不！不是我，我为什么要杀死他？"齐海涛叫了起来。

马丁直起身："他与你妻子通奸，作为男人你有杀死他的动机，而且我们了解到他还强迫你的公司为他的工厂追加 300 万投资，否则就要曝光他与你妻子的关系。"

"我是想要杀了他这个王八蛋，可不是我干的！"齐海涛情绪有些失控。

"你的意思是杀人者另有其人？"马丁直视他。

齐海涛没有言语。

"不会人是邬凌杀的，尸是你销毁的吧？你们夫妻共同作案？"马丁紧逼不放。

虚汗从齐海涛额头流下："在这里我不会再回答你任何问题。"

"好吧，请跟我们走一趟。"马丁道。

邬凌这时从别墅出来："海涛，发生了什么事？"

齐海涛镇定了下来，对邬凌道："没事，他们要我去警局问一些事。"

邬凌疑惑地看着齐海涛上了警车，她不明白马丁探员为什么要带走齐海涛。

齐海涛到了警察局，马丁探员和杰西卡把他带到问询室。

门口有两个警察把守在门外。

马丁对齐海涛道："这里是警局，把你知道的都告诉我们吧，当然你可以在你律师到来之前，拒绝回答所有问题。"

齐海涛这时保持了平静："我可以告诉你们，人是我杀死的，动机你们是知道的。"

杰西卡开始录音，记录下他的口供。

"我知道鲍尔与我妻子通奸后，作为一个男人当然非常气愤，我想过与她离婚，但我是爱妻子的。我为了生意长期在外，很少关心妻子，鲍尔因而有了可乘之机，经过痛苦的挣扎后，我决定原谅我的妻子，只要他们不再往来。而我妻子在要断绝与他往来时，他执意纠缠并威胁她。"

"你说的这些是你妻子告诉你的吗？"马丁问。

齐海涛摇摇头："那是出事前半个月，鲍尔向我提出给他所办的工艺品厂再追加300万投资，我由此察觉他跟我太太的关系有些不正常。虽然具体不正常到哪一步我不知道，但我一直爱着我的太太，也知道我太太是在乎我的。如果没有满足鲍尔的要求，他很可能会做出对我太太不利的事来，于是在公司作出否决追加投资后，我去到我太太公司准备给她提个醒。正好听见他们在走廊拐角另一头争执。"齐海涛讲述了那天的情形。

齐海涛从电梯出来，走到邬凌的办公室前，看见助理玛丽满面愁容在凝想着什么。

"玛丽，在想什么呢？"齐海涛道。

玛丽抬头一看竟是齐海涛，有些结巴地说："齐先生。"

齐海涛看着她："发什么愣呢？"说罢上前手握门把手，要推门进去。

"邬设计师没有在里面。"玛丽道。

齐海涛回头："她去哪儿了？"

玛丽下意识地看了一下走廊的拐角。

齐海涛顺着玛丽的视线看过去，又疑惑地看着她。

玛丽低下头。

齐海涛满腹疑惑地走向拐角，听见鲍尔压低声音的咆哮："我说过不做死后的凡·高。你家先生可是董事长，他有办法说服公司给我的工厂追加 300 万美元。"

听见说话声，齐海涛停下了脚步。走廊另一端的邬凌和鲍尔未注意到有人走来。

"我不会让他再给你公司投一分钱。"邬凌坚决道，"我们没有什么好谈的，你要再不走，我真的报警了。"

"你要不怕身败名裂，你就报吧，反正我也告诉你，要分手拿不到你丈夫的追加投资，门儿都没有。"

"我不会为你的事再去让他违背原则的。"

"给你半个月时间，到那时我要是拿不到我需要的投资，走着瞧。"鲍尔提高嗓门儿威胁道。

齐海涛说到这里停顿了下来，依然愤恨的样子。

"他们知道你听到他们的对话了吗？"马丁问。

"没有，我悄悄退了下来，如果我上去双方定会动手，闹得公司人人都会知道，如是那样邬凌怎么做人？那天他们争执的声音很大，相信他们公司还是有人听见了。"

"出事那天傍晚，也就是说鲍尔被害时，邬凌去了吗？"马丁盯着齐海涛。

"这个问题你们不是问过我家用人迪蕾吗？"

"可邬凌说她去了的，杀死鲍尔的人是她？"马丁道。

"她不是有幻觉妄想症吗？她的话能信？即或时有清醒，也会猜到是我所为，那天我听见他们争吵的事，事后她应该是知道的。得知鲍尔出事，她一定猜到是我干的，但事因她而起，她因为负疚而把罪责揽过去，不是吗？"齐海涛抬头看着马丁。

马丁和杰西卡对视了一下，杰西卡不经意地点点头，似乎是赞同齐海涛的说法。

"那你去工作室见鲍尔，就是为了杀死他而泄愤？"马丁道。

齐海涛摇摇头："我可不愿意杀人，我去是吓唬并警告他，不许再纠缠邬凌。"

"是他没有听你的劝阻？"马丁盯着他。

"是的，他还恶语伤人，说我是个不中用的男人，于是发生了抓扯，我一时冲动拿出了水果刀，情形就是这样。"

"然后你就毁尸灭迹。"

"是的，我把他的尸体从断头崖猴头礁石处抛到了海里，不这样做难道等着你们来抓我吗？要不是那天车子被树刮了，你们能找到我吗？"

"人算不如天算是吧？"马丁颇有几分得意。

"这也许就是天意！"齐海涛道。

马丁："你是很精明的对手，让我处于被动，不过最终你还是落在了我的手中，带我们去断头崖猴头礁。"

马丁和杰西卡，把齐海涛押上，在两辆警车的押送下，来到了断头崖猴头礁。海浪拍打着礁石，海滩上有停歇的海鸥见有人来，扇动着翅膀，鸣叫着飞向了大海上空。

齐海涛指认了抛尸的地点，并在他所指的礁石下的水域，找到了那把作为凶器的水果刀。他被带回了警局正式羁押。

邬凌得到消息深感震惊。她没有想到销尸的会是齐海涛，而齐海涛为了保全自己，竟然自己去顶罪，她更加感到自己罪孽深重。

二

事情的真实经过是这样的，齐海涛在邬凌的公司听到鲍尔对邬凌的威胁后，他权衡再三决定再给鲍尔追加 300 万投资，为此召开了董事会议。

齐海涛主持会议，他扫视了一下与会者道："关于给鲍尔工艺品厂追加投资的事，我的想法是这样的，大家的意见都很好，投资的项目当然会有风险，如果鲍尔在艺术性和工艺品属性的转化上把握得好，也许会有成功的可能。如果不再追加投资，很可能我们先前的 100 万投资就打了水漂儿。"

董事安东尼奥："不过这样的风险超过了我们的风控，失败的概率很高。"

"是呀！他搞艺术也许行，但搞市场营销就是门外汉了，他的工厂至今没有运作起来。"有人附和。

海涛用手势示意大家不要再说下去："就这样定了，字我来签，出了什么问题我来承担。"

安东尼奥还想说什么。

齐海涛宣布："散会！"

大家起身纷纷离去。

齐海涛回到自己的办公室坐了下来，手指在桌上敲击着，可以看出他内心的不平静。

助理杰克手中拿着一份文件，在开着的门上敲了敲，随后走了进来。

杰克把手中的文件呈给齐海涛："齐董，这是同意追加投资工艺品厂的文件。"

齐海涛："好的。"接过文件放到桌上。

杰克并没有马上离开，齐海涛问："还有事吗？"

杰克："齐董，这个投资风险过大，不符合我们投资规定，您怎么执意要投资呢？"

"是投资就会有风险？既然公司已经作出了决定，就不要议论了。"

杰克点点头退了出去。

齐海涛抬起手腕看了看手表，将那份同意投资的文件装进公文包，然后起身拎着包出了办公室。

齐海涛从地下停车场开出小车，很快驶出城，沿着海岸线开去，他要去鲍尔的工作室，告诉他公司同意给他追加投资，但是有条件，他必须离开邬凌，不得再纠缠。

他是爱邬凌的，他想邬凌也会像他爱她那样爱他。但他不知道，女人的思维方式、行为方式和男人不一样。她们渴望爱和被爱。齐海涛在知道邬凌红杏出墙后的第一反应，就是想要报复她，或提出离婚。在阵痛之后，他意识到自己也是有责任的，长期对她的忽视，认为男人事业成功就是一切。夫妻间是需要沟通的，从精神到肉体、从情感到关爱缺一不可。可当他明白这一点时，为时已晚。但从邬凌断然拒绝鲍尔追加投资和要与他断绝往来来看，邬凌还是在乎自己的，最终选择回归家庭，就冲这一点他就有责任保护她，哪怕庇护。只是突如其来的变故，让他有些措手不及，如果说最初他选择扔掉鲍尔的尸体是本能的做法，现在他想的是，必须要保护邬凌。从他的角度讲，邬凌才是受害者，是无辜的。

齐海涛的车快到鲍尔工作室时，邬凌的黄色法拉利在左边的道上迎面开来，她因精神高度紧张，没有看到齐海涛的车。

齐海涛注意到了，侧头看了一眼，但很快错车而过。齐海涛露出满脸的疑惑，继续朝前开去。

齐海涛将车停在鲍尔工作室门外，下了车走进工作室。客厅无人，他见画室的门开着，冲里喊道："鲍尔。"仍没人应答，他迟疑了一下，走了进去。

齐海涛边走边喊："鲍尔、鲍尔！"

他走过几排陈列着画的画架，看到了那幅邬凌的半裸画像，齐海涛的脸部痛楚地抽搐了一下，他愤怒地朝那幅画走去，随后发现了鲍尔侧身趴在地上。

齐海涛快步上前，俯下身摇着他："鲍尔！"见他没有应答，将他身子翻了过来。

鲍尔眼睛睁着，胸部插着一把水果刀。

齐海涛吓了一跳，伸手在他的鼻子上试探，已没有了气息。

齐海涛惊惧地站了起来，再一定神看到那把水果刀，是他一次去德国出差带回的，联想到他看到邬凌的车驶过，惊出了一身冷汗。他转身要走，走出没两步又折回身，从鲍尔身上拔出沾着血迹的水果刀，用桌上一张纸包住揣入衣服口袋中。看着鲍尔的尸体，他想必须要处理掉，否则警察会顺藤摸瓜，很快找到邬凌的头上。齐海涛四下瞧了瞧，看见鲍尔的一件衣服搭在椅子上，于是拿过穿在他的身上，遮住了刀口，架着他实际是抱着他往外走去。

来到公路上，要到自己那银灰色轿车时，被流浪汉伊莱贾看见，他吓出一身冷汗，谎称此人喝醉了，把他放入车里后，驾车朝土路逃逸，不想因为慌张车腰部与土路边的一棵小树发生了擦剐。就是这不经意的擦剐，最终使他身陷囹圄。

齐海涛把车开到了海滩，下车后四下瞧瞧无人，然后拉开车门，背着鲍尔上了猴头礁。在礁石上停歇的海鸥被惊起，呱呱地叫着飞向天空。齐海涛来到礁石边沿，下面是汹涌的海水，他把背上的鲍尔抛入了海水中，很快不见了踪迹。

夕阳正在坠入海平面，齐海涛凝视着拍打礁石的海水，内心像眼前的大海一样无法平静，他不知道接下来该如何面对发生的一切。

三

在警察局马丁向茱莉娅告知了案情的最新情况，茱莉娅从警察局出来，极度悲伤地在街道上走着，陷入了深深的困惑之中。她两手抄在口袋里，疾步快行。天空在急速转暗，迎面的风一阵紧似一阵。茱莉娅想不到她哥的一起失踪案，先是牵扯邬平的姑妈，后又牵扯他的姑父，把她彻底搞晕了。她想不明白看上去和蔼可亲的人，怎么会成为杀害她哥哥的凶手，失去哥哥的痛，与邬平的情感纠葛，使她心力交瘁。

邬平也不敢相信是姑父杀死了鲍尔，他与姑妈商量怎么救下姑父。邬凌告诉他自己才是杀死鲍尔的人，邬平说："姑妈你连鸡都不敢杀，还敢杀人？"要她不要着急，自己会再找哈里斯律师救姑父。

邬平和同学戴维斯在律师楼再次找到律师哈里斯，说了姑父的事。哈里斯说自己从报纸上也得知了他姑父的事，不过这件事非常棘手，齐海涛是精神正常的人，对自己的言行是能负责的。他不仅自己承认杀人抛尸，而且按他的自供找到了凶器，也有人证，要推翻几乎不可能。

"那怎么办？"邬平非常焦急。

哈里斯认为只有从犯罪动机和性质上进行辩护，以期减少刑期。

"是呀，即或邬平的姑父杀了人，那也是死者步步紧逼造成的，夺人之妻不撒手，还在金钱上狮子大开口，我看也是死有余辜。"戴维斯道。

哈里斯对邬平道："你既然找到我，放心吧，我会尽力的。"

邬凌在自己的卧室里思考着，她觉得自己本身就对不住齐海涛，还让他替自己顶罪，她是不能容忍的。可她的话谁能相信，就连邬平都不信，法庭能采信吗？

她内心中泛起一片巨大的阴影，她孤零零地站着，没有希望，满脸是泪水，发出一声深长的叹息。一阵心底的骚动很快攫住了她，她意识到自己必须要有所作为。她把头抬了起来，擦干眼泪，走到床头拉开抽屉，拿起詹博士开给她的药，放到手包里，出了别墅。

邬凌开车来到医院，找到了詹博士。

詹博士见她一人来，诧异道："怎么，今天齐先生没有跟你一起来？"

邬凌点点头："他来不了。"

"你来找我，是药吃完了吗？"

"我来是要你给我出诊断书，我没有幻觉妄想症。"

詹博士看着他："患这病的人都这样说。"

"我真的没病，要不你再给我诊断一下吧？这样好给我出证明。"

詹博士看着她："你现在需要的是回家静养，而不是来这里要我给你出什么证明。"

邬凌火冒三丈，高声嚷道："我能静养吗？"站起身把带来的药瓶从手包中掏出，往桌上狠狠一放，"去你的药！"她用力过猛，以致瓶盖弹跳了起来，药粒都蹦出几粒。

邬凌转身而出。

"真是病得不轻！"詹博士摇摇头，用手去收拾桌上散出的药粒，突然他愣住了，拿起药粒仔细看了一下，立即起身追了出去。

邬凌匆匆走到停着的车旁，用电子钥匙开了车门坐了上去，启动了发动机。

这时詹博士追了出来，冲邬凌喊道："齐太太，你等等！"

邬凌摇下车窗，疑惑地看着詹博士："你是要我拿回药吗？我可告诉你，我比任何时候都清醒，今后再也不吃你开的药了。"

"你不是专门来找我吗？我有话要问你，跟我来。"

邬凌想想，熄了汽车的火，然后下了车。

邬凌重回到詹博士办公室。

詹博士指着桌上的药瓶："这是你丈夫给你的药？"

"是呀！怎么了？不是你给开的吗？"

"这里面装的是维 C，可不是我给你开的精神类药。"

"啊！怎么会这样？"邬凌颇为吃惊。

"我也想不明白，齐先生怎么会这样？"詹博士耸耸肩。

邬凌抓住詹博士："我知道了，我家先生知道我没有患精神上的病，因而根本不需要吃这类药！"

"你是说不但你很清楚自己没有患病，你丈夫也是知道的？"

邬凌："是的。"

"可你丈夫说了你很多症状，那他这样做到底为了什么？"

"关于鲍尔失踪案，他知道我会扛不住压力去自首，他这样做是不想让我坐牢，一旦事发他也可以为我顶罪。因为我所有的话都可能被解读为是胡话，是自己臆想出来的。"

"你是说你真的杀了那个鲍尔，齐海涛这样做只是想保护你？"

邬凌点点头："我也是此时才猛然醒悟到的。"

"那齐先生他？"

"被指控杀害鲍尔，羁押在警察局。"

"你想救你丈夫？"

"我只是想说出事情真相，可你的鉴定使我无法自证。"

詹博士看着她："你刚才说了，来这里是想让我给你重新检查鉴定。"

"嗯。"

"你可想好了？新的鉴定结果一旦出来，你没有精神方面的疾病，以前控方检察官对你的指控就会成立，也就是说你会坐牢。"

"我想好了，只要能还我丈夫的清白。"

"好吧，跟我来！"

邬凌跟着詹博士去了检查室。

四

齐海涛杀害鲍尔的庭审开庭这天，不少报社都派了记者到场，电视台也进行了现场直播。

庭审工作似乎进展很顺利，因为齐海涛对伤害案供认不讳，又找到凶器，且有人证，庭辩的焦点集中在动机和情节的轻重上。

哈里斯律师认为，齐海涛找鲍尔理论事出有因，至于导致鲍尔死亡，应属过失激情杀人，在量刑上请求法庭考虑。

检方则认为，是因恨预谋故意杀人，还是因争执而激情杀人，死者已死，不能仅凭被告人的一面之词。再者携带水果刀，摆脱不了预谋的嫌疑。

看来齐海涛杀人已是板上钉钉，这时旁听席上有人喊道："人不是他杀的！"喊这话的人是邬凌。

法庭的旁听席上出现一阵骚动。

"我才是你们要判的人。"邬凌大声喊道。

被告席上齐海涛对法官道："她患有幻觉妄想症，上次开庭时，法庭是知道的，请法官让她离开。"

邬平也快步走到邬凌跟前："姑妈，你瞎说啥，快回去吧，你这样是救不了姑父的。"

邬凌没有理他，仍然冲法官道："你们不能以杀人罪判他的刑。"

控方检察官对法官道："她因病干扰法庭，建议将其驱离法庭。"

法官正要开口，邬凌道："法官，我没有病，"并举起手中的鉴定单，"这是医院出具的最新鉴定书。"

有法警从她手中接过鉴定书，走过去递给法官，法官看后道："如此说来，你没有幻觉妄想症。"

"是的，请法庭释放我丈夫，你们要羁押的是我。"

控方检察官道："齐海涛可不能释放，他们几番戏弄法庭，很可能是共谋犯。"

主审法官宣布："鉴于案情有重大变化，检方补充材料，择日再审，现在休庭。"敲了法槌。

这次庭审以戏剧性结束。

鲍尔失踪案再起波澜，除《夏威夷日报》和《纽约时报》连篇累牍地进行了案情报道外，美国的各大报纸也加入了报道行列。这样一折腾，尽管鲍尔的去向不明，但他的画在拍卖市场上直线飙升，达到一画难求的地步。

警察局马丁办公室里，马丁和助手杰西卡在议论这起案子。

杰西卡："怎么会是这种状况？"

"这是我从事警察工作以来，从没有见到过的状况，居然有人争当杀人犯？"马丁道。

杰西卡想了想："如果邬凌没有幻觉妄想症，那么是她杀人的可能性就很大。"

马丁看着她："但邬凌并不知道尸体的去向，还有作为凶器的水果刀在哪里，而这些与齐海涛则是联系在一起的。"

"如此说来他们是共谋者的可能性很大，杀人者是邬凌，而销尸者是她的丈夫齐海涛。"杰西卡道。

马丁歪着脑袋想了想："如是共谋，就应当事先想好对策，而后统一口径，从我们的调查和庭审情况看，他们非但没有达成一致，而且在各说各话。"

杰西卡摇摇头："真是一对让人捉摸不透的夫妻。"

齐海涛："不管怎样看来我们又该有事干了。"

"马丁先生，你还记得报上登载的有关报料人所说的，凶手是与情感和利益有关的人干的。"

马丁："他的报料又一次得到证实，对了，夏威夷报社那边有报料人的消息传过来吗？"

杰西卡："目前还没有，先前报料人传输电子邮件的 IP 地址我去查了，是一家游戏厅。"

"这报料人就不想让别人知道他。"马丁愤然道。

"我也在想报料人这样做的意图是什么？如果是想抓住真正的凶手，

就该露面跟我们警局合作，而不是躲在暗处打哑谜。"

马丁："你去给夏威夷日报社打个招呼，一旦报料人再有报料过去，第一时间告知警局他的 IP 地址，而后查出具体地址。"

杰西卡点点头。

马丁："这起案子看似是因情变而起，但利益的因素不可忽视，如果他不是以暴露隐私要挟 300 万美元，也许不会导致悲剧的发生。"

杰西卡："还有按邬凌的说法，在现场他还试图强行与之发生关系，邬凌出于自卫才拿出水果刀，是他收不住脚扑上去而导致的死亡。"

"这是邬凌的说法，无法证实，也许是她为了减轻罪责的说法。"

"我看不像，她要是为了逃避罪责，就不会来自首。因为即或我们掌握了她就是那画的模特儿，或与鲍尔有不正当的关系，又能怎样呢，也不能就此定罪。"

马丁赞同她的想法，说道："其实在这看似纷纷扰扰的现象中，我们也许忽视了一个基本点。"

杰西卡看着他："是什么呢？"

"在这个案件中谁是最大的受害者，谁又是最大的受益者？"

杰西卡想了想："要说最大的受害者和受益者都是鲍尔，他没了性命当然是最大受害者，但他画的价格由此翻了十几二十倍，不但在美国闹得沸沸扬扬，在世界的油画界也成了炙手可热的人物。"

"人往往在他离世后价值才被广泛认可，这是艺术界的一种现象。加上各大报纸的评论报道，起了推波助澜的作用。从其艺术角度讲，鲍尔确实是最大的受益者。"马丁道，随后他陷入了深深的思考中。

▸ 第十一章

一

　　第二次开庭定在一星期以后，齐海涛和邬凌作为共谋犯被起诉。由于这个案子的离奇，各电视台都在滚动播出这条新闻。

　　这天傍晚，鹿岛路的梦幻酒吧坐了不少人，电视上也在播放着鲍尔失踪案的最新消息。一些人在议论纷纷，有说搞人家老婆该杀的；有说敲诈勒索死有余辜的；有说这女的怕事情败露杀人灭口，人心歹毒的；也有的在猜测到底谁是杀人者的，不一而足。此事成了酒吧里的谈资。

　　电视上同时也播报了鲍尔的油画拍卖价格一路飙升的报道，他的那幅送凯特琳的风景泊画《麦田》，在拍卖市场以 200 万美元出售。报道中称鲍尔为当代最为优秀的画家，并为他的不幸早逝而惋惜。

　　有一个人戴着鸭舌帽，帽檐压得低低的，独自喝着酒，看着电视听着人们的议论，随后他走了出去。在门口与路过的流浪汉伊莱贾相撞，帽子落到了地上，伊莱贾连忙捡起地上的帽子，递还给他。在看到他脸部时，伊莱贾似曾在哪儿见过，但一时又想不起来。

戴鸭舌帽人走后，伊莱贾似乎想起什么，快步追了上去。当他追过街口时那人已不见踪影。流浪汉喃喃自语："难道见鬼了！"

次日早上，马丁和杰西卡从警局出来，朝车旁走去。伊莱贾从一侧闪出，上前拉住马丁："马丁先生！"

马丁侧头看是他，疑惑地道："是你？有什么事吗？"

"我……我昨天撞见鬼了！"伊莱贾道。

"去……去，大白天的跑来跟我说鬼话？"马丁显得有些不耐烦，"我们还有急事要办。"走到车前拉开车门。

"我昨晚好像看到那个鲍尔了！"伊莱贾道。

马丁拉车门的手停住了，回过身看着流浪汉。

杰西卡："鲍尔不是死了，被抛进了大海？你怕是看花眼了吧？"

"开始我也这样认为，所以一直不敢肯定，可他左眉头上方有颗明显的痣，我的印象很深。当初我也是凭着这颗痣，发现那个被抛尸的人的，不是吗？"

听他这样一说，马丁关上拉开的车门回身看着他："你能确定？"

伊莱贾："我虽然不敢百分之百保证，但是他的可能性很大。"

"这可涉及几天后的开庭审理，你知道你的话意味着什么吗？"杰西卡发问道。

"正因为事关人命，我才来找你们，那个叫齐海涛算是我举报的吧，如果鲍尔还活着，那姓齐的成了冤魂的话，我会被鬼魂附身的。"

马丁想了想："你是在哪儿看见他的？"

"鹿岛路的梦幻酒吧外。"

"那一带是外来人员比较集中的区域。"马丁思考着，对杰西卡道，"我们去鹿岛路。"

"你真要相信他的话？"杰西卡道。

"上车吧！"马丁先行上了车，杰西卡也上了副驾驶位。

马丁启动车朝鹿岛路开去。

"我不明白，你怎么会相信一个流浪汉的话？"杰西卡很有情绪地说道。

马丁："我们不正是信了他的话才使案情有了突破吗？"

"不过这人死了怎么能复活呢？"杰西卡道。

马丁想了想道："邬凌如果没有幻觉妄想症，她说两次见到鲍尔的话，就很可能不是幻觉，流浪汉的话恰恰印证了她所说的。你还记得前两天，我们有关谁是最大受益者的话题吗？"

"当然，也是鲍尔，"杰西卡像是突然明白什么，"你不会说鲍尔没死，后面剧情都是他导演的吧？"

"他不需要导演，他只需要暗示，然后由我们来帮他达到他想要的效果。那天讨论中，我就突然萌生假如鲍尔真的没死的想法，不过这个想法也把我自己吓着了，因没有依据也就把这个想法压了下去。"

杰西卡："如此说来，鲍尔通过向报社报料引导我们认定鲍尔已死，而杀人的凶手是邬凌和齐海涛，实现一箭双雕——既抬升了身价，又达到报复的目的。"

"是这样的，这也解释通了他为什么只通过邮件报料，而不直接到警局报案的原因。"

"太邪门儿了！我从警也有好几年了，还没有见过如此复杂离奇的案情。"杰西卡感叹道。

马丁和杰西卡来到鹿岛路，他们下了车走在道路上查看着。

走到梦幻酒吧门口，看着匆匆往来的人流，杰西卡道："这鹿岛路范围很大，也无法确定鲍尔住在哪个具体位置，总不能挨家挨户查吧？"

马丁："让人在这一带布控，如果发现鲍尔，立即先控制起来。"

杰西卡点点头："不过这不是最好的办法，他玩失踪的话一定会躲起来，不会轻易露面。"

马丁："我们就一个区域一个区域地查找，如果他真的没有死，挖地三尺也得把他找出来。"

鲍尔确实没有死，那天与邬凌发生激烈冲突，被邬凌的水果刀刺中时，他因嘴里正吞着一块曲奇，堵住了气管引发心梗，心跳骤停而倒地。邬凌以为他已死，害怕而逃。他被刺伤的刀口浅，也不是要害部位。齐海涛在搬运他时，堵塞气管的曲奇滑落，他竟然缓过气来，但怕被齐海涛发现没死再弄死他，于是不敢作声。当他被抛入海中时，水性很好的鲍尔潜水游回了岸边。

上了岸的鲍尔决定报复邬凌和齐海涛，他想去告发邬凌和齐海涛杀人，但转念一想他们要是死不承认，也很难治他们的罪。就算罪名成立，自己还活得好好的，他们也受不了多大处罚，要是自己"死了"，情形就不一样了。他们不但要被治罪，而且因自己的"死"，其知名度和画作的价值肯定会上升，这是一个两全其美的办法。他思前想后决定玩失踪，他怕人发现他的存在，不敢住宾馆。躲藏寄居在外来者较多的鹿岛路一个小区里，行为低调，深居简出。以知情者的方式向报社发送电子邮件报料，引导警方。事情果然朝着他预想的方向发展。他如今已成为世界知名画家，画价更是直线上升，再有两天齐海涛和邬凌夫妇就会被审判判刑。他选择开庭那天离开夏威夷，他与一艘开往欧洲的货轮的大副说好，支付5万欧元，带他回欧洲。

马丁立即调来警员 24 小时对鹿岛路进行暗寻，他和杰西卡则对鹿岛路上一座公寓一座大楼地拿着鲍尔的照片问询。

二

夏威夷已开始从冬季转入夏季，昼长夜短，虽然已是晚上 7 点，但阳光依然明媚。

落日的余晖透过窗户流进一间杂乱的屋子。桌子上空酒瓶倒着、烟灰缸里装满一堆烟蒂，一片狼藉。鲍尔坐在屋里的沙发上，他的脸色苍白、疲倦，眼睛里闪动着几分不安，下巴和脸颊由于没有刮而一片铁青。看着一份报道明日将对齐海涛和邬凌谋害案开庭审理的报纸，脸上露出得意的微笑。他离最后的胜利只有一步之遥，一切都按照自己的预想在发展。看完报纸后，他起身来到臬上的一台旧电脑旁，打开电脑开始给报社写报料文章。他暗示这是一起暴力犯罪，邬凌在杀死鲍尔后逃逸，由寻来的齐海涛进行抛尸灭迹。写完后他得意地讪笑道："这会是板上钉钉，邬凌、齐海涛你们一个都跑不掉。"然后按了发送键。

马丁和杰西卡从一栋公寓楼出来，情绪似乎有些低落。

杰西卡："我们把鹿岛路上的所有住宅区都走访了一遍，根本就没有看到鲍尔的踪影。"

"如果他不在这鹿岛路上，要找到他就犹如大海捞针。"马丁无奈道。

这时马丁的手机响了，他接听后兴奋道："是局里来的，报料人 2 分钟前又发了电子邮件，根据夏威夷报社提供的报料人 IP 地址，锁定在离鹿岛路一个街区的 A 大道 B 小区里。"

杰西卡兴奋道："太好了！"

"快，我们这就去。"马丁和杰西卡奔向不远处停着的警车处，立即驱车赶往 A 大道 B 小区。

屋里的鲍尔发完电子邮件后，感觉肚子有些饿了，起身拉开冰箱，冰箱里空空的，没有食物。于是他从桌上抓起鸭舌帽戴上出了房间，准备去外面买些吃的回来。

鲍尔出了电梯公寓的门道，朝公寓大门口走去。快到公寓大门口时，见到穿着警察制服的马丁和杰西卡来到门口，杰西卡正拿着一张照片问大门口坐在花台上，沐浴夕阳的一位老者："请问你见过照片上这人吗？"

鲍尔见状把帽檐往下压了一下，立即退了回去。

老者接过照片仔细端详了一下："有点像是两个月前来此居住的人，不过他行事低调，从不与人搭话。"

"你能确定是他吗？"马丁道。

老者道："不能肯定，他平时戴着鸭舌帽，只能看到七分脸。"

"他住在哪个单元，几楼几号知道吗？"杰西卡道。

老者抬头看了看，正好看到鲍尔疾步朝里走着，手一指："他在那儿！"

马丁和杰西卡顺着老者手指的地方看去，看到了鲍尔的背影，马丁高声道："你站住！"

鲍尔回头看了一下，撒腿就跑，马丁和杰西卡追了上去。公寓有个后门，鲍尔从后门跑了出去。

当马丁和杰西卡追出后门时，鲍尔已不知去向。

"怎么办？"杰西卡道。

"你给局里打电话，让他们给各个宾馆、酒店，凡是能住人的地方打招呼，发现可疑之人立即通知我。"

杰西卡："好的！"

"还有也让他们通知机场、码头，注意持鲍尔护照的。"

杰西卡点点头道："是否给法院建议，鲍尔的案子推后开庭。"

马丁看着杰西卡："你看清了那人就是鲍尔吗？"

杰西卡摇摇头："他的帽檐遮住了脸，根本无法看清。"

"其他的目击证人也不能确认，你以为就凭这，法庭会采信吗？"

杰西卡无言。

马丁道："如果鲍尔真没有死，我们找不到他，又无确凿证据证明他还活着，就不能阻止法庭的审判。"

太阳终于坠到了地平线下，夜色逐渐笼罩整个夏威夷岛。

茱莉娅在酒店的房间里忧伤地坐着，透过玻璃窗可以看到外面的街道，灰色的屋顶在落日清冷的阳光中闪烁着。邬平的姑父和姑妈居然是杀害她哥哥的凶手，这使她难以接受。从前几次庭审中，她也为哥哥的行为而不齿。不管怎样，事已至此，看来她与邬平不会有好的结局。她的心情异常地郁闷烦躁。

邬平来找过她，可她不愿见，她不知道在目前的心境下，能谈些什么，只有徒增烦恼，她后来干脆重新换了家宾馆。

她靠着窗台，呼吸着冰冷的空气，两鬓感到凉意，她不由得打了个冷战。

"叮咚！"这时门铃声响起。

茱莉娅抬起头疑惑地望向房门，在这里谁会来按她的门铃呢？她住在这里就连邬平也没有告诉。

门铃声变成了急切的敲门声，她只得起身去到门前开了房门。一个戴鸭舌帽遮住半张脸的人挤了进来。

"你是谁？快出去 "茱莉娅道。

那人没有理睬她，而是回身把门关上。

"你不走我可喊人了！"茱莉娅提高了嗓门儿。

那人把帽子摘了下来，茱莉娅这才看清，来者不是别人，正是她苦苦寻找，以为已死的哥哥鲍尔。

茱莉娅吃惊地倒吸了一口冷气，退后一步："哥，真是你吗？"

"不是我是谁？"她哥话音里显得有些不满。

"你不是死了吗？我不是做梦吧？"

"我是差点被他们害死，不过你哥我命大，要不然你就见不到我了。"鲍尔边说边在室内的凳子上坐了下来。

茱莉娅上前抱住他哥，喜极而泣："哥，你还活着真好！"随后放开她哥："哥，我们得去告诉警察，你没有死。不然邬平的姑父、姑妈就得以谋害罪被判刑。"

鲍尔恨恨道："我就是要把他们丢进牢里，这里面有你的功劳。"

"事情我了解一些，他们并不是有意要伤害你，哥，你做事也有错。"

"你怎么能替他人说话，他们是要害死你哥呢！"

"不管怎样你既然没死，他们就不该以杀人罪被判刑。"

"实话告诉你吧，我不露面，就是要他们被当作杀人犯判刑。"随后得意道，"还有你看见了吧，你哥成了当今屈指可数的画家，随便一幅画一出手就上百万美元。"

"不不，你不露面这不可以。"茱莉娅道。

"你不会是真喜欢上那个邬平了吧？"

"哥，这你也知道？"茱莉娅疑惑地看着他。

"你的举动都在我的掌控之中，我对你的表现还是满意的，没有你的找哥心切，齐海涛和邬凌不会这么快浮出水面，哥得感谢你。"

"一事归一事，你快去向警察澄清。"茱莉娅急切道。

鲍尔严肃地对茱莉娅道："我可告诉你，这事你不要再管，你要像我真的死了一样，明天开庭后，你就买机票回奥地利。"

"你呢？"

"明天我会坐海京号货轮离开夏威夷，一个月后我们在奥地利见面。"

对鲍尔的决定茱莉娅颇为不满，对他道："看见你死而复生我真的好高兴，既然你活着我也就不悲伤了。不过我累了，你走吧！"

"警察已在质疑我的死亡，四处寻找我的行踪，今晚我没有去处，就住在你这里，明天一早我就离开。"

茱莉娅不解地看着他："你不是受害者吗？怎么会害怕警察？"

"我不是怕警察，是警察发现我还活着的话，就不能给邬凌和她丈夫治重罪了。"

"哥，我认识一位中国人，他告诉我做人要厚道。"

"是邬平那个小子吧？"鲍尔盯着他妹妹。

"你不会在调查我吧？"茱莉娅看着她哥。

"我是在关心你。"

茱莉娅质疑道："你关心的是你的计划，把我当成了实行你计划的一枚棋子。"

鲍尔显得极为不快："你怎么跟你哥这样说话？"

"我难道说得不对吗？"茱莉娅道。

"我可警告你，我的存在不许告诉任何人。"鲍尔道。

"这样的话，我明天一早就回奥地利，也不去法庭了。"

"不行，你必须要像什么都没有发生过一样，照常参加法庭旁听，要是不去会加重警察对我没有死的怀疑，关键时刻不能节外生枝。"

茱莉娅气呼呼地抱了枕头去到沙发睡下，不再理会她哥。但是她并没有睡着，她不知道自己要怎样面对明天的庭审。她哥安然无恙，她本应该高兴，可她怎么也高兴不起来。她认为她哥已不是原来的了，想不到名利还有仇恨竟然使他变得疯狂，连自己都不认识了。明天要是看到邬平，她该怎样去面对？

她辗转反侧，快天亮时才迷迷糊糊睡去。

三

鉴赏家艾伯特的家里充满艺术气息，家具摆设都非常考究。

艾伯特夫妇坐在家中的客厅里吃着早点，他们要去参加今天对齐海涛和邬凌的庭审，他们显得非常忧虑和担心。

卡米拉深深叹了口气："想不到齐海涛和邬凌会同杀人抛尸案牵扯在一起，也不知今天的宣判会是个什么结果。"

"凶多吉少，坐牢怕是免不了的。"艾伯特道，"我咨询过律师，就目前的案情看，辩控双方会在故意杀人和过失杀人间展开辩论。"

"不管怎样，邬凌是受到名誉和钱财方面的威胁，而做出的行为，按照夏威夷的法律会得到较轻判罚，齐海涛也不会重判。"卡米拉道。

艾伯特感叹："这对在外人看来最为般配和谐的夫妻，会出现这种状况，真是不幸。"

在宾馆茱莉娅的房间里的阳台上，鲍尔斜躺在靠椅上，手指头上夹着一支香烟，靠椅的左扶手上放着一杯酒，右扶手上有一个装着几个烟头的烟灰缸。他脚边的地上，有一瓶白兰地。他看了看时间，放下酒杯起身到卧室，茱莉娅已经离开宾馆有一段时间了，他用房间里的电话给前去参加旁听的茱莉娅打了个电话："茱莉娅，你到法庭了吗？"

"到了，马上就要开庭了，我先不跟你说了。"茱莉娅态度不温不火，随后挂断了电话。

鲍尔似乎看到了胜利的曙光，走回阳台把杯中的酒一饮而尽，而后又回到房间，戴上鸭舌帽和墨镜，出了房间。

鲍尔出到宾馆外，站在大街上，看了看街边熙熙攘攘行走的人们和主道上往来穿梭的车辆，又抬头望了望晴朗的天空，心里说道："别了，夏威夷。"然后拦了辆出租车，对司机道："去货运码头。"

鲍尔失踪案的庭审如期再次开庭，在警察局会议室，马丁和助理杰西卡看着庭审的直播。

邬凌和齐海涛被带入了庭审的被告席。

杰西卡对马丁道："对庭审的结局我们真的无能为力了吗？"

马丁："我们做了我们该做的，不是吗？"

杰西卡："说实话我对邬凌还是抱有深深同情心的。"

马丁侧过头看着她："我们办案遵循的是案情本身，不能带个人感情色彩。"

"可我们就不能为此做点什么吗？比如把我们的疑点告知法庭？"杰西卡道。

"这又能怎样？法庭要的是证据，我们含糊其词的言论只会被当作是扰乱法庭秩序，这样的后果你想过吗？搞砸了你我从此就干不了警察。"

"我尊重的是事实本身，要是鲍尔真的没死，而邬凌和齐海涛作为杀人犯被送进牢房，那才是你我的罪孽，那不只是不能干警察这么简单，还要终身受到良心的谴责。"杰西卡道。

马丁没有正面回答她的问话。

庭审开始了，控辩双方对邬凌和齐海涛致鲍尔死亡案，是蓄意谋杀的故意杀人罪，还是过失杀人罪进行着激烈辩论。

控方检察官坚持了以前的观点，认为邬凌携刀前往是有预谋的，是故意杀人，应定为二级谋杀。而被告辩护律师哈里斯则认为，邬凌是在接到鲍尔的威胁电话，对其名誉和钱财进行勒索，并要其立即前往他处时，忍无可忍的情况下，才携带水果刀前往的。

主审法官："被告辩护人，你说被害人曾威胁你的当事人，有何证据？"

哈里斯："事发前不久，被害人到我的当事人邬凌的公司，他们发生过激烈的争吵，除邬凌的丈夫齐海涛听见外，邬凌的助理凯丽也可证明。"

主审法官："凯丽在哪里？"

哈里斯："在门外等候传讯。"

主审法官："传证人凯丽。"

不一会儿凯丽来到证人席，她简述了那天鲍尔来找邬凌，他们在走廊拐角处，不时传来的压抑的争吵声。她因怕前来找妻子的齐海涛情绪失控，因而离得也不远。他们争吵的话，她都听见了，特别是后面一句："给你半个月时间，到那时我要是拿不到我需要的投资，走着瞧。"

凯丽做完证，人们在窃窃私语中，哈里斯话锋一转，道："问题还不在这儿，我提醒法官还有陪审团注意，我的当事人邬凌女士拿着水果刀前往，本意不是要杀害他，只是吓他，让被害人知道她不再受其摆布的决心。而从具体实施行为来看，是在求他放过自己不成，对其违背意志施暴的情况下，才拿出的水果刀，并且是施暴者收不住脚才致使悲剧的发生，责任完全在死者一方，由此我的当事人邬凌无罪可言。"

旁听席一片议论。控方检察官站起来说道："被告辩护人所言，只是被告邬凌的一面之词，不足为证，因而不能采信。"

哈里斯又辩护道："关于我的当事人齐海涛先生，他既不是杀人者，也不是共谋者，请求法庭从轻处罚。"

旁听席上的茱莉娅，脸色凝重，心事重重。邬平坐在她身旁，心情焦虑，不知他姑妈和姑父会被怎样判决。

邬平无意间侧头看了茱莉娅一眼，发觉她脸色苍白，于是关切道："茱莉娅，你是病了吗？"

茱莉娅摇摇头，两手指交叉相握，置于唇前，似乎在祈祷着什么。

经过又一轮辩控双方激烈的交锋，陪审团经过磋商认定邬凌为过失杀人，齐海涛犯有毁灭证据罪，把审判意见交给了主审法官。

法官宣布："休庭 20 分钟宣判。"

20 分钟后人们回到法庭，主审法官开始宣读判决书："根据被告人供述和相关调查，陪审团认为被害人性侵被告邬凌，缺乏有效证据，裁定邬凌犯过失杀人罪，其丈夫齐海涛抛尸灭迹，犯了帮助毁灭证据罪，由此判决如下……"

"不！"茱莉娅听到这里站了起来。

人们不明真相，诧异也把目光注视到她身上。

"这里是法庭，不得高声喧哗，更不得藐视法庭，否则会受到严厉处罚。"主审法官道。

"我哥鲍尔，他……也没有死！"茱莉娅说完人像虚脱一样，身子摇晃了一下。

旁边的邬平连忙将她扶住。

听闻此言众人皆惊，庭上一片哗然。

邬凌和齐海涛互相对视了一下，邬凌心里想，难道我看到的的确是鲍尔，而不是我眼花？

主审法官将法槌猛烈一击："肃静，肃静！"

人们安静下来，但双眼仍充满着疑惑、惊讶的神情。

主审法官对茱莉娅道："鲍尔没死，那他在哪里？"

"在……在……"茱莉娅语塞起来。

"这里可是法庭，你知道你的话意味着什么吗？"主审法官道。

茱莉娅点点头："我说的是真的，法官你要相信我。"

控方检察官举手道："在案情的调查分析中我们了解到，茱莉娅小姐正与被告人邬凌的侄儿谈恋爱，我想就是坐在她身边的那位先生吧？"

大家的目光都转向了邬平。

主审法官对邬平道："你叫什么？"

邬平站了起来："邬平。"

"你是邬凌女士的侄儿？"

"是的。"

"告诉我你是鲍尔的妹妹茱莉娅小姐的恋人吗？"

邬平看了看身边的茱莉娅，然后点点头。

控方检察官："尊敬的法官大人，女人在恋爱中智商是最低的，显然陷入情网中的茱莉娅小姐，受了邬凌侄儿的蛊惑，想以她哥哥还在世上来免除被告人的罪责？或他们私下已达成了什么协议。"

"不……不是这样的！"茱莉娅涨红了脸，"我说的是事实。"

法庭上人们议论着。

主审法官敲了下法槌："法庭是重证据的地方，不是信口开河的场所，包庇罪犯提供伪证是要入刑的。"看了看被告席上的邬凌和齐海涛，"被告人都已招认"，又把眼光放到茱莉娅身上，"除非你有确凿证据证明你哥鲍尔还活着，否则我将以干扰法庭宣判驱离你！"

"茱莉娅说得没错，他哥也许还活着。"随着话音马丁的助手杰西卡走进了法庭。

旁听席上再一次哗然。

主审法官看着杰西卡："你是说鲍尔被你们找到了？"

"目前还没有，马丁探员让我赶来向法庭申请，鲍尔失踪案延期宣判。"

法庭上更为热闹，人们议论纷纷。

主审法官看着杰西卡："没有确认鲍尔还活着，你们就要我延期审理？"

"我们找到了疑似鲍尔的藏匿住所，可惜人逃离了我们的视线，不过刚才有人举报了他的行踪，马丁探员已前往查证，很快就会有结果。"

邬平听到此言，把目光转向茉莉娅。

茉莉娅避开他的目光低下头。

主审法官与两个陪审员耳语了几句，然后敲响法槌宣布道："鉴于案情出现新情况，延期宣判。"

四

天空灰蒙蒙的，太阳不知躲在了哪里。货运码头上显得比较冷清，一艘海京号货轮停靠在码头，装载的货物已经吊装完毕，几辆货车在驶离码头。

一辆出租车驶来，在离海京号货轮 50 多米处停下。头戴鸭舌帽的鲍尔付费后下了车，出租车一溜烟调头开走了。

鲍尔看了看停靠的货轮，走到了船舷边。

一个船员拦住了他："船就要开了。"

"我是你们大副的朋友，是来找他的。"鲍尔道。

听见他的说话声，二层甲板上的大副探出头："我的朋友，上来吧！"

鲍尔上了跳板，登上了海京号。

大副接到鲍尔，把他引到自己的船舱，对他道："你就留在这里，不要到外面走动，还有半小时船就开了。"

鲍尔点点头。

半小时后，海京号货轮船拉响了汽笛，轮船尾部的锚被拉了起来，缓缓驶离码头。这时一辆警车风驰电掣般地狂奔到码头，一个急刹刚停下，马丁探员就从驾驶室上跳了下来，朝轮船奔了过去，边跑边高喊："等一等！"

海京号货轮依旧朝外海驶去，马丁看到不远处停有一艘小汽艇，奔过去跳了上去，拉燃发动机，驾驶着汽艇朝海京号货轮追去……

马丁将小汽艇冲到了海京号货轮的左前方，用手势示意轮船停下。

轮船并没有理会他，依然朝外海行驶着。

马丁见轮船没有理会，四下在汽艇中搜寻，他看见了一个喊话用的扩音器，连忙取下喊了起来："海京号货轮听着，我是夏威夷警察局的马丁探员，你们货轮上搭乘了非法离境者，立即抛锚接受检查，立即抛锚接受检查。"

轮船驾驶室里船长和大副在指挥船航行。马丁探员的话传了进来。

船长探头看了看，发现了在小汽艇上边喊话边挥手示意的马丁。

船长对大副道："怎么回事？"

大副："我们货船上怎么会有非法离境者，不用理他。"

"我看还是停下来，把事情弄清楚。"于是拿起对讲机下达命令："抛锚！"

海京号沉重的铁锚滑向了海水中，货轮停了下来。

马丁将小汽艇靠近货轮，顺着上面放下的软梯爬了上去。

在大副船舱里的鲍尔从窗口见船停了下来，皱眉想了想，开了门偷偷溜出去查看。

他看到马丁上了甲板，知道事情不妙，一定是冲着自己来的。他知道自己此时跑是跑不掉的，怒气冲天地骂道："茉莉娅，想不到你竟然出卖我。"但随后无奈地靠在船舷上垂下了头。

不一会儿马丁和船长，还有大副出现在他的面前。

马丁看着他："你是鲍尔先生吧？"

鲍尔点点头。

"请你跟我回去协助调查。"

鲍尔歇斯底里道："我又没有犯法，为什么要跟你回去？"

"你是我案件的当事人，你的生死涉及嫌疑人的判决和量刑，你必须跟我回去。"

"要是我不跟你走呢？"鲍尔开始耍赖。

"我可以以你非法离境将你逮捕。"马丁坚决道。

船长道："鲍尔先生，我不管你是怎么上船来的，希望你配合马丁探员，不要耽误我们的时间，我们还要按计划远航。"

鲍尔看了大副一眼，大副遗憾地耸耸肩。

鲍尔没有办法只得离开海京号货轮，跟马丁下到小汽艇。

马丁驾驶着小汽艇快速朝岸边驶去。

货轮重新起锚驶入公海，朝欧洲大陆航行而去。

鲍尔死而复活，轰动了整个夏威夷。邬凌和齐海涛免除了牢狱之灾，一场惊动夏威夷乃至全美的鲍尔失踪案，以接近荒诞离奇的喜剧形式落幕。这个案子给了邬凌和齐海涛很大的教训，他们都在反思自己的行为。在邬凌的出轨中，齐海涛也负有一定责任，他原谅了邬凌。邬凌也因齐海涛在事件中处处保护自己，差点被连累而心怀愧疚。

这天一早，邬平开着那辆黄色法拉利跑车，从羁押处接了邬凌和齐海涛出来，回他们的半山别墅。邬凌穿着鹅黄色的蕾丝长裙，很好地衬托出她匀称的身段。齐海涛则是蓝色西裤，白色衬衫。他们的神情都比较严肃。

　　驾驶着小车的邬平为缓解压抑的气氛，开口道："姑父、姑妈，一切都过去了。"

　　"是呀，都过去了，说来还得感谢茱莉娅这姑娘，要不是她大义灭亲，我和你姑妈就得坐牢啰。"

　　邬凌苦笑，她在想这都是自己一失足带来的，不由得对齐海涛歉意道："对不起，这都是我的错。"

　　齐海涛摇摇头："我也有责任，我们就不要追究谁的过错了，过好我们今后的日子才最为重要。"

　　邬凌点点头，然后对邬平道："你改天把茱莉娅请到家里来，我们得好好感谢她。"

　　"她走了。"邬平忧伤道。

　　"去哪儿了？"邬凌问。

　　"回奥地利了，她说来夏威夷就像做了一场梦，有欢乐、有惊悸、有担忧、有害怕，就像坐上了情感的过山车，她需要平复一段时间。"

　　"这都怪姑妈影响了你们的发展。"邬凌自责道。

　　"姑妈也别这样说，这对我们也是一种考验。"

　　"那你想怎样做？"邬凌问。

　　"一切随时间、随心的指向，姑妈不用担心。"

　　邬凌点点头。

　　车路过上山的路口处，那座建于 20 世纪初在历经风雨后斑斑污迹的教堂，经过长达一年的装修已经全部完工，气势宏伟，金碧辉煌地耸立在蓝天下。

　　回到半山别墅，花园里种植的花朵依旧馥郁芬芳。邬凌把脸靠近迷人的白色花瓣，摘下一个花枝，用鼻轻轻地嗅着，淡淡的花香沁入她的心脾。

随后她进到房间打开所有窗户。太平洋上吹来的轻柔海风，蓝天上泻下的明媚阳光，山间新鲜的空气顷刻间进入屋内，整个别墅又充满了生命的活力和温馨的灵动。

邬凌站在阳台上凝望，一望无际的山野，蜿蜒起伏的丘陵，其中还有星星点点的各式各色的房舍。这是平和、静谧的田园风光。这一切都使邬凌感到格外亲切、格外舒心，可过去她对这些居然熟视无睹，总以为平淡无奇。容易得到的往往不去珍惜，经历人生的跌宕后才幡然醒悟，什么才是自己真正想要的生活。

齐海涛来到她的身边，他们一同沐浴在清晨的阳光下，风吹拂着齐海涛的衣衫和邬凌秀美的头发。随后他们相互久久地凝视着，而后张开双臂紧紧地拥抱在一起。

一群海鸥鸣叫着在天空中划过，飞向那辽阔的海洋。

尾　声

　　鲍尔在事件后最终回到奥地利，在首都维也纳继续进行他的绘画创作。他的思维奇特、行为怪异，虽然备受诟病，但在绘画艺术上形成了独特的风格，受到追捧。

　　茱莉娅回到了家乡佩奈克小镇，哥哥找到了，但她并不开心。她依旧未施粉黛，却美丽动人，但眼里却常含忧郁。

　　夏日最初的几场大雨使穿镇而过的河水水势猛涨，浑黄的河水在河中凸起的石头周围打着旋涡。雾气遮住后山的峰峦，使顶峰显得更加突兀。

　　茱莉娅居住在临河山坡上的一栋小屋里。外面的墙体涂着赭黄色，西面攀爬着青青的常春藤，红色的屋顶好像开放着一朵艳丽温柔的奇葩。在蓝色天幕的背景下，这间起伏于山脊的辽远而空阔曲线上的小屋，特立独行地耸立着，显出一种抑郁和孤独的情调。

　　她还是在那家咖啡店上班，每当休息日，她就登于后山，没有清风习习，没有鸟儿婉转，唯一的声音就是经过树林时，树叶在风中坠落的细微声音，或有树上成熟的果子，坠到地上的炸裂声。

她会走到山丘之巅，眺望远方，看那被太阳斜斜的光线，在湛蓝色的天宇下烘托出的风景浮雕。而山下的美丽小镇，满溢着诗情画意，又被一片习习的清风所爱抚着。她以前很享用这样的感受，可当她再回到这里，一切山水树木都没有改变，而这些美好带给她的却是一种无以排解的忧伤和愁绪。她知道是自己的心境变了，再也回不到从前。

傍晚她会时常坐在小屋的窗边，看轻薄的云彩越过惨淡的太阳，等待一天的结束，日落的过程让她心头烦乱。也有时下到河边来到搭建的小木桥，坐在桥板上，两腿挂在水面。她栗色的眼睛，在满照着阳光的金发之下，直望着远方的路径。她仿佛看到邬平出现，在向她遥遥致敬，有时向她挥手招呼。她知道这些都是她的幻觉，邬平与她已经没有任何关系了。

她也时常从夜间醒来无法入眠，拉开窗帘俯身在窗口，俯瞰那夜的空虚。幽暗的月色笼罩着大地，如丝如缕的雾气在低空飘浮，由此她会想到与邬平在一起的快乐时光。

她就在这里百无聊赖地打发着时光，转眼到了第二年的情人节前夜。不久前落了一场大雪，山头覆盖着积雪，在月光中发着清冷的光。

这晚她靠在窗台上，仰头望着头上一角星光点点的昏暗天空。一阵几乎难以察觉的微风从附近的枝叶间吹过。

远处飘来一首美妙的音乐，是凯伦·安的《柔声轻诉》：

柔声轻诉爱的私语，紧拥我入你温柔胸怀

感受你的声音，柔情的颤音阵阵涌起

沉浸在两个人的世界里

共享那世间鲜有的爱情

白昼在阳光下变得美酒般温暖

深丝绒的夜色里我们同心相融

柔声轻诉爱的私语，只让苍天倾听我们的诉说

那爱的誓言我们至死不渝

我的生命已属于你，一切皆因

你带着爱已走进我的世界，爱得如此温柔

……

听着、听着，茉莉娅已是泪流满面。

夜间她做了一个灿烂的梦，梦见了一只白鹤从远方飞来，在她窗外的高枝头上舞蹈、唱歌。在她的梦中，冰消雪融，春暖花开，白鹤变成了邬平，她惊喜地扑上去。他们拥抱着，相互深情地凝视，恬静而祥和，以至于第二天醒来，她嘴角还挂着笑意。

情人节这天，天气晴好。来咖啡店的客人很多，茉莉娅从早上就开始忙碌。傍晚，白日将尽之时，天空飘浮着大块粉红的云朵。夕阳落在咖啡店的前面，远处是洁白的、朦胧而连绵的雪山。昨夜的梦还影响着茉莉娅的情绪。她熬制着咖啡，咖啡机咕噜咕噜响起来了，她却依旧凝望着。

"你这是怎么了？咖啡煮好了吗？"店长进来看见，责备她。

她这才回过神来，连忙关了火，歉意道："好了。"

"这杯咖啡客人指明要请你送去。"店长说。

"指明要我？"她很纳闷。

"是的，是靠左最当头的那张桌的先生。"

她只得将煮好的咖啡倒入咖啡杯中端了出去。

左边当头的桌边果然有位先生，背对着望着远处。

她走了过去，把咖啡放到桌上："先生，你要的咖啡。"

那位先生回过身，她吃了一惊，竟然是邬平，惊讶道："怎么是你？"

邬平笑了，露出好看的笑靥，站起身："我说过，无论你到天涯海角我都会找到你。"

她眼里噙着热泪道："看来我昨晚的梦应验了。"上前抱住了邬平，"我也想你想得好苦。"

周边的客人一时没有回过神来，随后爆发出热烈的掌声，祝福这对年轻人。

邬平和茉莉娅这对恋人，经过一番波折，终于走到了一起。他们回到了夏威夷，在阿啰哈教堂举行了婚礼。阿啰哈教堂所处之地，位于传说中由森林妖精们在一夜之间打造出来的心形湖一侧，伫立着一块以夏威夷语"神之爱"命名，象征神圣之爱与和平的心形石，他们在那里许下了美好的心愿。邬平在夏威夷大学取得硕士研究生学历后，携茉莉娅回到了中国，定居在上海。